致我们终将到来的爱情

Zhi women zhongjiang daolai de aiqing

杨鹏 ◎ 著

中国出版集团
现代出版社

图书在版编目（CIP）数据

致我们终将到来的爱情／杨鹏著．—北京：现代出版社，2013.4

ISBN 978-7-5143-1466-3

Ⅰ.①致…　Ⅱ.①杨…　Ⅲ.①长篇小说—中国—当代　Ⅳ.①I247.5

中国版本图书馆 CIP 数据核字（2013）第 052500 号

作　　者　杨　鹏
责任编辑　杨学庆
出版发行　现代出版社
通讯地址　北京市安定门外安华里 504 号
邮政编码　100011
电　　话　010-64267325　64245264（传真）
网　　址　www.1980xd.com
电子信箱　xiandai@cnpitc.com.cn
印　　刷　北京中印联印务有限公司
开　　本　710mm×1000mm　1/16
印　　张　17
版　　次　2013 年 5 月第 1 版　2013 年 5 月第 1 次印刷
书　　号　ISBN 978-7-5143-1466-3
定　　价　30.00 元

目录

Chapter 1　白开水的日子

假如你会飞，就可以从云端鸟瞰这座神奇的雄伟都市。

长江从城市的中间绅士般缓缓地流过，仿佛是时间在悠闲地散步，不闻周遭的嘈杂与喧嚣，滔滔的江水把一切高贵的繁华与低俗的落寞都沉入了往事的江底。随着黄沙泛起，江水呈现出金色的黄。城区里有五座不同时期建起的桥梁将南北两岸连接起来，以便人们将整座城池都当作是自己的家。江面的上空云层的下方，节日般飘浮着几只蓝色的汽艇，艇身上印着金黄色巨大的广告词：煮熟的鸭子也会飞。还有一只热气球载着惊魂未定的人和兴奋不已的人穿梭在汽艇之间。汽艇和热气球相比，就好像是星星和月亮。

这是武汉人都知道的肖卤鸭连锁店在做成立五周年的庆典活动。

云端里的麦当当头脑有些发晕，额头和手掌心都渗出了汗珠，胸口里一阵阵地翻滚。大腿和膝盖好像充满了泡沫有点发软的感觉，只有紧紧地靠着提篮的安全壁席地而坐才稍觉踏实。他不太敢伸出头从热气球的吊篮边往外看，除非是紧盯着很远的地方，否则他在朝下面看的时候，总有一种立刻跳下去的冲动。

肖卤鸭倒是兴奋得像只猴子，如同打了鸡血，一点也不似麦当当那般畏高，出现在提篮的各个角落并且不停地鸽子似的大声呼叫着：

“麦当当，来，你看整座城密密麻麻真像个养鸭场。”

麦当当蛮不情愿地勉强笑了笑。心想：你当然看什么都是鸭子。

肖卤鸭和麦当当乘坐的热气球的吊篮下面还悬挂着一面飘舞的彩

旗，彩旗上面夺目地写着："肖卤鸭，真好吃！"

麦当当觉得这几个字不是写在那面无知的锦旗上，而是羞辱般地刻在自己的后背。可能内心里不是很喜欢这广告词，总觉得全城的老老少少仿佛都在盯着自己的后背指手画脚，因此全身上下、里里外外总感觉不自在。

终于盼到热气球稳稳当当地停在了肖卤鸭工厂中间那片空草坪上，麦当当被两个壮汉搀扶了下来。还没有站稳当，肖卤鸭就用力拍了拍他的肩膀，余兴未了地大声问道："小麦，好玩吧？"

麦当当刚刚放松下来，没有丝毫的防备，这一拍，一颗放下的心"嗖"地提到了嗓子眼。他只觉得胸口涌动，脑中天旋地转，好在他用潜意识里的坚强意志力顽强地用大拇指使劲掐着自己的虎口，将这一阵潮涌从喉咙口活生生地压了回去。提着气对肖卤鸭道："我终于知道了人在高处的滋味，的确高处不胜寒。"

肖卤鸭现在是城里实实在在的知名人士，这完全符合《人物》杂志的需要。不过《人物》杂志约了肖卤鸭好久，希望能够给他做一份全面展示他风貌的专题。可这人虽外表五大三粗，行事却非常的低调谨慎，一直推托时间太忙，不方便接受采访。后来不知道编辑部的童主编通过什么关系联系上了肖卤鸭的老婆，对娇妻言听计从的肖卤鸭才同意了今天的采访。

麦当当在《人物》杂志社编辑部做个可有可无的小小的编辑，童主编来采访肖卤鸭，顺便带上了他。

麦当当本来想着反正待在社里也是等着下班吃饭，跟着跑一趟最起码可以捞上几只仰慕已久的卤鸭吃，所以就目的明确地跟着来了，可万万没有想到，肖卤鸭用他无法拒绝的热情，邀请童主编和麦当当到气球上飘一圈再采访。童主编老奸巨猾地推托自己血压有些高，在地面上陪着肖卤鸭风情万种的漂亮妻子牡丹进行真诚的沟通，并且强烈推荐了麦当当参与。

麦当当上天了才知道自己因为懵懂无知而犯下了大错。气球升到空中，一切都身不由己。一路飘下来，若不是有着对美好生活的向往，他会不止一次地纵身跃入到云天。回想起来的确是可怕，要真这么跳下去了，不仅会摔得七零八落、不堪入目，而且迄今为止，他还一无所成。虽然对自己的前途已然没有什么期望，可是就这么告别了世界，未免也太憋屈了。正是因为这面对生与死的考验唤醒了他沉睡已久的对生活的欲望，才得以使他坚持着熬过了这趟难以忘怀的冒险旅程。

童主编一直都芍药似的陪着肖卤鸭的盛开的妻子牡丹在工厂的草坪上观摩庆典，间或有些说笑。望见肖卤鸭和麦当当下了热气球，牡丹和童主编才一同起了身迎了上前。见了麦当当，童主编露出领导者的宽容慈祥的微笑，用浑厚的男低音说道："哈哈，小麦，天上很好玩吧！"

麦当当强忍着没让眼泪掉下来，言不由衷地点头道："不错，很壮观。"心里却想着，你自然觉得好玩了。美酒相邀，佳人相伴，活脱脱天上人间，我可是在上面陪着歇斯底里的肖卤鸭受罪。

了无新意的采访是在肖卤鸭工厂新建的现代化办公大楼中进行的。肖卤鸭姓肖，本名叫肖大伟，曾经是个厨师，结婚后与更为高明的厨师妻子牡丹一起在市中心的居民区附近开了一家夫妻卤鸭店，牡丹决意将店名叫肖卤鸭。生意果然不出所料地火了，每天买卤鸭脖子的人络绎不绝，店门前总是排着长长的队伍。有心思缜密的投机分子甚至靠帮人排队而过上了好生活。牡丹硬逼着肖卤鸭放下手中的卤活去工商局注册了"肖师傅"卤鸭店的商标，然后就不顾一切地一家接着一家地开起了连锁店，因为牡丹善于研究最新的卤味配方，肖卤鸭的嘴又像是被焊上了的严密，卤出来的鸭子色香味俱全，任别家想模仿，也总是味差三分。所以他们家店的生意都是好得出奇，直到今日"肖卤鸭"连锁店的红旗插满了挂在他办公室墙面的中国地图上。

童主编尽职地进行采访的时候，麦当当一直在环顾左右，大部分的时间心思是放在牡丹的身上。在他茫茫的大脑里，渐渐地升起一阵谜团：做卤菜出身的牡丹竟然有如此的明星气质，尤其那一双若有所思的迷雾般的双眸，煞是迷人，可肖卤鸭是个粗人，他究竟是如何征服了牡丹这样的尤物的呢？

采访结束后，肖卤鸭不负众望地送了童主编和麦当当一人两只新鲜的卤鸭，二人也没有假意推托，四只卤好的鸭子放在包装袋里，全都由麦当当左右两只手拎着，童主编则夹着他的有了些年月的黑色牛皮公文包，在肖卤鸭和牡丹的陪同下，神态自若地进行了告别。肖卤鸭和牡丹表现出了一贯的真诚，站在工厂大门口以目相送，频频挥手，直到他们乘坐的汽车尾翼消失在街头的拐角。

刚刚到《人物》杂志社做编辑的时候。麦当当兴奋得像个天真的儿童，在大白天都会误以为自己有朝一日也会成为某种他向往的人物。记得当时特别让昔日的同学们羡慕不已的是他能够经常接触到各路的精英与楷模。所以，在那段无知的时间里，麦当当走路的时候，脚底下都轻得好像生着风，整个就一意气风发上进文艺好青年。每次做完一份采访稿件，麦当当就觉得自己的面前打开了一扇成功之门，仿佛踏着前人的脚印，就可以走向远方。可是好景不长，随着时间的流逝，自己的理想气球被现实一个接着一个地戳破，麦当当因为知道了真相的困扰开始变得压抑起来。接触的成功人士越来越多，同样的道路别人可以成功，可自己去循着这条道路去思索，却觉得无路可循，逐渐就从压抑到了对自己的怀疑，从怀疑到自卑了。现在的麦当当觉得自己简直就是这个世界多余下来的人，顶多就是个移动的恒温精子库。几乎所有的人都在生活中忙于自己的理想，而自己早已经囚禁于这座城市的孤岛上，让韶华流逝。更何况，现在麦当当还单身一人，住在他姑妈留下的一套公寓房里，还好楼下住着他的同学兼发小——菜包子。

童主编稳稳地将麦当当送到了公寓楼楼下，这幢公寓楼在武昌沙湖周边的一个小区里。麦当当下车后，客气地给童主编道了别，假装忘记了取卤鸭，童主编记性好得惊人，一定要让麦当当拿上卤鸭，麦当当不太好意思拿两只，抓了一只就匆匆小跑着进了电梯。

到了七楼。刚刚进门把美味的卤鸭子放到客厅的玻璃茶几上，菜包子就忽地进了门。神出鬼没。将一红彤彤的长方形的请柬用他那只健硕的手掌，压在茶几上的那只卤鸭子旁边，“米酒周末结婚，这是给你发来的请柬。”

“那成啊，周末一起去呗。”麦当当应道。米酒叫米家军，与麦当当和菜包子同是大学同学。

“我不去，你去。”菜包子答得很干脆果断。

“为啥你不去?”麦当当问。

“你看看请柬就知道了，”没等麦当当看请柬，菜包子就忍不住说出了真相，“他那新娘子是酒窝。”

麦当当不厚道地笑了：“哦，你暗恋了四年的女友。”

“对，所以你去，我就不去了。再说我还忙着呢，走不开。”

麦当当看着菜包子那伟岸的身躯，那高昂的头颅，在他厚厚的嘴唇前竖起了大拇指：“有气节。好，我去，你在家里等我凯旋的消息。”

麦当当原本以为这又是场与平常一样的无聊婚宴，会一如既往地给新人送红包，然后相熟的人围坐一席，在婚礼主持人的造作祝福与客人对新郎新娘开的荤玩笑中漫长地度过。

可是，他没想到，就是这样一个平常的傍晚，竟然彻底地改变了他生活的轨迹。麦当当的命运车头猛地掉转方向，撞开他生命房间的另一扇大门，朝着人生长街的另外一头轰隆隆倔强地驶去。

Chapter 2　羡慕嫉妒没有恨

凡有河流穿越的城市，都分为左右两岸，顺着河水流去的方向，左手一边是左岸，右手一边称为右岸。也不知道是何种原因，或许是人类潜在的共同意识，世界上所有的左岸，都是文化精英聚集之地，也是一个城市的政治与文化中心。米酒和酒窝的婚礼在左岸也就是汉口的五星级酒店马可波罗的宴会厅进行，高朋满座，觥筹交错。令人羡慕的豪华与铺张。

米家军已经是小有所成。因他做街道办主任的父亲，毕业后米家军弃笔从政，现在已经是街道税务所的副所长。酒窝事实上也是麦当当昔日的同窗，只是旧日的小鸟依人现在已经胖得不成人形，据说现在是一家广告公司的策划部主任。在麦当当看来，菜包子今天没来参加酒窝的婚礼是犯下了一个历史性的错误。倘若今天他来了，见了往日的举步盈盈婷婷立，现在是直挺挺立着身上也盈盈，他便可死了这条心，从此不再遗憾，开始他菜包子崭新的生活篇章。

婚礼上，新郎和新娘甜蜜得腻人，麦芽糖一样地黏在一起，抢在宾客起哄之前就主动地接了法式的吻，而且骨瘦如柴的米家军竟然还一时兴起，努力地抱起了新娘，并坚持了长达五秒以上。尽管从目测上来看，新娘的体重是他的两倍。

麦当当今日穿着那套只有在重要的场合才会出现在他身上的灰色西装。三七开的头发梳理得妥妥帖帖。他有着一双比女人还标准的双眼皮大眼睛，杏仁的。皮肤生得又白白净净。天生的就有几分文艺青年的模样。

麦当当照例被安排与那些已然卓有成就的同学们围坐一席。此间不乏著名洁具专营店的老板，售卖全市最高档的马桶。也不乏号称完全的绿色天然的木地板的代理商，据说躺在他们家生产的地板上做各式的动作比躺在床上还要给力。当然，也有广告公司的总经理，代理着本地不少的美容和关爱男性健康的广告。不过，所有的同学都没有忘记给麦当当敬酒，因为大家都有一个共同的，使得麦当当无法推卸的理由——目前为止，只有麦当当还在做一个玩文化的人。

当年的文艺青年们，已经将那颗青涩的文艺种子毅然遗弃在了人生的旷野里。社会是一个人性的大舞台，舞台上的昔日学子，今日或是腰缠万贯，或是小有政绩在身，生旦净末，举杯间对麦当当的恭维，在他看来已然成了摆在桌面上的赤裸裸的讽刺，使得他无地自容又无言以辩。

席间，一同学貌似无意间地提起，“据传闻，当当有个小清新女朋友。刷爆了当当的信用卡，最后拍拍屁股牵着宠物狗离开了，此事是否为真?”

席间一片哄笑。

麦当当的脸霎时就上了颜色，带着微醺大度地说道：“就是一大学生，小丫头片子，不懂事，胡来呗。”

同学们又是一阵起哄，“学生妹好啊，纯情，纯洁，纯粹。”

麦当当端起酒杯掩饰尴尬，轻吻一般抿了一小口，将酒杯放下，慢条斯理说，“还有纯种。”

大伙儿瞬间石化。

麦当当见一众人满脸愕然，顿了顿，接着又道：“我说的是纯粹情种。”

顷刻间冰雪融化，又是满桌的笑谈。杯盏叮当声之间，热闹非凡。

新郎新娘来敬酒的时候，麦当当已经接近于飘浮状态。

米酒一个一个地给同学敬酒，说些客套的话。临了麦当当，米家军摆出了诚恳的姿态，一脸正色：“当当，同学里，你最有思想，最有文才，你是我们同学里真正的文艺青年啊，而且到目前为止，不负众望地一直在坚持，谢谢你的这份坚持，什么话都不说了，一切都在这杯酒里。”米家军对麦当当敬酒的话未与在座的同学商量，便显得特别的真诚。

麦当当稳了稳身子，举着酒杯对米酒和酒窝道：“什么最有思想啊，借用一位作家的话，这思想啊就像老婆的内裤，要有，但不能逢人就证明你有，不能证明你有，那就是没有。”

有同学起哄，“那没老婆就没有老婆的内裤，那就是没有思想了？”

也有同学道，“那老婆要是没穿内裤呢？”

麦当当来了兴致，答，“谁说没老婆就没内裤，只是不知道思想在谁的裤裆里而已。至于老婆穿没穿内裤，不等于老婆没有内裤。穿没穿，穿谁的，和有没有内裤，是本质上不同的两件事情。”

“有才，果然是我们班的才俊啊，来，干了这杯，祝大才子早日得佳人。”米酒和酒窝举着酒杯的手应该是有些酸麻了，米酒连声赞道。

有同学高声道：“新郎新娘都赞许了好多声大才子了，大才子也不回赠诗词一首。”

麦当当拿出了昔日七步成诗的绝技，信手拈来：“一枝梨花前花枝颤颤，两座山峰上山人啪啪啪。”

哄堂大笑，“这啪啪啪好，这啪啪啪好。”

“来，一切尽在这啪啪啪中。”米家军和酒窝借机喝尽杯中的酒，对着同学拱手含笑离去。

同学们却不绕过麦当当。“为了这个啪啪啪，再来一杯。”

“来，啪啪啪，当当我也敬你一杯。”

“我也是……”

记忆停止在这里，麦当当恍惚间只记得自己离开了宴席，拒绝了任何人的搀扶，段誉般凌波微步地到了洗手间门前。后面的事情直到漂亮的女主角马兰找他索赔化妆品的时候，他才弄了个大概的清楚。

因为他醒来的时候，已经是第二天的早晨。

Chapter 3　共处一室的睡美人

麦当当醒来的时候，不仅有着宿醉后的头痛，而且确认了自己躺在豪华酒店套房的沙发上。掀开盖在身上的拉舍尔毛毯，麦当当环顾四周，都没有找到自己的皮鞋。

推开套房卧室的门，床上睡着一个人。

清晨的光线给床上熟睡着的人镀上了一层淡淡的光圈。床上的人似乎睡得很甜，眉头完全舒展开，带着些微不易察觉的喜悦。然而，重点是：那铺散在被褥上的乌黑长发，那卷翘的蜷缩在眼睑上的睫毛，那小巧的嘴巴。无不在昭示着——这是个女人

麦当当傻眼了，不易察觉地摸了摸自己身体上最容易失控的部位。极力想回忆起自己昨晚究竟干了些什么，最重要是和眼前这个女人之间发生了什么事情。

女人醒来了，猫一样地睁开眼，坐起身，扯了被单在胸口，镇定得让麦当当心慌。

无言以对，麦当当只是笔挺挺惶惶地站在床前。

“你在找鞋?”女人坐起身，靠在床头，平淡地问。

麦当当下意识向后退了半步，点了点头，“呃，我……我的鞋子不见了。”

“不用找，是我帮你藏起来了，”女人将一只手撑住了下巴，悠闲地向后靠了靠像只慵懒的猫，“是的，担心你就这么溜走了。”

“溜走？请问，我这是在哪儿?”麦当当问。

“你认为你现在最有可能在哪儿?”

“我想是在酒店的房间里。”麦当当环顾四周，答道。

“这太明显不过了，不过不需要你负责房间费用，作为新娘请的化妆师，我有权享受一个晚上的房间服务。”

“你是新娘的化妆师?”麦当当再问。

“那么你认为我看上去像谁?”女人双手交叉，悠闲地向后靠了靠。

“哦，幸会，你把新娘画得不像样子了，我是说不像她原来的样子。”

女人挑了挑眉，似乎有意刁难。“你是说不够漂亮了?”

“哦，不，很美，是画得很美。”麦当当有些结巴地摇头否认。

“谢谢你善意的赞赏。”

女人轻轻地笑了。笑得麦当当的脸有些泛红的迹象。他赶紧转移话题，也问出他醒来最关心的问题。

“我是怎么进入到你的房间的?”

“如果我没有记错，应该是我请酒店的服务员抬着你进来的。不过还好，这是不需要费用的。”

麦当当似乎松了一口气，“谢谢你抬我到房间来，我想我昨天一定是喝醉了。”

“除了喝醉了，你就记不起别的事情了吗?”女人皱起眉头问道。

这句话，让麦当当的心再次提了起来。难道他……真的做了什么?他下意识地眠了眠嘴，嗫嚅着。

“我希望没有做冒犯到你的事情。”

“当然不会，否则我们就不会这样对话了。”

女人的这句话让麦当当将忐忑不安的心彻底地放了回去。一口气松下来。他才重新发现脚上还什么都没有穿。

“那么我的鞋呢?”

“这得等你赔偿了我三千元之后才能给你。”

女人轻描淡写的一句话，却让麦当当诧异地睁大了双眼。

“三千元，为什么我要赔偿你三千元?”

女人当然不惊奇于麦当当的“失忆”。言之凿凿地说：“那么我来帮你恢复这段记忆吧。”

“谢谢。”麦当当有礼貌地道谢。对于昨晚的记忆，哪怕是醉昏过去之前他也确实没有一点印象了。而这些，女人似乎都已料到。她却不慌不忙地丢下了一个炸弹。

“不用谢，昨天晚上，在婚宴结束的时候，你跑到洗手间门前，将没有消化完的食物和喜酒全部吐到了我的化妆箱里了。”麦当当发誓她说这些话的时候语气是完全没有变化的平淡。他却得辛苦忍下大叫的冲动。

“这太恐怖了。然后呢？”

“然后？然后你就趴在我箱子上睡着了。”女人似乎笑了一下，当然那只是拉动几下嘴角的所谓笑容更接近于痴笑。麦当当却把关注放在另一点上。

“我的同学没有过来搀扶我？”

“我拒绝了他们的搀扶，告诉他们由我来照顾你。因为我不想把事情牵涉得太广泛，毕竟化妆箱里的化妆品只值四千多块，所以，算下用过的，打完折，你只用赔偿我三千块。你是知道的，我没有你的同学，就是那个新娘子那么富有，不过，我还是感谢她给了我免费的五星级酒店房间住。”

“哦，”麦当当似乎还在计较着他呕吐的失态，问出的话语都有些语无伦次，“除此以外，我没有做别的出格的事情吧？”

“你还想做什么事情？不过你放心，除了帮你脱下鞋子和盖了面毛毯，你一直睡得很安静，也没有打呼噜。”

“谢谢。”麦当当突然站直身子，正了正色，诚恳地说道。

“谢谢什么？”

“谢谢你让我留宿，而且，还给我盖上了毛毯。”麦当当继续诚恳。

女人点头，表示收到心意。

“那钱的事情你是怎么打算的？”

麦当当低头在他的钱包里翻找了一番，钱都交了酒窝的红包，甚至没有翻出一张名片。他抬头真诚地看着女人，“我的钱包里现在没有这么多，你看看是否可以考虑延期？过几天我送给你。这点请你相信我。”

女人看了看他，似乎在评估他的可信度。

“好吧，那么你在哪里工作？我只是不想受骗。”

“我在人物杂志社工作。”麦当当据实以告。

“那么你是编辑?”女人似乎很感兴趣，坐直了身子，不再随意地靠着床头。

“是的，我是编辑。”

得到麦当当的点头肯定后，女人几乎出现了兴奋的神态。

“哦，那太好了，编辑是文化人，你一定是大学毕业生。”

“是的，我大学学的是广告学。”

“广告学?”

“嗯，可是事实上我现在做的事情与广告没有关系，主要是写一些采访的文稿。”

女人用一种可以算神往的语气说道：“这是一件美妙的事情，没想到你是一个作家。”

“呃，很抱歉，还不是作家，只是编辑，编辑一些采访好了的稿件。”麦当当挠了挠头，黯然地解释。

“那我现在改变主意了。”

“改变主意?”麦当当傻呆呆地重复。

女人直接一锤定音。

“嗯，我不要你赔偿我了，我的意思是不要你赔偿现金。”

“这真是一个好消息，我正在犯愁怎样去筹集这笔巨款呢。”麦当当松口气。

“可是也不能便宜了你，对不对。”女人循循善诱。

“那是，这是一定的。”

女人将手托在下巴上，似乎考虑了下。然而眼中却闪着得逞了的光芒。

“那么你以身赎罪吧。”

麦当当一听，吓了一跳，立时反悔，“这么严重？那我还是赔钱给你吧。”

女人只好解释，“我的意思是你要给我们化妆造型店写广告词，哦，还有我们的微博和空间，这对你来说应该是一件很划算的事情。”

“这样看来，这的确是一个善意的建议，但是我不知道我做的东西你是否会满意。”麦当当迅速地权衡得失之后心动了。

女人倒是完全不担忧这个。她看着麦当当微笑，笑容里传达着“我看好你”的鼓励。

“只要你尽力就行了，我想你一定能行。”

这句话，多久没听到了？这种眼神，多久没看到了？

似乎还是久远的学生时代，导师曾这样鼓励着他。他言辞亲切，含着一股信任的微笑，伴着他走过了他风光一时的年华。

麦当当低下头，不想让她看到他一时的触动。

“可是我必须要穿上鞋才能出门。”

“哦，我忘记告诉你了，鞋子就在这个柜子里。”马兰似乎才想起来一般说道。她站起来指了指放着麦当当鞋子的柜门，而后从放在床头的包里找出一张名片，递给麦当当。

“这是我的电话和化妆店的地址。我叫马兰。马到成功的马，兰花的兰。”

麦当当双手接过。他为身上没有带着名片而不好意思地笑了笑。

“我叫麦当当。麦当劳的麦，麦当劳的当。”

马兰率先伸出手，两人迅速地握了下。

“那么我可以离开了吗？”麦当当问。

马兰看了一眼卫生间，“我想你应该清洗一下再离开。”

麦当当玩笑般叹了口气，低头看着自己这一身“行头”。皱巴巴的白衬衫，沾着发黄污渍的一角。

“算了，反正也没有任何差别。”

他现在只想早点回家洗个战斗澡换上一身干净的衣服。

他拿起自己的外套，挥挥手跟马兰告别，一边说着一边向门口走去。

马兰玩笑般地又开了一句。

“难道你会去这样见你的朋友，或者女朋友?”

麦当当回头，马兰也看着他，逆光站立，眼里却有着认真。他飞快地避开了马兰的视线。

“当然不会，除非我已经有了女朋友。”

这样说着，他转身拧开门把手。回头再次告别，得到马兰的回应后，他开门走了出去。

留下笑容满面的马兰，光线柔和地打在她的侧脸上，她从包里掏出手机，手指飞快地输了什么进去。捧着手机，眉眼带笑。

Chapter 4　失恋等于再恋?

回到家里，麦当当才觉着了身上的困乏，酸软地靠在沙发上坐着发呆。脑子里却因特尔奔腾四双核处理器一般地在转动，随着脑中主板散热器风扇的呼呼声，十万个为什么在脑中飞沙走石。

麦当当努力地回忆和猜想昨晚所发生的事情：我昨晚究竟醉成什么样子了？失态了？晚上睡觉打呼噜了？熟睡状态中，有没有说梦话？在梦里，发了花痴没有？嘴里真的没流哈喇子？脚臭吗？

想到这，脱下袜子提鼻子边上闻了闻，还没等开始自我安慰。门就被“框”的一声推开了。菜包子伟岸的身躯出现在了沙发前。胡萝卜粗的手指在麦当当眼前摇晃，以盛气凌人之势先声夺人：

“彻夜不归，彻夜不归啊，没想到你麦当当也开始热爱上腐朽没落的生活了，老实交代，是不是跟那帮子三流货色的老板和自封的总经理们出去寻欢作乐了?”

麦当当横了菜包子一眼，漠然且无视他的存在，从菜包子的手臂下弯腰过去，直接拿衣服进了洗澡间。

舒爽地冲了个体贴的热水澡后。见菜包子坐在沙发上捧着本厚厚的书假装在看，麦当当戳了戳装得满不在意聚精会神的菜包子。

“咯，你要是着急着学习进步呢，就到楼下你那狗窝里去，别吵着我，我要睡觉了。”

这话一出，菜包子才遮遮掩掩地放下书，圆圆的眼睛漂移了两下才看向麦当当。

“咳……”

“行了行了。我不为难你了，你也给我收起你那一套，我冷。”麦当当抖了抖身体。将身体舒适地靠在沙发里，跷起了二郎腿，“你那酒窝过得蛮好的，从身材上就可以看出来了，身体健康，膘肥体壮。能长那么多肉，可见精神状态也是超乎寻常的美好。所以你可以瞑目了。”

菜包子罕见地唏嘘了会儿。

麦当当推推他，“感叹一会儿就行了啊，别成闺阁怨妇了。”

菜包子立刻捶了他一拳。瞪圆了眼睛。“说什么呢!”

麦当当举起双手投降，表情无辜。

“不过包子，我觉得你吧，真该去。这一去，说不定就啥心结暗恋都没了，哧溜一下全解开了。终生遗憾瞬间消失，你就会发现呀——”说到这麦当当停下了。回头看着菜包子，一脸深沉，“时间真是一把杀猪刀。”

时间是把杀猪刀，把人小女生忒是实现了从林妹妹到芙蓉姐姐的转变。

菜包子理解了麦当当的暗喻。他一脸鄙视：“你以为我和你一样肤浅地看外貌呀，就你那小清新，对狗比人亲，刷信用卡跟刷公交卡一样，嗖，一个月工资没了，嗖，半年工资没了。”

麦当当作愤怒状，“诶，打住了啊。”

菜包子住了嘴。

没过一小会儿，又凑过来，捂着胸口，“当当，我脆弱的心灵受到酒窝的伤害了，确定为情伤，很严重，晚上陪我去泡吧好吧？好久没去了，我仿佛听到萌妹子在召唤我！也只有她们，只有情伤才能疗治情伤。”

麦当当：“……”

“对了当当，你还没跟我交代你昨晚为何彻夜不归，发生啥艳遇了?”

“……”

“别跟我说什么都没有。我知道你，没什么事你绝对不会多待的。”

“……”

“夜色”是离麦当当住的地方不远的一家不大的小酒吧。但是名声挺响，二人晚上进酒吧的时候，已是人头攒动了。麦当当和菜包子挤了个位置出来，要了瓶红酒。菜包子端起高脚杯喝了几杯便开始高谈阔论。

“当当，别心不在焉，瞧瞧眼前，每一道都是亮丽的风景线。”

菜包子灌了口酒，眼波流离，在酒吧里摇曳着腰身的女子们身上掠过，“其实我也不是有多喜欢酒窝，我是喜欢她，暗恋过她。可是要是遇到个真心喜欢我的女孩。我也会好好对她，喜欢她的。我只是没遇到……当当，你说，电视小说上那么多不为财富所动追求生活的女孩，我们怎么都没遇到？虽然说电视上的不靠谱吧，但也是源于生活。你说生活中我咋都没遇到个这样的好女孩呢……”

“哎，当当你怎么都不喝呀。不是来陪我喝酒解闷的吗……”

麦当当一天来心里都在惦记着昨晚的事情，寻思着怎么就真有这么样的事情发生在了自己的身上，而马兰又是一个怎样的女子呢？难道是自己小说的故事成了真？麦当当所想到的所谓自己的小说，是他从大学时代起开始动笔，而至今亦未完成的一部草稿。书的名字叫作《我的梦中女孩》，麦当当在他的小说里，就呕心沥血地表达了自己梦中女孩的样子，难道马兰就是自己的梦中女孩？真是个谜！可菜包子不停地在他耳边犯嘀咕，疗情伤，麦当当只好应付地举举杯子，菜包子便喜滋滋地继续喝酒，麦当当就把杯子放下，一口酒都没碰到，典型的敷衍了事。

菜包子喝完了酒，继续大吐苦水。

麦当当继续他之前干的事——发呆。

……

“帅哥。这里有人吗？”

麦当当回过神的时候就看到一个画了胭脂妆穿着火辣的女子倾身拿着杯子端庄地坐在了菜包子和麦当当眼前。女子白色紧身的装束，上挑的眼角流转间，便是一片风情。

麦当当捂头，不想再看菜包子注定即将发生的糗态。

妖媚型！这种女子分分钟会勾了菜包子的魂魄。一定又是一副没见过世面的痴痴傻傻的模样。麦当当不否认，他在吃不到葡萄说葡萄酸。

虽然、虽然这真的是少有的——美女搭讪了菜包子忽略了他。但他才不会嫉妒呢！

菜包子呆呆地睁圆了眼睛。他那强壮的身体此时因紧张完全是僵硬地紧绷着。甚至连呼吸都屏住了几秒。不过他很快就恢复过来回到了真实的自己。

菜包子的脸上展露出了自认魅力非凡的笑容。在他笑容下迷倒的女孩子行行种种。他用惯用的绅士姿态拍了拍身边的座位，用只在女人面前才有的冷静腔调飘忽地回答："没人，请坐！"他说着，使劲喝光了杯中剩余的红酒。

"艳遇"两个字，奥运焰火般在菜包子的天空绽放！来了，真的来了。让情伤来得更猛烈些吧！

他优雅地为坐在身边的白衣女子斟上酒，眼睛的余光毫不在意地透过她胸前的大Ｖ领瞟看那若隐若现的双峰。当那雪白的兔子似乎将要蹦出来的时候，菜包子的身子控制不住地打了个激灵。

女子接过酒杯，递到她红得诱人的嘴唇边。轻抿一口之后，眼波浩渺，对着菜包子露出些许野性的笑容。

菜包子压低了嗓门轻轻地问，"能告诉我你的名字吗？"

"贞贞。"这样说着，女子低头把玩着酒杯。白皙的脖子显露出优美的弧度。

……

麦当当起身的时候，看到菜包子手臂已经搂在身边女子的腰上。这已是菜包子的人生中过于老套的场景。他摇摇头，不辞而别，先回家去了。

因明日还要与马兰见面，自然还是早点回家补充睡眠的好。也不用跟菜包子招呼一声了，他此刻正处于战备状态。悄悄离开才是识相。

Chapter 5　桃花朵朵开

第二天一大早，麦当当照例下楼找菜包子一起吃早餐。不出意外菜包子还在蒙头大睡，麦当当直接用钥匙开了门，免了按门铃的多余烦恼。

然后就被吓了一跳。

进了门的麦当当和某个走出卫生间的人面面相觑。

重点是，这个人从生物意义角度来讲是个女人。

确切地说，这是麦当当和菜包子昨晚在酒吧碰到的女人。

于是，菜包子这是和人419了?!

没等麦当当踉跄一下来表示他不强的接受力。女人用优雅的姿态抬起手来笑眯眯地冲他挥挥手："嗨。"

她卸了昨晚的浓妆，头发随意盘在脑后，穿着菜包子宽大的衬衣，看起来清清爽爽。衬衣下摆露出笔直的雪白长腿。

好身材!

假如不是昨日见了她着妆的样子，面前就是一个干干净净的邻家女孩。

麦当当扯扯还有些僵硬的嘴角，挤出一个笑来。

菜包子出来了，做君主状，一副征服者的样子出现在餐桌首端，这是统治者坐的地方。早餐是贞贞做的，鸡蛋面包牛奶。

然后这果然是个美好的一天的开端。

吃完了三人行的早餐，麦当当满足地去了杂志社。

如今纸媒已经不时兴，人们对着电脑和手机屏幕就可以看到世界的另外一头发生的所有稀奇事情。所以麦当当无所事事地又混了一天，早早地下了班，然后按照马兰给的地址，找到了这幢位于江边的两层小楼。雕花的木门配合着整条街的欧式建筑，因江边这段曾经是租界的缘故，显出了浓浓的异域气息和时尚的味道。木门大开，只留下里面的玻璃门关着，遮挡着春日街道的风尘。店的名字叫——百合。门头上就是一朵白色的百合花，这是个好听的名字，也好看。

麦当当推了门进去，暖香扑面而来。他一眼就看到了她。马兰正在给一位盛装女子化妆。她弯下腰，用笔去勾勒优美的眼线条。长长的黑发随着她的动作倾泻，洒下迷人的跳跃音符。

马兰身材娇小精干，穿着白色底子黑色金丝线大格子的套裙，一举一动，沉稳中透着麻利。那一瞬间他想起了一位备受敬仰的哲人说过的一句严肃的话：劳动中的女人最美丽。特别是那双手，白皙得惹人爱怜。

马兰也见着了走近的麦当当，浅笑轻言："好有信用。喝茶还是咖啡？"

麦当当摇了摇头，"在单位里喝的多了，你忙着，我随便转转就行。"

马兰应了。继续专注在客人的那张脸上。

麦当当就一边等她一边四处看看。这家化妆店不大，却又五脏俱全。一楼有五六个化妆台。此时都有化妆师在为客人打点妆容。这些化妆台并不如一般店面里一样整齐地排列着。而是各自占据了一楼的某片天地。有在角落用着古木和其他做出一个半隔间的；有在中间四周空出，造型现代的；位置各异，风格各异。似乎是在迎合各色客人的品位，却又似乎是在表示出在店里化妆师的打造下，每位客人都会有她独特的风格。

麦当当被眼前的景致迷了眼，一时竟陷入了沉思。直到马兰忙完了，走到他身边叫他，才回过神。

"不会打断你思考问题吧？"

"哦，"麦当当见是马兰，忙道，"哪里，我只是觉得……"

然后麦当当就急着找词来赞美马兰。越是着急，赞美的词就越是藏得深，麦当当一时搜寻不到，赶紧道："真美。"

马兰笑道："谢谢，是我设计的。"

麦当当摆了摆手，"我是说你的手，你的手很美。"

马兰下意识揉着手，重新谢了，见美甲的地方没有人，引麦当当过去坐了，从咖啡机里取了两杯咖啡，递给了麦当当一杯。

"这就是我们的化妆店，除了化妆，还做做造型和美甲。"

"之前鲜有接触。"

"可以理解，这里大多是女孩子光顾。"

"的确，我进来这会儿，都觉得自己是个异类。"麦当当扫了店里一周。

"没有关系的，经常也会有男士光顾的。你可别觉得不自在，那样我会觉得是自己犯了错。"

"呵呵，说到犯错，这应该才是我到这里来的原因吧？"

"你确信你是自愿来改过自新的？"马兰打趣道。

麦当当腼腆地点了点头。

"那好吧。"马兰递给麦当当一张写了字的信笺，"这是我们店的网址和微博。我们有三家店，结构都是一二层，一楼用作化妆和美甲，二层用来培训学员。"

"噢，这真是个不错的办法。"麦当当由衷地赞许。

"谢谢，所以，这也是我们店从来不缺化妆师的缘故，有别于其他化妆店。"

"这份工作真好。"

"为什么？"

"美，美得让人窒息。"

"可是竞争也激烈，爱美的人多，做这个事情的人，也会很多。"

"我看了你们的店，外加你，呃，你们化妆师的水准，我想你们店的口碑应该是很好的。"

马兰微笑颔首。

“现在除了口碑要好，还时兴在网上做宣传，所以我们才开了网店，还有微博和空间。”

“哦，这样很合潮流，也是必须的。”

“很抱歉我没有上过大学，所以这些东西始终觉得不太如意。”

“那看来我应该早一些醉酒才是。”

“那你也得正好吐在我的化妆箱里。”

不约而同的，两个人都笑了。挂着弧度相似的轻轻笑容。两个人面对着面，马兰离麦当当很近。可以清晰地看见她黝黑的瞳仁里自己小小的身影。而那个小小身影，在光影的笼罩下，静静地在麦当当的整个世界里肆意绽放。

马兰看了手表，“六点了？如果不赶时间的话，一起晚餐？”

麦当当欣然接受了邀请。

在百合化妆店不远就有各色风味的小吃城。

二人在小吃城里热腾腾吃过了，马兰不许麦当当付账，一定要做东道。麦当当便又要找词来谢马兰。

于是想找的词，又藏了起来。只是说：“其实，先前我想说的是，你的手很美，呃，你的人也一样。”

马兰捂着胸口笑，知道麦当当不会夸奖女人。心里对他生出了赞许。有才华而不用来夸女人的男人，差不多是珍稀动物了。暗自思想着，便又笑了。女子嘴角弧度完美地笑容，在小吃店灰白的背景里，作为唯一的色彩，深深地定格在了麦当当心里。

时过多年，依旧清晰。

Chapter 6　谁落在谁心里

二人吃完晚餐，并没有花去多少时间。

马兰突然问：“你在哪里上的大学？”

“就在武汉啊。”

马兰似乎有些释怀地笑了，“我最大的遗憾就是没有能够上成大学，所以始终觉得大学校园里的风景是最美丽的，要不然，趁现在时间尚早，你带我去你的校园看看？”

麦当当吃人嘴软，自然答应。

麦当当曾经就读的大学在城市的东面，背靠武汉一座闻名遐迩的风景山，似是有古代的隐士高人。

在城市的中心，他们坐上了通向校园的直达公车。新式的双层大巴车摇摇晃晃地向目的地驶去，两个人坐在二层靠后的位置，居高临下，放眼望去，满车的几乎都是学生。每个人脸上都写着高傲的迷茫，带着不羁的眼神贪婪地吸收着车窗外世界的每一份精彩，这是青春年华特有的表情，从内里散发出的蓬勃生机让他们每个人都容光焕发，女生带着茶花般的美丽，男生带着青苹果的朝气。

从汉口到武昌，马兰一直观察着车内的青涩学生们。从前面车厢的左边看到右边，看着他们言笑晏晏地闹成一团。又从车厢前面看到后面，前排两个马尾辫在你一言我一语讨论着什么，不时咯咯地笑出声来。马兰似乎特别地享受这种沉浸在这学生生活中的体验，感受着自己也梳了如这些学生的齐眉长发的样子。

而麦当当，则是看着他们玩儿，笑，吵，闹。眼里带着浓浓的怀念。

他有多么的想念那个时代的自己。

他还记得，寝室里和他对铺的菜包子总是忘记打水，晚上就可怜兮兮地压榨他的热水；他还记得，校际比赛最后，他千辛万苦投入了关键一球，队友们一个个拥抱着的画面；他还记得，他的论文得到导师的高度赞赏，他心里蜜般甜的喜悦……事实上，最难以忘怀的，是他那本从大学时代开始至今都没有完成的小说《我的梦中女孩》。

他还记得那么那么的多。然而他又有多么清醒地知道，那是他再也回不到的过去。那一切都是小说里的故事，每个人都在长大，都在因为生活的现实而变得成熟，所有的纯情，所有的友谊，所有的理想都无不戴上了现实的枷锁。

有句话是，活在过去的人，总是特别容易犯傻。

可麦当当觉着自己才是最傻的人，因为他既生活在过去，又在逃避着现实。

公交车报站的声音在这时响起，车厢里的人潮熙熙攘攘拥下车。麦当当和马兰也随在学生们的身后默默离开了车厢。校门和麦当当记忆中的一样，水泥柱，花岗岩，自动的伸缩门，一边是长长的匾，写着大学的名字。似乎略有不同的，是门卫换上了神奇的类似于警察一样的保安服，麦当当觉着这样子好像不如过去一身干净旧夹克的老伯亲切。大概是传闻北大有保安考上了研究生，如今大学的门卫，清一色齐刷刷平头小伙儿。除了少了些大学校园特有的人情与沧桑味，倒也显得威风。

路过大门时，马兰突然就抓住了麦当当的袖子。麦当当回头看了她一眼，发现她大眼睛里闪过一丝紧张，是下意识地抓住他。麦当当心头一热，腰板挺直心甘情愿地做出了随时保护状，一只手不自觉轻轻拍了拍马兰挽着她的手。

然而伸出了手，两个人都愣了下。似乎这个动作远远地超过了两个人的亲昵度。

麦当当抽抽嘴角，但看了一眼自己还搁在马兰手上的爪子，只好把要出声的解释咽回肚子里。最后，顶着门卫大叔暧昧的视线进了校门。

校园里绿化很好。茂密的香樟树随着长长的主干道延伸。道路两旁是一排排独立的建筑。

麦当当就给马兰指认哪个建筑是哪个系的。在第三栋右边的建筑停了下来，回头对马兰说："这就是新闻传播系的教学楼，我学的广告学就是这个系里的一个专业。"

主干道的尽头，横卧着一栋英伦风的双层建筑。很长，几乎横跨了整个校园。只留下两旁两条弧形的道路，从建筑的两旁绕过。

马兰远远地看见了那栋建筑就两眼发亮。扯着要给她介绍身边建筑的麦当当问道："那栋建筑是干什么的?"

"图书馆，"麦当当看着她晶晶亮的眼睛，建议道，"我们走近看一下吧，感觉更壮观呢。"

马兰迫不及待地点点头。

"其实蛮多学生就是冲着这栋图书馆选择这所学校的。"

"我猜大多数都是女生对不对?"

"嗯。她们都跟你一样，一看见它，眼睛就发直。"麦当当说着自己先笑了，马兰也"噗"地笑了。

这栋图书馆虽然只有两层，但空间很高。远看因为整个宽度很长，而不觉得。一到近前，就感觉到了浓浓的压迫感。

马兰抬头打量了下，"哇"地感叹了声。然后她问麦当当："我可以进去看看吗?"

麦当当遗憾地摇了摇头，"这个需要学生证才能进去。"

马兰明显失望了下。麦当当就又问："真的很想进去?"

马兰点头。

"好吧。也不是没办法。"说着麦当当把手插在裤兜里率先向弧形道路的一条走去，"不过在那之前，我先带你把校园转一圈。我们沿着这个圆走回来时，就带你进去。"

马兰追上去，好奇道："那时就能进去了吗？怎么进?"

"这是个秘密，先让我暂且保密吧。"

"保密呀?"马兰不过瘾地嘟囔了一声。"那麦当当，你大学主要是学习什么呢?"

麦当当一边回忆，一边若有所悟："学习如何做梦。"

"做梦?"

"是的，做梦，在我看来，文字家的生活，大部分时间是在做梦。"

麦当当的表情告诉马兰这是个令人神往的事情。

她接口道："那一定是美好的梦。"

却诧异地看见麦当当摇了下头。麦当当轻皱着眉头思考着，说道。

"其实，有梦就是美好的，即使是噩梦。"

"我明白了，恐怖小说家虽然做的是噩梦，但是做梦本身就是美好的事情?"

麦当当点头称许："你已经说出了事实的全部。"

他在说这句话的时候，又重新想起了自己放在抽屉最底层的小说稿，心里想着，"还有只做了一半的梦。"

他们一边聊着，一边走完了这个圆。图书馆的背影近在眼前。麦当当突然停下脚步，侧头对马兰说："你先去图书馆入口处等我吧。"

"你怎么……"

"我一会儿就来。"

马兰不解，却看着麦当当转身离开了。只好耸耸肩，先去了图书馆。在门口，没等多久，就看见麦当当小跑着往这个方向来了。这时，夕阳正是烧红了半边天的时候。他仿佛是镀着金辉脚踩祥云，气宇轩昂的神祇。

快到近前，马兰几乎看见了他眼里自己的倒影。就见麦当当变戏法地从兜里掏出了两张学生卡，一脸得意地晃了晃。

"你是怎么弄到的?"马兰惊喜地伸手就要拿。麦当当却转身躲开了。他一边往门口内走，一边回头，露出八颗牙齿的微笑。"你猜?"

那一天后来的时间似乎过得很快。从夕阳的余晖快要冥灭最后一丝光线，到整个天空被浓墨重重地涂黑。似乎只是一眨眼。然而马兰却把那天的分分毫毫，连同麦当当的每一个动作，每一个表情都牢牢地记在了心里。

Chapter 7　再见倾心心却凉

办公桌上乱哄哄堆着尺高的文稿，空调制冷的声音时而嗡嗡地响在麦当当耳边。他坐在办公桌前，一边修改着肖卤鸭的采访稿，脑子里一边信马由缰。

距离采访已经过去一周多了，与马兰上一次见面过去了七天。

他恍然发现，时间是有灵性的，时而快得如捉不住影儿的小鸟，时而慢得如呼唤不来黎明的北极长夜。本以为应该是下班的时间，眼风一转，扫向显示器右下角，才愕然发现仅仅过了十来分钟而已。

马兰的微博，用的是她小店的名字，就叫百合。用的粉色的底。微博的简介只是对化妆店和培训的粗略介绍，并没有显示出这个微博有何与众不同。麦当当尝试着无论从微博的名字，还是简介，还有模版背景上做一些调整，让她从万花丛中挑出。

菜包子近来与那个贞贞打得火热，整天腻在一起你侬我侬的。麦当当自觉地没有去做电灯泡。爱情是个私密的东西，受不得太多关注与讨论。而且聚光照耀下的爱情，便失去了那痴痴的傻。一切都清清楚楚明明白白，是没有爱情存在的。正因为这个念想，麦当当这几天忍住了，就没再和菜包子一起混吃混喝。当然忙碌在爱情与淘宝小店之间的菜包子也暂时抽不出心境来搭理他。

想到这里，麦当当双击桌面任务栏里的小企鹅，在长长的窗口里找到了马兰的头像。分组是单独的，写着雇主。图像不出意外的是暗着的。麦当当透过这个小小的头像出神，好像看到了马兰在那头忙碌化妆的身影。她的手一定是嫩嫩白白的巧妙。她的表情也一定柔美无比。

自己独自在家的时候，曾经打开箱底找出了自己的那本小说手稿，仔细地翻看着，越看，就越觉得马兰就是自己的梦中情人。人就是这么的奇怪，凡是不能联想，越是联想，事情就变得越发有了联系。在麦当当的心里，已经确定为爱神显灵，马兰简直就是他小说里的梦中情人，唯一不同的是她真实地出现在了他的世界里。就像歌里唱的那样，没有一点防备，没有一丝顾虑地出现在了他的世界里，好像是一场梦境，命中注定。

于是麦当当想起马兰，下意识地就想微笑。似乎想着她就能感到很甜蜜。想要再靠近，哪怕一点点。可是在她面前就变得不像自己，言辞生硬，思维迟钝，笨拙得像头熊。所以在想见面与担心之间，怯怯地，远远地看着是绝好的选择。

从上次分别，只有彼此交换电话后问候的一条短信。麦当当想要拿起手机，发一个短信过去。却迟迟想不到一个合适的话题。手指在触摸键盘上打出一条条的短信，却又被麦当当一一否定。

“嘿，你在做什么”

不行不行，太通用了类似“你吃了吗”这样万能的问候语了。删除！

“工作累了吗”

是不是太像三好男朋友的开头，意图太明显了……删除。

“中午一起吃午饭?”

该用个什么理由请她吃饭呢，似乎并没有什么要庆祝的。而且对方在事实上是他的债主，毕竟自己还欠着人家三千块钱，虽然可以用劳务来换取。其实最担心的是，她要是不出来怎么办?

这一刻麦当当的大脑在无比纠结却又无比迅速地转动。模拟着电脑的高速工作，无数条理由和借口一个个地输出，一个个地跳过，迟迟给不出一个定数。

麦当当要悲愤捂脸了。又来了！与前夸奖马兰时一样，明明心中的话争先恐后地拼凑出了她让人窒息的美丽。却在要开口时，脑袋一片空白，心思与大脑断了联系，一个字都蹦跶不出来。现在相反，脑子里堆着字句，心思是乱的，迟迟选不定一个！

这种感觉糟糕透顶。麦当当挠头，正打算不管三七二十一随便捞一个借口发出去短信的时候。手机振动了起来。

“马兰：对我们店的网站和微博一定有许多话要讲？下午有时间的话一起晚餐?”

麦当当抖着手回了短信。

“可以。那我们在光谷步行街见?”

看着短信从“正在发送中”变成“发送成功”时，麦当当的心抖了抖。接下来的时间他频频看表，好好地体验了一把坐卧不安和度日如年的滋味。

当显示屏的时间跳转到五点的那一秒。麦当当少见的迫不及待地出现在办公室的出口。等电梯的当儿麦当当利用可以清楚映照出人物的电梯壁挑剔地检视了镜中的人物，深深呼吸后，入了电梯。

马兰今天穿着浅绿色雪纺镶边连衣裙，V领加露肩膀的短袖设计显出曼妙身姿。脚踩着闪闪发金光的凉鞋和裙子镶着的金边相呼应，平添一份华贵。一头柔顺的黑发卷成了海藻般的大卷，华贵中又添了一份艳丽。

麦当当还没走近，怦怦的心跳声就已经震耳欲聋。怕马兰听到这丢人的声响。他不由自主地放慢了脚步，告诫自己要镇定。越是对自己提醒，麦当当就越是觉着手脚也开始不怎么听大脑的使唤，迈步也有了不自然的感觉，而马兰已经走到近前了。

“脸红了！都说与女生见面脸红的男生是保险的人选。”马兰白白地说。

麦当当抹了一把不存在的汗，哈哈干笑两声，用了句《智取威虎山》的台词：“精神焕发。”

没料到马兰竟然熟知这台词，巧笑，拖长了声音学着参谋长，“那怎么又黄了?”

“啊？防冷，涂的蜡。”

“那我们这土匪暗号算是对上了？”马兰豁然而笑。

“对上了，对上了。”这番对话，让麦当当放下了压在肩头的自作自受的负担，轻松了许多。

然后这顿饭就成了一顿美妙的晚餐。为了让麦当当早日赎清欠账，马兰成为了一个说到自己的专业领域会滔滔不绝的女子。这让麦当当对马兰的事业有了更深的了解。同时，这又是奇妙的享受。他只需要静静地听，就能了解到更多关于马兰的想法，马兰的观点，马兰的目标……似乎这样就可以弥补他没能更早认识她的遗憾。

与马兰告别后，麦当当精神很好地回家打开电脑，信心十足地准备大干一场。就算是一夜白发也要给马兰化妆店和微博想出精妙绝伦的广告词来。而且做了一大半的模板今晚也务必完成。这个过程并不如本来枯燥，QQ上马兰偶尔和他聊聊天。时间很快就过去了。麦当当做好模板的时候，已经十二点了。马兰因为明天要上班所以早已下线。可广告词已然梗在心中，吐不出来。

今天的交集很多。麦当当满足地想到。虽然在满足中总会有些不真实的惶恐。

不知道出于什么心理，当麦当当意识到的时候，他已经登录微博点开马兰的主页。正在查看关注她的人都有哪些。

麦当当被他自己吓了一跳。他想立刻关掉页面。可是心里似乎有个声音诱惑他：

你想知道马兰怎么看你吗？你想了解更多面的她吗？

麦当当突然想起他在采访肖卤鸭时，见到他那漂亮太太，就觉得肖卤鸭配不上她。潜意识里觉得有什么隐情。

而他，麦当当，屌丝文青一个，相貌也只能算得上清秀。他敢打赌就算是在年轻的文艺青年的心中，他肯定是连肖卤鸭都不如。那么马兰和他站一起，他真的配吗？

或许旁观者眼里，也像他看肖卤鸭的老婆，马兰另有隐情？

这个念头一起，麦当当的心有种麻痹的疼痛。而那个魔鬼的声音又出现了，在他耳边不停地循环着，逼迫着他非如此不可。

那个声音的诱惑力如此大，在他面前就有一扇通向真相的门，你不需要跨遍千山万水，找遍万种证据。只需要轻轻地一推，那扇没有上锁的门就可以轻易打开。

这是没有人可以承受的诱惑。麦当当也不例外。

更何况就算他卑微地觉得他配不上马兰，可是也克制不住自己躲在安全的角落多了解更多的马兰，了解更多面的马兰。毕竟他已经固执地认为，马兰就是他梦寐以求的女生，而且简直就是他小说里人物的再现。

然而麦当当推开了那扇门，才发现真相才是上了子弹的猎枪。即使那是麦当当已经预料到的，猎枪已然扣动了扳机在他的心中发出一声巨响。

在与马兰互相关注的人中，的确有男人对马兰表现出不一般地热情，在他们你来我往的留言里，麦当当似乎已经可以确定，马兰已是心有所属。

麦当当扯扯嘴角，却终没能完成一个微笑。

Chapter 8　爬满咖啡馆的绿藤蔓

接下来的几天麦当当过得浑浑噩噩，面对自己心中翻滚的热情与失落不知所措。定时上班，打卡。定时下班，打卡。然后写满陈词滥调的稿件。就像一台机器一样，每天固定重复着相同的事情。

这期间马兰不是没联系过他，麦当当都不记得自己每次是怎么回复的了。他只记得他如实相告了微博和空间广告词的进展。然后再聊什么就总是有点冷场，总是不了了之。

想找菜包子沟通，可是人家菜包子有菜包子的事情，更何况自己这根本就是一单相思，剃头挑子一头热。与菜包子对酒窝的单恋异曲同工，若是这件事情去问菜包子，岂不是又要勾起菜包子那满腹的心酸回忆。最多也就是让菜包子再找个借口去酒吧疗他的情伤而已。

当然，麦当当更是个理智的动物，他知道，他需要理由来宽慰自己。

确实没什么大不了。只是他在马兰的微博里发现有和她关系不寻常的男人而已。

这并不能说明什么，谁没几个红颜或者蓝颜的知己？而且人家马兰也没有说要跟你麦当当牵手红毯啊。自己这样做纯粹就是自作多情，自找麻烦。更何况，这些人当中，兴许并没有一个是马兰的男朋友。

可是麦当当没发现，他的心里从最开始去寻找与马兰有微博互动的男人的时候，就已经认定了，马兰一定有男人喜欢，也有她喜欢的男人。这么美丽的女子没有男人喜欢不正常。而她也一定有喜欢的人，似乎只有这样才合乎情理。

想到亦如他梦中女孩般纯真天然的马兰，她美丽的身影又在他的眼前游走，一会儿笑靥如花，一会儿巧手扮装。一阵逼人的灵感涌上心头，百合化妆店的广告词，跃然纸上：

“美，直到世界尽头！”

这是那次在马兰别具一格的小店里，那一双素手，那一双沉静的眼，那一头秀丽的黑发，落在麦当当这样的旁观者眼里，最直观的感受。

“因为是你最美丽。”

这是麦当当在微博的模板里加上的一行艺术字体。

他想起了和马兰相处的种种，第一次独特的见面地点，从针锋相对到和平相处，再到更甚朋友。他想起了握手时马兰手心细腻的触感，想起了她抓着他胳膊的样子，想起了他拿着学生卡得瑟地逗她，想起了那天一身镶金丝边衣裙风华绝代的她。

他的感觉太复杂。真正的妙语偶得就是闭上眼无须多想，让那些个辞藻从最直观的感受里跳出来。

来不及抑制激动的心情，麦当当给马兰发了一条冲动的短信，告诉了马兰广告词，然后便心情忐忑地在房间里来回踱步。幸而很快便收到了马兰的短信，约了在麦当当家不远的一家咖啡店见面。

麦当当坐在一个靠窗的位置。桌子是深棕色的圆木桌，上面摆放了盆盛开的花。椅子由同色系的木条组成的。落地窗也被木条分成同等大小的格子。这是一家意大利人开的咖啡馆。

马兰进来的时候，麦当当不由得眼前一亮。今天她把头发盘起来了，一身深红职业窄裙配上米色的全棉的衬衫，使她既有女人的妩媚又带着女强人的气质。

打完招呼，马兰在麦当当对面坐下。

“真的是太美好了。简直就是完美。”马兰对麦当当的广告词赞不绝口。

听到马兰的肯定，麦当当精神放松了，还有心情开玩笑地反问。

“你是在说你自己还是在说你的店？”

马兰笑了，“你认为我是在说我自己？”马兰顿了顿，接着说，“毕竟美好和完美始终无法表达对你的评价。”

“嗯，这还算中肯。”麦当当装作毫不谦虚地点头，惹来了马兰和他自己的轻笑。笑过之后马兰开口诠释自己的意思。

“我想说的意思是，你是真正的天才。”

“那就是说，我不是人。”麦当当玩笑，却没想到马兰竟一脸认真地点头。

“是的，就是这个意思，你不是一个人，你的两句广告词几乎每天都在我的心里边转来转去，可就是没有人把这两句话说出来。也许，也许是一定要有合适的人说才行，才显得美妙，才显得合时宜。”

“我的确也认为这两句话还不错，但是，这更多的是因为你的缘故。”

“我的缘故？”马兰瞪大眼吃惊的模样在麦当当眼里就成为了最可爱的样子。她身后的窗外不知道什么时候飘起了毛毛细雨，朦朦胧胧的，似乎连室内都沉浸在这样朦胧的美感中。

到了那一瞬间，说出心里的话并不如麦当当想象的那么艰难，“是啊，因为，这两句话，说的就是你。”

马兰既惊喜又高兴，“谢谢。我很高兴你能这样说，但是千真万确事实并非如此，我最多只能算是一只丑小鸭而已。”

“那么对于这两句广告词，你是否认为需要进行一些改进？”

“嗯，确实很完美，如果说一定要改进的话，我认为这句，因为是你最美丽，可不可以改为，因为是爱最美丽？”

麦当当想了想，“的确这样更好，可惜我没有想到这个爱字。看来我始终是无法还清欠账了。”

“哪里，你给予的已经超额了。”马兰由衷地客气，却也是她认为的事实。

“可是，实际上是我并没有写出来那个爱字。这是最重要的事情。”

“以前呢？有过没有？”马兰一语双关。

“有过，那天酒窝结婚同学们还拿这件事开了玩笑。大体情况就是，我与一个小清新恋爱一年，小朋友刷光了我的信用卡，然后牵着她最可爱的狗狗高傲地离去。”再讲出这段事，麦当当很平静，似乎有了马兰这个知己，之前的一些事都看开了。原本觉得可能是一辈子耻辱的事情，现在想想也不过如此。

“这已经是很好的结束了，并不是那么的悲凉。也许我不应该在这样的时候，讲我的故事给你听。”马兰的眼睛里闪过一丝对往事的忧郁之情。

“其实我是非常有兴趣的，这些天，我一直想知道的，可能就有这个问题。”

“简单说吧，相恋了两年，他遇到了更合适的。”马兰说，“有钱，是个富婆，比他大十五岁，于是他假装难舍难分地与我分手告别了。吃了一顿没有吃完的告别晚餐。从此各走各路。怎么样，我这个是不是比你那个更有杀伤力?”

“看来，是我错了。”麦当当其实是在埋怨自己多疑。马兰却误会了他的意思。

“没，你没错，其实，”她说，“我现在和你在一起感觉很好。”

“是的，这才是我想要说的。”麦当当确信。

后面的话有一茬无一茬地尽是些傻傻的情话，当他们从咖啡馆离开的时候，爱情的藤蔓已经爬满了咖啡馆的屋顶，甚至越过了木头做的方格窗。一直沿着屋外的青草地蔓延，行色匆匆的路人们被这甜蜜的藤蔓缠绕着，脚步轻快，心中唱起了久违的，忧伤的情歌。

麦当当飘乎乎地回到家里，头脑这才继续运转。好像……他们彼此告白了?!

麦当当悲愤地捂头。他当时是不是特傻特晕乎。……他当时好像还对着马兰背诵了一首聂鲁达的情诗。完蛋了……马兰一定会笑死的。好丢脸!

麦当当把自己摔到床上，兴奋地翻滚，急于想见到任何一个无关紧要的人，告诉他们，他的梦中女孩真的出现了。欧也！可是，马兰不会就这样认为我太酸吧……怎么办？怎么办？怎么补救一下？麦当当在床上滚着滚着，不由自主地笑了起来，这世界真的是太神奇了。

Chapter 9　男人挤窝坐，只能想出烂点子

第二天麦当当怀揣着被爱情的烙铁烧得通红的内心主动地约了马兰，二人乘着夜色在江畔散步。

这里有武汉最美的景致，十里江滩绿槐青柳，沿着河岸铺平绿色的青草坪。大理石的道路旁幽幽地闪耀着点点灯光。沿途的柚木公园椅上一对对情侣燕子般呢喃。江风拂面，江水一浪接着一浪拍打着河岸，芦苇被风吹起的哗哗声与浪花的声音似有合谋，一遍又一遍将爱的萤火虫吹到每一对情侣的身边，露珠儿似含了情花的毒，拖住了情侣们的脚步。

江面上罩着薄雾，马兰提出来在最靠近江边的沙滩上走，麦当当似乎也喜欢这种惬意的感觉，二人并着肩，衣角被江风拂动。马兰脱下了凉鞋提在手上，走了远远的一段路后，可以感觉到长裙因为湿润了裙摆而变得越来越重。麦当当的心里杂乱无章的情感与清晰的理智各占一角，在与马兰相见的那一刻便摇响了铜铃，开始了漫长的角斗。在差不多走完了整个江滩，最终情感将理智赶下了擂台，于是麦当当慌乱之余说了一句永远也收不回来的傻话："马兰，我觉得自己可能爱上你了。"

马兰羞涩地挽着麦当当的胳膊，额头满足地轻轻依偎在麦当当的肩头。这是最为得体的回答。麦当当服服帖帖地挺直了胸，任由马兰额头的体温从肩膀传递到自己身体的每个角落。

花香弥漫。

接下来的几天里，麦当当便有了生活的目标，俨然成了百合化妆店

的跟班。任何人都想不起来的粗活，都被他想出来而且完成了。为此，马兰抿嘴给了他一个意味深长且百思不得其解的浅笑。因为这，麦当当常常在夜里起来，在白色的纸张上胡乱地写上足以流芳百世的情诗。而麦当当只是从中间选出了一些最为打动人心的句子，用短信的方式发给了马兰。因为这些句子是无法用嘴巴来表达的。这些发烫的句子不无例外地都得到了马兰通过手机发来的心形的回复，这无疑是火上浇油。麦当当甚至希望自己也被蜘蛛咬上一口，好让自己成为蜘蛛侠或者蝙蝠侠之类的人，变得神秘而高贵。一直到一阵春雨的来临，才让这滚烫的身体冒出了白烟，麦当当才略微冷静下来。

雨后麦当当去店里接打烊的马兰。店里的化妆师告诉麦当当，马兰去画舞台妆了，城里的一家大银行搞庆典，员工都要上台表演，不过可能马上就会回来。麦当当决定在店里等候马兰。可是等来的却是一辆锃亮的奔驰轿车，西服笔挺的银行经理文质彬彬地下车为马兰打开了车门。再后来，似乎整个武汉都到了演出季，电信公司、移动公司甚至机关单位和大专院校都开始了紧锣密鼓的歌唱表演。麦当当这才想起已经接近“五一”。单位都在组织文艺演出。可是让麦当当不爽的是，每次马兰化妆回来，都一定会有气宇轩昂的高帅富用专车送来。虽然后来马兰都告诉了他，这是人家单位讲这个客套。更何况自己也免了舟车劳顿。可是话虽然如此，麦当当心里总觉得不是滋味，硬生生平添出了许多烦恼来。

于是麦当当想起了情圣菜包子，专业的事情，还是得专业的人来解决。

晚上到楼下找菜包子。进了他那狗窝，却是焕然一新的景象，凡事变得井井有条，就好像进了星级的酒店一般。傻子都看得出来，这是一间有个勤劳的、爱整洁的女主人的房子。

菜包子见了麦当当，如同怨妇见了久违的老公回家，明明心里火急火燎地想扑上去亲热，脸上却摆着冷淡的冰霜，“哟，麦大编辑光临寒舍，蓬荜生辉啊！”

麦当当和菜包子从幼儿园一起长大。菜包子的把戏，烧成了灰，麦当当都能认得出来，没有理他这套矫情。他坐在了他侧边的单人沙发上，开门见山地对菜包子说：

“包子，赶紧给我疗伤。”

菜包子像摸了电门，刚才还瘫软的身子嗖地弹起来，两眼放光，“情伤？”

麦当当深刻地点了点头，用幽怨的双眼看着菜包子圆滚滚的脑袋。

“又被小清新刷爆了信用卡？”

麦当当摇了摇头。

“小白领闹小姐脾气？”

麦当当又摇了摇头。

“一不是萝莉在奔跑，二不是御姐玩推到。被女王皮鞭抽了？”菜包子不怀好意地哈哈笑了。

“你才抽了呢。”麦当当觉得这是对马兰的侮辱。

“那好吧，除此以外，就你一屌丝，放心吧，受不了伤，没人会伤你。”菜包子不屑。

麦当当向前坐直了，“诶，你说得对，兴许这才是根本，你说，马兰年轻漂亮，又有自己的事业，她真的会看上我？”

“马兰？哪个马兰？你受了她的伤？我就说这段时间怎么行踪诡异，原来是搞花前月下去了啊。好吧，从头到尾开始讲，不允许遗漏半点，否则，不是我这大夫吓唬你，你这病，就直接进入膏肓了。”

“一切，都是从那个月黑风高的夜晚开始的。”麦当当装神秘地说道。

可惜菜包子不怎么配合，“月黑风高？哪天？”

“米酒和酒窝结婚那天啊。”被打断的麦当当不爽。

菜包子忙顺毛捋，“哦，的确，的确月黑风高，这种日子，一定犯着邪乎，你继续。”

于是，麦当当就一五一十将与马兰的爱情不无炫耀地讲给了瞪大了圆眼睛的菜包子听了。

“艳福，这是艳福，富贵病。”作为医生的菜包子，首先给病人麦当当做了诊断。

“菜包子，你说马兰那样好的女孩会喜欢我吗?”麦当当在朋友兼医生面前，吐出了隐藏已久的真言。

菜包子到底是名医，使劲拍了麦当当大腿一下，拍得麦当当全身经脉震动，“病症，这就是病症。”

他摇着脑袋，一付江湖名医的作态，“说到底，是对自己信心不足，一朝被蛇咬，十年怕井绳，你这个病，是那小清新落下的病根。”

麦当当听得悠忽忽地，忙催促，“你别尽顾着说这些，得有办法治啊!”

“马兰，对吧，这女的，化妆师。”菜包子简练地开始。

“嗯，是的。”

“说实话，要是我是女的，我也看不上你。可是，既然这马兰喜欢上你了，说明你这个人身上还隐藏着那么一两个闪光点。”

菜包子就事论事地开口了，虽然麦当当觉得他有故意先损他一通的嫌疑。可是毕竟忠言逆耳，而且菜包子说得又一套一套的，姑且就先听着。

“嗯，然后呢?”

菜包子表示了对自己和麦当当默契的嫌弃，“然后?然后既然马兰能看得到，比她更白富美的，也应该可以看到。”

然而事实证明他们的默契度还真不是一般的低，就是挑明了，麦当当也认同不能，“这是神逻辑。”

菜包子不耐烦了，“那你到底信不信我，不信我，喏，门在那边，你直接出门，走安全楼梯，上一层，然后洗澡，睡觉。”

“我信，你继续。”麦当当连忙狗腿子似的给菜包子捶背。开玩笑。他自己回去的话一定又是无头苍蝇乱撞一般地想东想西。那今晚就别想睡了!

“左边一点，哎，再左点……”菜包子指使麦当当像模像样地捶了一会儿。才大爷似的把手一挥，麦当当继续狗腿子似的坐回去，做认真倾听状。菜包子才露出了智者的神情，身子后仰，两腿盘起做高深莫测状。

“我约一个比马兰更白富美的妹子，让她瞧瞧你，要是她能看出你身上的闪光点，或者真的能爱上你。那马兰对你的爱就不用怀疑了。”

麦当当并没有觉得菜包子的这个建议有多么的高明，但是，毕竟菜包子一眼就指出了他隐藏在内心深处的病因。或者权且由他折腾，兴许能够令人豁然开朗。

于是麦当当问：“说说你的治疗计划吧。”

“你这病，得开大处方。”

“你就说呗，死马当活马医。”

“喏，我找贞贞要一个她朋友的 QQ 号码，然后呢，你在网上和她聊，然后约着见面，我陪着你去。你身上有没有感动白富美的地方，便立刻可见分晓了。然后我们再问这个白富美，你身上究竟有哪一点是可以吸引美女的。”

麦当当虽然觉得菜包子下的是服错药，可是想了想，这也不失为一个好的办法，至少能够让自己自信一些。于是点头称许：

“这的确是个不错的方法。”

Chapter 10　魅力四射夹着尾巴收场

菜包子把这事和贞贞一说，她就很爽快地应了。没过多久发来一组号码。菜包子动作迅速地加了人，发现刚好在线，就发去一个招呼：我是贞贞的朋友，叫麦当当。很荣幸认识你这样优雅的女性。

不久就得到了回应。

我是白富美：谢谢你的赞美。虽然我很好奇你是怎样隔着电脑屏幕就看出一位女性是否优雅。

所有的对话都由网恋经验老到的菜包子操刀。

菜包子：看来你一定是听惯了各种赞美，是的。我不否认有刻意讨好你的意思。事实上，我听贞贞说起过你。我认为任何一位男性在有机会的情况下都会想尽各种发自肺腑的甜言蜜语来博你一笑。

我是白富美：你真会说话，那和贞贞比呢？

菜包子：她和你当然不具备可比性，毕竟她是有主的人了，再好看也和我没关系不是吗？

对话开始进行得很轻松，他们在进行深入沟通的时候，不仅谈到了艺术，而且还谈到了人生。麦当当诧异地看着菜包子以迅雷不及掩耳之势勾搭了一陌生妹妹，并与其敲定了第二天见面地点等等事宜。而自己全无用武之地，就默默地跟他家马兰发起短信，寻求真正的心理安慰去了。

第二天一大早，太阳高高挂着的天气竟刮起了一阵冷风。没有防备的菜包子被这阵风激得打了个喷嚏。麦当当笑话他，“这阴风只刮你。

小心今天出门不利。”

菜包子不甘心地瞥了眼同样穿着短袖的麦当当。觉着这阵凉风没有惊着眼前对死党落井下石如麦当当这样的人，实在是处处都有不公。

麦当当就跟没看出来菜包子想别过头去来个“眼不见心不烦”的表情，继续保持着他的疑问：

“包子，你说那个白富美，靠谱吗？”

这问题麦当当今天问了不下五遍。菜包子已经能淡定地无视他这种抽风。直接扯了他进入到那间恰好可以显示二人高雅格调和品位的咖啡馆。

名叫“真心”的咖啡馆在二人经常晃荡的徐东销品茂的一角，两个人在这里消磨过不少多余的时光。因此熟门熟路地坐在了一个可以总揽全局的地方。

菜包子用胳膊拐捅捅麦当当，“哎，把书拿出来呀。”

麦当当犹犹豫豫地从放在身旁的挎包里拿出了本——《儿童文学》。

“噗——”

麦当当急忙鬼鬼祟祟地四处张望一下，发现没人注意他拿在手里的烫手山芋，才狠狠地瞪了偷笑的菜包子一眼。

这本书还是昨天晚上麦当当和网名叫“我是白富美”的今天约会对象聊起接头标志时，菜包子夺过键盘噼噼啪啪定下的。语曰：“这年头拿杂志拿书本约会的人太多了。你没看过一部电影上女主角拿着约定的书去约会，结果整整一家小店全是拿那本书的男人。你们就拿《儿童文学》靠谱，我敢打包票没有第二个约会的会拿着和你们相同的书。当然，如果现在小学生都约会的话就纯属意外。”

麦当当对此不以为然，抢回键盘的使用权，正打算解释一下。约会的女方已经觉得颇有道理地答应了。

他不会承认这也是他今天问那个不下于五遍的问题的原因之一。

至于其他的原因，就不用他一一解释了，相信从她那充满囧然的网名上正常人应该已经可以窥探一二。菜包子？哦，他当然不在这群人的行列。

“哎，当当。你看，那是你今天的约会对象吧。那身材，正点。”

麦当当顺着推着他的菜包子的视线看过去，入目的是一个打扮时尚的女人。手里拿着和麦当当同期的《儿童文学》，带着面积过于夸张的墨镜，墨镜遮住了大半的脸，黑白分明看上去像是太极。身材看起来虽然也能入眼，但似乎没有马兰那般的好。麦当当就扫了一眼，对上巴巴眨着大眼的菜包子，不想太打击他。就谦虚地来了一句：“还可以。就是没马兰身材好。”

“……”菜包子心说你心里就你家马兰女神了，当然谁都不能跟她比。麦当当看到他暗地里翻了翻白眼，大度地决定不跟他计较。

这一来一往间，约会女郎已经走到麦当当和菜包子对面的位置坐下了。她微笑地冲麦当当点了点头，“麦先生，你好。我就是‘我是白富美’，你今天的约会对象。”

麦当当还来不及细细搜寻这觉得耳熟的声音，就见她已经摘下遮住半边脸的墨镜——没有化妆就白白净净的皮肤，宛如邻家女孩一般清爽的长相。

就听菜包子一声惊呼，“贞贞?!”

菜包子有拔腿就跑的冲动。却不知为什么两腿像灌了铅似的沉。无形的压力让他根本挪不起一步，更严重的是，他的屁股被蓄谋已久的椅子用无形的双手，牢牢地固定在含情脉脉地看着他的贞贞对面。

麦当当仔细一看，果然是菜包子之前还腻歪着的小女朋友，怪不得觉得声音耳熟。他扯过身边的菜包子耳语，“这就是你说的‘绝对’靠谱的白富美?”

就被菜包子气愤地瞪了一眼，那一眼似有着夺妻之仇。麦当当无辜，他可是什么都没做呀。而且，好像，这两个人已经分了?

菜包子张张嘴，好像想说什么，贞贞却已经开口。她第一次用那种陌生的眼神看着他，也只是那样看着他，他就突然打了个寒战，心猛地就是一阵酸疼。

她说，“蔡先生果然不愧是情场高手，如果不是早已经爱上你了。怕是仅昨天的初相识，我都会再次被你迷倒。”

她明明说着最动情的话语，看他的眼神却是那样的陌生。他甚至从那幽怨的眼神中看到了心痛疲倦后的讽刺？

受到无情打击的菜包子不知道要怎么去回答。而贞贞已经把视线从他身上移开。她看着窗外蓝得纯粹，几乎看不到一朵白云的天空。只剩下太阳还在孤独地炙烤着可怜的人们。

“麦先生，我想请你以孩子叔叔的身份做个见证人。”贞贞看向了长着一张可靠脸的麦当当。

麦当当立刻就明白了这句话其中的深刻含义。

而菜包子似乎无动于衷。露出一头雾水的表情恍然似的笑了笑。

然而这本意上并不能算是一个笑容。她知道这只受惊的呆鹅并没有完全了解全部的事实，于是只好用平淡的声音直白地让菜包子明白：“简单来说就是——你要当爸爸了。”

Chapter 11　心贴心，揣着端倪

“我需要冷静，当当你替我陪一下贞贞。”在听明白了贞贞的话语后，菜包子终于挣脱了板凳的桎梏很没胆地撇下麦当当逃跑了。

贞贞看着他风一般冲出去的背影，稳稳地坐在座位上，流露出哀怨的眼神。她早就猜到了不是吗？这一刻，她在问自己一个深刻的问题，为什么自己会喜欢上这样一个人。

麦当当从窗口向外追寻菜包子的身影。起风了，阴沉沉的天空像是蛰伏着的巨兽。那一幕的最后一个情景，是菜包子站在咖啡馆楼下的出口，只留给麦当当一个模糊的只剩一半的侧脸。他的情绪笼罩在暗光中，麦当当看不清楚却觉得他的身影有几分难得的忧愁。

回到家，满心疲惫的麦当当把自己放倒在柔软的沙发上，丝毫不想动弹。菜包子在冷风中冷静了半天才听他的劝回家。结果菜包子还没完，扯着他喝光了冰箱里啤酒的存货才放他走。听菜包子不知所云了半天，比看国产电影还累。

不过有一个人的短信麦当当不管出于什么状态都会看的。

“叮当，我明天大概 4 点就可以下班了。”

叮当是马兰对麦当当的爱称，她说这个名字既亲昵又没别人这样叫他，难道让她和他那群朋友一样叫当当？麦当当多次抗议这个像猫的名字无果。

读完这条短信的麦当当精神状态顿时就不一样了，忘记了与菜包子的失败的合谋，一门心思想着明天的约会地点。又孔雀一样翻箱倒柜地

找合适的搭配。马兰的短信果然是麦当当的最佳疗药。

在思考约会地点的时候他想起菜包子说的爱情经，其中有一条，不常玩浪漫的人偶尔地玩一次会有意想不到的效果。虽然麦当当觉得菜包子现在受到了暂时的感情困扰，但不得不说，就恋爱教育这方面，菜包子说的话往往还是比较靠谱的。

浪漫，在麦当当这位曾经立志要做小说家的人的眼中，烛光晚餐是最最之选。

第二天下午，麦当当秉持着绅士风度提前半个小时出现在了马兰店里，等待的时间里他趁人不注意偷偷审视自己第五次时，一辆白色的豪车停在了门前。麦当当紧张地向外张望，不情愿地看到马兰从车上下来，走到驾驶座旁隔着摇下的车窗与人说话。马兰背对着麦当当，他看不清她的表情，但也能想象她一定是惯常温柔的笑容。而车里那小子被马兰娇美的身子挡住了，因此麦当当并不能看到他长得是圆是扁。只是在车子开走，错过马兰的瞬间他看到了那张算得上是帅气的俊脸。

醋意从深藏的幕后走上前台，又酸又涩，麦当当觉得这就像他与菜包子在幼儿园的时代发生的事情。上帝一样的老师奖励了自己珍爱的娃娃被别人一脸垂涎地盯了半天，并且那人通过大人的路子得以把玩，而自己满肚子不乐意却还必须借给他的心情。

当然，这样说并不恰当。可麦当当此时就是有种把马兰周围的嗡嗡乱转的男性生物全都赶走的冲动，现在他认为自己最需要的是一只左轮手枪，最好是冲锋枪。

马兰并没有发现麦当当的失神，她一脸笑意地挽起麦当当的胳膊，催促道，“叮当，我惦记了一天你要给我的惊喜呢。”

为了达到更好的效果，麦当当只说要给她个惊喜，却对约会地点烛光晚餐什么的守口如瓶。

地点是麦当当在网上订的一家叫作戈雅的法式餐厅，他还特意先买了玫瑰，插在嘱托服务员拿来的花瓶里。而且提醒了服务员别忘记了布置好蜡烛，等等，一切妥当后才去接的马兰。

几朵鲜艳欲滴的玫瑰在素白的花瓶里绽放开来，空气中似乎都能闻到玫瑰诱人的芳香。而它浓烈的颜色和落地窗旁大红的窗帘成为一体，热烈得好像要烧到马兰的心里。点点烛光，和窗外点点的路灯相呼应。散发着柔和的光线，朦胧的是空气中渐渐滋生的暧昧情愫。

这无疑是每个女孩心中最梦幻的烛光晚餐。

马兰用幸福的柔情抱住了麦当当，将脖子埋在他的脖颈，笑出了甜美的酒窝，语无伦次地在麦当当的耳畔呢喃，“当当……我太高兴了，你真棒!”

这顿无可挑剔的烛光晚餐将两人的情丝结结实实地缠在了一起。以至于晚餐结束后，到了马兰的公寓楼下也难分难解，热情让他们的手心都渗出了羞涩的汗水。他俩几乎是颤抖着进了马兰的房间。这是一间真正的闺房。

两只绣着紫色郁金香提花的奶白色单人布艺沙发斜对着一只瘦长的木书架。沙发中间的木质正方形茶几上插着盛开的百合花。透着马兰体香的单人床上整洁地铺满了缀着星星和月亮的水红色床套。靠窗的墙角是一个精致而又小巧的黄花梨木梳妆台。房间有一个卫生间和不大的厨房。

热烈的激吻使得呼吸越来越急促，而且让身体越来越烫。他们用颤抖的手在彼此的身上漫无目的地游走，然后慌乱地将对方的衣服脱去。

马兰的蕾丝内衣让麦当当有些手忙脚乱，情急之下就胡乱地将自己的衣服脱下丢在沙发和地上。

马兰自己轻轻地将黑色的蕾丝内衣褪下，胸前微微抖动的大白兔眨着粉红的樱桃般的双眼，收紧的小腹上美妙的肚脐深情地与麦当当血脉膨胀的战士对望，菁菁的三角地带覆盖住了那神秘的沼泽，麦当当产生了冲进去不可自拔的欲望。

麦当当生疏地咬着马兰润滑的舌尖，让马兰的嘴里断断续续出现嘤嘤的声音，这声音唤起了麦当当拨开树枝走进森林的勇气，在进入到了马兰温暖的河流后，马兰嘴里的嘤嘤声变成了喉咙里传来的气喘的哼哼的声音。麦当当不停地一桨一桨地划着使劲朝着河的对岸奋力游去。渐渐泛滥的河水弥漫了三角地所有的森林。麦当当想沉到河床的最深处，想让这甘甜的潮汐流入到自己的身体里。于是他的唇顺着马兰白皙的脖子往下探索，吻遍了马兰的全身。然后就不顾一切地埋头进入了渴望的深渊。直到热乎乎的香气弥漫的甜汤滋润了他的舌尖，他的唇，他的心和肺。终于才从淹没的河水里出来重新开始与马兰一同进行最后的跋涉。随着从胸腔里发出了嗷嗷的呼唤，马兰雪白的身躯开始发抖，一阵激流将二人推上了彼岸。

软绵绵的幸福让他们紧紧相拥，直到窗外的天空透出彩色的晨光。

Chapter 12　勾搭人与反勾搭

今天过后，麦当当就确信自己的人生航船驶入到了爱情的港湾，连续几天都早早地去接马兰下班，然后二人一同吃幸福的晚餐。然而在那辆白色的豪车连续几天送马兰回店里之后，即使麦当当明知道马兰是因为工作，却依然得了一种时而幸福时而沮丧的病。

与马兰单独在一起，他就备感幸福。可是刚刚与马兰分开麦当当就开始用挑剔的眼光审视自己的现实。在总结了无数的理由之后，麦当当就开始了深深的沮丧，怀疑自己的魅力。他不停地担心马兰身边成功的年轻男人，甚至还臆想出了马兰会与这些比自己优秀的男人约会。

一想到马兰可能和其他人约会，想到他们徐徐而谈的愉快样子，想到马兰在别的男人面前笑得眉眼弯弯，麦当当就辗转难眠，心里有一种火焰在熊熊燃烧。那是嫉妒和心虚的火焰，从星星点点到燎原之势。

就这样被猜忌的病魔折磨了整整一周之后。麦当当越来越肯定马兰不会像看上去那样一心一意地爱他。因为无论他从什么角度来分析，都有一个亘古未解的疑问在困扰着他自己——马兰真的爱我吗？

这个问题他不仅问自己，而且还继续追问楼下那位看上去已经摆脱了贞贞困扰的男人——菜包子。菜包子在经过了对自己长达一个星期的反省和思考之后，得出了一个愉快的结论，“我想我不是神枪手，所以贞贞是骗我的，她根本就没有怀孕。”有了这个可靠的论调，菜包子从低落的彷徨中走了出来，重新成为了原先意气风发的菜包子。

这个脱胎换骨的菜包子实在忍受不了麦当当重复的疑问，终于用他智慧的大脑，又想出了一个他认为是最最聪明的主意，而且迫不及待地告诉了麦当当："当当，我想了个最为可靠的好办法。这事成了，你可要好好地请我吃几顿。"

菜包子打算拿出他那情圣的超强亲和力，在最短的时间内与马兰混熟，并成为马兰的妇女之友。这样她遇到感情问题当然会和他商量，他也就可以借机了解马兰对麦当当的感情了。

彼时，麦当当正靠在自己沙发上哧溜着热腾的泡面，菜包子激动陈词时他连忙用手护着自己碗里的面，以免被讲得慷慨激昂的菜包子喷进唾沫星子。转了个身，鄙视地背对着菜包子吸溜着面条。任由他折腾。

菜包子便自觉地把这当成了默认。

他自作主张从麦当当的手机里找了马兰的手机号，第二天经过了反复准备之后拨打了号码。

电话接通的瞬间，他满脸兴奋："王凯!"

马兰一头雾水："你好……请问你找谁?"

"王凯呀，你怎么会拿着他手机?"

"……我想你打错电话了。"

"不可能呀，我手机里存的有他名字，以前又不是没通话过，怎么可能打错!"

"你所谓的'以前'是多久之前?"

菜包子想了想，"嗯……大概几年前吧。"

马兰：……

黑线。"我一年前才换的号，估计是你那个朋友的。"

"啊啊?"菜包子假装傻眼，"怎么这样……也没通知我一声，哎不过话说回来，美女，你声音真好听，可以去配音了。"

马兰忍俊不禁，不过任谁都是乐意被夸奖的。她觉得这个人还挺有趣的。

其实，感情是个很奇特的东西，它有时会来得很突然。不仅仅是爱情，有的友情也是这样。也许只是彼此的一眼默契，或者一次对话，你就会知道，这个人，对我的胃口。我们会在将来成为好朋友。

马兰和菜包子现在就是这样。

菜包子自告奋勇告诉马兰自己开了网店，希望她能去逛逛，而马兰正想看看别人的网店是如何在经营，于是在菜包子的请求下，彼此交换了名字。菜包子因为麦当当还没有把他介绍给马兰，所以也就用的自己真名。

挂了这通无厘头的电话，马兰好笑地摇头。靠在电脑椅上，随便按了下笔记本键盘，黑色的待机屏幕上出现了简洁的桌面。背景是她趴在麦当当背上，两人一起自拍的头像。马兰看着冲着镜头笑的傻兮兮的麦当当，在这一室的暖光中，笑容渐渐染上了愁色。

与此同时，菜包子兴冲冲地挂了电话，狠狠地对自己比了几个V，然后拨了麦当当的电话跟他炫耀去了。

日子这样过了几天，菜包子果真把他的亲和力运用到极致，竟然发挥了他妇女主任的特长，介绍了几个姐妹去马兰店里化妆，而且里边还有他曾经的女友梦梦。所以与马兰虽然尚未谋面，但是已经算是熟人了，因为马兰不止一次地在电话中对菜包子的热心肠表示了感谢，而且强调一定请菜包子到店里坐坐，顺便还要请菜包子吃饭，在电话里头，菜包子是肯定不会做知心姐姐，问人家情感之类的。外加彼此都还没有见过面，也没有熟悉到那个程度。不过菜包子用少有的耐心告诉自己，循序渐进。不能急，不能急。

这天中午，吃饱喝足一时无聊的菜包子有预谋地进了马兰网上的店，发现客服写着，马兰。便兴冲冲地点开聊天软件，发过去一个招呼。

“嗨，我的朋友梦梦昨天遇到我，直夸你的妆画得好。”

“谢谢！梦梦我认识，她昨大还来过，请问您有什么需要？”

“应该是我谢谢你才对啊，今后我会介绍更多的朋友来。”

“谢谢，也欢迎你的光临”

“我是大男人，怎么会光临化妆店呢？”

“很多男人都会来的，我们可以帮你修修眉毛啊，或者为您提供造型服务”

“哦，我可以来参观学习新的知识，化妆之类就不适合我了，毕竟已经太帅了。”

“呵呵，帅，那你幸福吗?”电脑里传来了一句奇怪的疑问。

菜包子愣了愣，这个时候他想到了梦梦，想到了他认识的诸多女友，当然也想到了已经有一个星期没有音讯的贞贞。这使他若有所失——他游离在这么多个女人之间，当真是万花丛中过，片叶不沾身。然而，心里的空虚和寂寞反而是越来越深。这显然是个让他茫然的问题，于是如实回答：

“一时间还真说不上来。”

“那么你的确有必要光顾我们百合店。”

“为什么呢?”菜包子终于有了疑问。

“因为化妆造型看上去是为了美丽，可实际上是为客人送去幸福啊。”

这句仿佛来至电视台记者的温暖的话，轻易地抨击了菜包子已经算是千锤百炼的心脏。

有时候，心动就是那一瞬间，它像是猛烈冲击的洪流，轻松跨越时间、地点、身份，这些障碍，将这过电般的感觉送到你身边。

菜包子就在这一瞬间，沉沦了。

不由分说在百合的网店预订了一套男士护理套餐。好似这才能够安心地结束这一刻关于幸福的交谈。

彼时，日光正好，麦当当在距离菜包子数公里远的办公室里忙碌地敲打着键盘，他抬头看了看照射到他身上的强烈阳光，起身，唰的一下，米色棉质的窗帘过滤了强烈的日光，投射进来的变成了柔和的光线。至于阳光所带的热气，则被大功率运作的空调吹得一干二净。

Chapter 13　瞒着兄弟的纠结包子

菜包子因为一句关于幸福的哲言而有了心动的滋味，还没仔细回味，就在现实中纠结了。

现实是，他对他最好的哥们儿的女朋友心动了。菜包子以头抢地，这不是狗血剧啊这是生活啊生活！他欲哭无泪，手高高举起，想好好教训一下自己不听话的羞耻的心，叫它该动的时候不动，却在不该动的时候、面对不该动的人，偏偏动了！这是赤裸裸的对自己的羞辱。

这下怎么见麦当当！菜包子在屋里像只陀螺似的急得团团转，手里几次想给麦当当打电话说清楚却每次都怯怯地按不下拨打键。麦当当对马兰是认真的，他要是知道了……菜包子缩缩脖子，被扁一顿都是轻的吧？

所以……为了哥们儿的友谊他不告诉他也可以的吧？反正他就心动那么一下下，就像蜻蜓掠过湖面，更加谈不上如麦当当那样陷得深入和彻底，再加上凡事都应该有先来后到之类的种种种种，总之他是不会对马兰出手的，所以……不说果然可以吧……？

想通了以后，菜包了果断地将手一抛，黑色的手机在空中划出一道完美的弧线，落到了……柔软的床上。

他决定把这一时的心动跟脱了的衣服一样，果断地放下。他菜包子大爷是情圣嘛，放过一朵小花又怎么样……即使这一朵小花是他心动过的。

这样想着，他把笔记本搬到客厅，找出连接电视的电线，然后把窗帘都严严实实地拉上——看鬼片！

一边爽歪歪地吃着薯片，一边捧着刚煮的咖啡，菜包子歪在沙发上乐滋滋地看着电视中的主角各种逃跑和尖叫。谁说我不知道幸福，现在就是幸福！

太阳从东转到西，菜包子待不下去了！他向来是个直肠子的人，还有着迷人的大大咧咧的性格，有什么事闷在心里就一直不爽快。对比了下，菜包子决定去马兰的百合店里替麦当当这个好兄弟说媒，这是自己的专长，而且重要的是顺便可以与马兰见个面。

在百合店的门前，菜包子给马兰拨了电话，有些心慌地等待马兰出来迎接，果然马兰的出现让他眼前一亮，他不禁在心里暗叹了下麦当当的眼光确实狠毒，眼前的女人是菜包子见过的最漂亮、最有气质的女人。

稍稍可惜了下，菜包子礼貌而且又客气地弓着身子笑眯眯地对马兰说道："初次见面，久仰久仰，兰美女。"

马兰也微微笑，"彼此彼此。"

那最开始见面的些许尴尬就这样消散了，他们又聊了些随意的话题。菜包子想着伸头也是一刀缩头也是一刀，不如干脆点早死早超生。深吸了一口气，豁出去了——

"其实，今天来除了护理一下我这劳动人民的双手，还有一些事想跟你说。马兰，有一瞬间，我为你心动了。额，当然，我今天并不是来向你表白的……"

马兰本来虽有些诧异，却并没表现出什么厌恶的情绪出来，听了他后面说的，她转动了下眼睛，倒是有些似笑非笑，"你这说的我倒糊涂了。"

"昨天下午在网上和你聊得很愉快，那一瞬间，我可以说是产生出了相见恨晚的冲动。但我这会来不是和你告白的，因为我知道你已经有男朋友了……"

马兰听着听着，时而皱眉，最后又笑了，"打断你的讲话有些无礼，不过我必须告诉你一件重要的事情。昨天下午我并没有和你在网上交流，我一直在店里忙着给两位新娘试妆，好像忙得连吃饭的时间都没有了。”

做好破釜沉舟的菜包子只傻呆呆地发出一个音节，“啊?”

“所以换言之，那个让你心动了的人不是我。如果我没猜错的话，你应该是和我网店里的客服王娜进行的交流。”

菜包子从呆愣的状态中醒过来就是一阵狂喜，这么说他不用为了兄弟而放弃他好不容易心动一下的对象了？他也不用愧疚竟然对兄弟的老婆心动这种不义气的令他感到羞耻的事？也不用担心被麦当当揍了？

哈哈哈哈哈。菜包子内心一阵狂笑。原来他心动的根本就不是马兰。菜包子突然就觉得生活是这么的美好，灰尘颗粒超标的空气也是这么的新鲜，即使经常灰蒙蒙的天空也是这么的可爱！对了，她叫王娜。王娜王娜。真好听！菜包子的心不知道飘到哪儿去了。

马兰看着明显走神了的菜包子一阵无奈，领了菜包子进到店里，取了张便笺纸，“今天她不在店里。”于是从手机中找出了一个号码抄了上去。然后拿着粉色的便笺在他面前晃了晃，“回神了！”然后递给被他唤回元神的菜包子，接着说：

“王娜的电话，虽然我觉得你也许不需要，因为你自己也可以要到。”

菜包子喜形于色，小心翼翼地捧着这张纸，此刻马兰在他眼里简直就是天使啊，一下子就解决了他这么多烦恼，还直接把电话给他了。真是好人！圣母玛利亚！马兰在他心里的地位直逼麦当当。

菜包子示意马兰到店外面去，看他神秘的表情，马兰明白这是有重要的话要告诉她。

出了门，菜包子决定实话实说，“其实，我是麦当当的好哥们儿。”

他偷偷地注视马兰的表情，就见她好似并没有太大惊讶，挑了挑纤细的眉，“我该说这真是一个美丽的巧合吗?”

“这是我自己一个人出的主意，和麦当当没一点关系！”菜包子很讲义气。

“我有说什么吗?”马兰笑，然而那笑容让菜包子打了个寒战。那和他老妈以前每次逮到他做错事要惩罚前的笑容是一样的！这种风格叫先给一个甜枣再把你整得死去活来？

马兰没理睬他心里的纠结，叹了下气，眉宇间就浮上愁容，“其实，我大概也猜得到一些。当当他很没有安全感吧？”

竟然不是“黑暗前的黎明”？菜包子诧异，从马兰说话当中不知道为什么就有些觉得麦当当的忧愁都是自欺欺人了。

不过谈起麦当当，他也正了神色，“不能说是没有安全感。这么说吧。我和当当从小在一起长大，我敢用我的名誉担保，他应该说是这个世界上最善良的人，额，也是一个过于理想而且才华横溢的天才。”

马兰没有说话，用眼神鼓励着菜包子。于是菜包子也就继续说，“可能一直以来他都在追求他梦中的世界，就好像他的小说中的世界。”

“他的小说中的世界？”马兰轻轻地问了句。

“是的，念大学的时候，他就在被窝里写他的那本《我的梦中女孩》，不过后来工作了，忙了，于是就放下了，或者是因为对生活的失望？毕竟一头乌黑的长发，沐浴着晨光而来，与你携手一起踏浪而行，外加心心相印共白头的女子已经像恐龙一样的绝迹了。”

马兰微微笑了，点了点头。

菜包子继续说，“大街小巷的人群里，哪一个人的头脑里不是在转动着金钱、成功、名誉和奢华的生活，额，所以说我才搞了自己的企业，开了一家网店，虽然现在规模不大，但是我这是刚性需求。”菜包子说着说着，跑了题。

听着菜包子的吐槽，马兰的眼睛里闪出隐隐可见的光。

“所以呢，作为我最好的朋友，作为一个真正的天才的他，现在觉得他自己就屌丝一枚，你在他心中就是女神般的存在，或者你正好是他小说中的那样的梦中的女孩？也或者恰恰相反，是这个现实社会的宠儿？反正这两者都会使得你成为女神，从而使他找不到被爱的理由。现在怕是，你跟他说你很喜欢他，也打消不了他的这一想法吧。这就跟噩梦似的，他现在就钻这牛角尖里了，死活出不来。”

菜包子滔滔不绝地说出了他的见解，就见马兰沉思良久之后，才开了口，“其实我非常能够理解他，在这样的一个世俗的世界里，似乎衡量一切都是以所谓的成功为标准，好像所有的人都是复印机里出来的人一样才好。其实呢，在我看来，这些人都是失败者，真正的成功者不仅仅是能够闪亮于人的眼睛，更重要的是能够打动人的心灵，就像是化妆。我想当当现在这个样子应该是被这种所谓的成功的压力困扰，可是又不愿意委屈自己的内心的结果。包子，你是麦当当最好的哥们儿吧?”

菜包子听马兰说得有理，冷不防就听到他问了这一句，愣了一下，坚定道：“当然了！我就像是他亲生的朋友!”

马兰笑了一下，“这就好办。所以，包子，我拜托你件事。我想让他知道，不是每个人都喜欢复印机里出来的人。我喜欢真实的、有才华的人。不过这件事仅凭我一个人是做不到的，你毕竟比我更了解他。”马兰的知性扑面而来。看菜包子也满脸认真，才接着说道：“其实我们化妆师最清楚一件事情，一个人自己最美的地方往往自己是看不见的。所以你权且也委屈一下，和我一起做一次当当的化妆师!”

Chapter 14 情圣的第几次告败

自从马兰告诉了菜包子，那次在网上聊天让他产生了心动的女孩是名花无主的王娜后，菜包子心中平息了的湖面再次泛起了蠢蠢欲动的涟漪。他那早已泛滥的爱情藤蔓上，新结了一颗名叫红豆的单相思的果实。

当天晚上，他首先以马兰的妇女之友的身份对麦当当发表了结论性的声明：马兰爱你确凿无疑！当然他省略了自摆乌龙的过程以及他与马兰交谈之后用心良苦的合谋。毕竟，好消息始终都是一剂兴奋剂，菜包子还算是不错的声明让麦当当暂时抛开了对爱神光顾的怀疑。改变了对菜包子情报能力将信将疑的姿态，从电脑桌前站起，连问了几句为什么后，一把抱住了够哥们儿的菜包子，感激之情无以言表。

菜包子被他敬佩的眼神看得心情激荡，从容地离开麦当当被爱情困局搅得已是乱七八糟的房间。留下麦当当在里边独自冥思苦想。楼道柔和的光线笼罩中，他的背影伟岸极了。可是当他编辑发给王娜的短信时，心脏依然还是不受控制地跳个不停。

“是王娜吗？我是梦梦的朋友，就是昨天下午听你在网上聊了关于化妆品让人幸福这个话题的神秘顾客。你说的那句话很有道理，解决了我人生中的不少困惑。想请你吃顿饭感谢一下。”

发送成功。

这一刻，菜包子可以感觉到麦当当第一次抖着手和马兰发短信的心情。他只觉得灵魂已随着发出的短信飞走，不在自己的控制之中，无端地被短信那边的回复牵引着，这种从没有过的微妙体验让菜包子甜蜜的同时觉得陌生并且恐怖。

王娜当然回复了短信，这也在菜包子的意料之中。他把约会的时间和地址发了过去。地点很巧妙地避开了上次碰到贞贞的噩梦般的地方，选了另一家同样能体现他格调品位的位于光谷步行街的秀玉西餐厅。

王娜的短信显示她对明天的约会也是期待的。菜包子对自己把妹的高超手段微微自豪了一下。躺在加大的双人床上，菜包子眨巴着眼睛，在明亮的月色中，想着明天见到的人儿会是什么长相，是甜美型的呢，还是御姐范的，还是有着大和抚子一样的温柔？不由得在脑海中勾画出了一个模糊的身影。长发飘扬的女子，有着素白的皮肤，高挺小巧的鼻梁，眉目温婉，巧笑嫣然。

她只远远地立在光影中，冲着他笑，便让菜包子的心软软的暖暖的，好似一泓明月照耀进了他睡梦里的心田。

第二天，梦醒之后的菜包子如约而至。尚未见到王娜，就有了美妙的事情发生。

精心着装的菜包子照常提前到达秀玉西餐厅门前等待着佳人的到来。那满脸的阳光甚至又帮他吸引了更多的女性目光。实际上在他的狩猎范围内出现了一位眉目温婉一如梦中巧笑嫣然的女子时，他没有轻易放过与其认识的机会。尤其是这位美女现在正微皱了眉头，环顾四周后开始掏出手机看了看，捣弄了一番后，她又轻触起了纤细的眉，再次抬头四处张望，视线似乎在西餐店门前搜寻什么。

菜包子挂起自己最魅惑的笑容，走上前去，一脸关切，调低了音量："遇到什么麻烦了？"他看了看少女手上捣鼓的手机，再次开口，"也许我能帮得上忙。"

正在捣鼓着手机的女人听到这温和的声音，视线所到处，是菜包子那健硕的身材。他穿着黑色的紧身衬衣，水洗牛仔裤熨帖地塞进短靴里，微斜的刘海儿下一双明亮的眼睛正柔和地看着她，这是菜包子极力释放的致命诱惑。

她开了口，声音是黄鹂般的清脆，此时，这声音带着些为难："我和人约在这里见面，但不巧的是手机没电了。能麻烦一下，借你手机打个电话吗?”

菜包子的眼睛突然就更亮了，不由得微微弯起嘴角明朗的线条。“当然可以，不过，因为我也是和人有约。所以，”菜包子顿了下，好给她足够的反应时间，“也许我恰好就是你要见的人。”

“难道你的名字叫菜包子?”

菜包子故作幽默地左右看看：“不出意外，目前只有我一个人叫菜包子。王娜小姐你好!”

“就直接叫我王娜好了。”王娜显然对菜包子的热心肠印象不错。并且竟单纯地认为菜包子的举动只是因为好心。跟着菜包子来到他的桌子边，却不坐下，只是伸出手，巧笑嫣然：“菜包子先生果然如你所说的帅气，你好。初次见面，请多多指教。”

她只是想表现出自己理想的会面场景，把自己最好的一面展示在这个帅气阳光的男孩面前。

菜包子一愣，却条件反射地伸出手，两只手握住。菜包子一脸谄笑地配合，“漂亮的王娜小姐，你好，在下菜包子，初次见面，请多多指教。”

他这一默契，果然博得美人笑得更加灿烂。一时得意忘形，把菜单推到王娜面前，“喜欢吃什么就点什么，不用跟我客气。”

王娜笑着，“那好，我点了你可别心疼。”

菜包子爷们儿地一挥手，“随便点。”

然而这一挥手就是错误的开始，有一些女生是不喜欢男生有时豪气的表现的，尤其当她不是以看哥们儿的眼光而是以看男人的眼光审视你时。而菜包子这个动作沿袭了他一贯的作风，豪气十足潇洒却没几分。在王娜这样的女生眼里看着就别扭了，带着股城乡接合部的气息。

也许也是菜包子难得遇见一个梦中情人，表现欲太强烈反而弄巧成拙。王娜在看菜单的时候，他就在旁边介绍建议，巴拉巴拉一堆脑海中关于这样食物的来龙去脉，实在说不出来的就说，上次，上上次，或是哪一次，吃过，味道不错，要不要来一份。她要是不出声，就说我请客，不用担心价格。

可以说这是菜包子最蠢的一次表现。任哪个女生都受不了和自己一起的同伴总是做出些引人注目的举动，而且还是充满了拆迁暴发户的气息。一边被召唤来点餐的服务员在走前还特意对王娜瞥了几眼。

热辣辣的视线刺得王娜脸都红了，她羞愧得几乎想立刻起身离开。而后来她也确实这样做了，在见识到菜包子那糟糕的餐桌礼仪后。这一切的爆发开始于：

菜包子再一次弄掉了手里的叉子，带飞了盘子里的洋葱，并且呈抛物线地曲线掉落在少女胸前的衣服上。

时间仿佛静止了，两个人四双眼睛都被眼前的一幕惊到。久久没有言语，但实际也才过了几十秒。罪魁祸首的洋葱在重力的作用下自由落体，只留下衣服上的酱汁在嘲笑着菜包子不冷静的爱情。

王娜用纸巾匆匆擦拭了几下，虽然这只是让痕迹稍微淡了些。她几乎是僵硬地提起包包，留下刚掏出纸巾伸着手的菜包子，以及一句勉强算得上是解释的话语。

“对不起，我突然想起还有事，失陪了。”

无辜的菜包子还并不能反应过来他做错了什么，觉得自己只是一不小心掉了块洋葱弄脏了王娜的衣服。但是擦擦不就好了，或者他不介意陪她再去买一件换上，但至于就这样离开吗？

直到他回去将这件事原原本本地告诉了正迈向小说家之路的麦当当，然后被麦当当批得狗血淋头时，才稍稍意识到了自己都干了哪些缺心眼的蠢事。

Chapter 15 侦探当查真相

菜包子在还没来得及告白就被王娜三振出局后，心情一度沮丧低落。连一向活力四射的头发都怏怏地耷拉下来。凉风瑟瑟，吹得菜包子心里委屈。自己明明信心十足的，怎么转眼间上帝就给了他这么大一巴掌？

他将心中的郁郁都告诉了麦当当，却没想到那个坐在沙发上喝茶的男人噗的一声，轻蔑地笑了，当然他以自己被呛着了作为这一举动的报应。麦当当用纸巾擦拭完嘴角桌子上的水渍，不慌不忙地跷起腿，和菜包子常做的高人样子像一个模子里刻画出来的。他侃侃而谈，点出菜包子犯的几个致命的错误，那姿态，还颇有几分架势。菜包子就像被恶婆婆训的小媳妇，灰溜溜地耷拉着脑袋，不时点点头，表示自己认真在听。当然他真的听进去了，心里也懊恼得要死。

训话完毕，麦当当挥挥手，菜包子就乖乖回家面壁。背影尤其萧瑟。

一般来说，有的人在训斥别人时往往也会顺带自我反省一下，再顺便拿自己的几个例子作为正面案例。对比一下，好让对方更加地清晰明白，当然，也许会是更加懊悔和懊恼。显然，麦当当就是这样的人，所以他在点评菜包子不当的行为举止时，也顺带着把自己上一次和马兰约会的行行种种从脑子里翻出来细细品味了一番，最后得出了令人满意的结论，至少看起来很合马兰心意。从她没有像菜包子女伴一样找借口离去就可以看得出来。热情使他迫不及待地想着与马兰立刻就见面，以便让感情升温。

这样想着，他决定不通知马兰，直接去百合店里接她，给她个惊喜。幸运的是，这次他没有看到什么豪车接送场面，这让他的小心肝免受了一番波折。这样的好心情一直持续到他和马兰吃完饭，久久不散。

吃完饭后，麦当当带马兰沿着城市东头那座美丽的湖泊的小路边散步。带着海腥味的风拂过，马兰鱼摆尾的裙摆飘出好看的弧度，端是亭亭玉立，动人无比。麦当当就伸出小拇指，勾上马兰的手指头。两个人牵着手，亲热甜蜜地走着，周围时不时也会有三三两两和他们一样的小情侣。整个沿湖大道都因此而染上了甜蜜的暧昧。

等两人腻乎完了，天空早已是黑漆漆的，万家灯火完全掩盖了天上半残月的光芒。麦当当依依不舍地送马兰回家，在楼下又依依不舍地幸福了一会儿。

马兰推推麦当当，从他怀抱里离开。“那我先上去了，你回家小心。明天见。”

马兰家在四楼，麦当当目送着楼道里的灯一盏接一盏地亮起，最后马兰家客厅里的灯也亮了。正要转身离去，却见一辆黑色的奥迪小汽车停在了楼道前。有种不安的情绪驱使着麦当当停下了脚步。抬头仰望着马兰的窗口，期望那盏刚刚点亮的蛋黄色的灯光不要熄灭。可是他失望了。少顷，马兰拧着一直大手提包从楼道里出来，坐上了车后座。

在引擎启动的声响中，汽车缓缓驶离。马兰却觉得有一股灼热的视线透过后车玻璃灼灼地扎在她背上，令她坐卧不安。可是她回过头，却只看到空无一人的街道往后退去。

在汽车完全驶离这条街道后，马兰楼下的阴影中走出了一个人影。那是穿着黑色 T 恤的麦当当。楼下未被光线照射的地方完美地掩藏住他的身形。黑漆漆的一片，是以马兰回头时，什么也没看见。而他此时看着已经车辆驶过的地方，眼神复杂，晦涩难懂。

带着迷茫的失落毕竟只是一时的。麦当当下一瞬间的举动甚至出乎他自己的意料。不是如以往般失魂落魄地离开然后窝在黑暗的角落里独自猜想。他竟身手利索地跑动起来，抄近路在狭窄的不能容车辆通过的小巷子里穿越。凭着他对这片小区的了解，终于在从小巷子穿上公路后的第一个十字路口，追上了马兰的车，它刚刚从他的面前开走。麦当当顾不得喘气招来一辆出租车，吩咐司机跟了上去。

而直到这时，他才有时间来喘口气，思量刚刚不可思议的表现，他自己都想对自己说一句“Good job”来表示他的喜悦和惊异，难道他其实隐藏身份是超人来着？哦，不过不管怎么说，还是要感谢他平时没有疏忽身体的锻炼。

缓过气来的麦当当整个人往前倾着身子，双目跟着黑色奥迪的行走而移动，唯恐司机一个不慎跟丢。汽车驶离了繁华区，路上的行人有了个量的减少。而渐渐的，麦当当觉得这条路线似乎有些熟悉。

却也只是有些熟悉而已。麦当当就常常会觉得突然间某个场景或者某件事情，会让他有种似曾相识的熟悉感。然而剥开这层不知道为什么会产生的熟悉感，他又很能确定这种场景或事情从逻辑上来说是不可能发生过一遍的。

科学上称这种现象为即视感。

现在麦当当就不能肯定他的熟悉感是不是因为这该死的即视感！

直到车子拐了个弯，前方的道路上远远地出现了一个熟悉的工厂时，麦当当才敢肯定他确实来过这里，并且从它明显的标志上也认出了这是哪里。可是他却狠狠地咬紧牙关，愤愤地瞪着前方已经出来迎接马兰的胖胖身影——竟然是肖卤鸭！

麦当当虽然在他出现前已经认出这里是肖卤鸭的工厂，也是他和他老婆居住的地方。可是当看着马兰被那个胖胖的男人客气地迎进门后。他的心一时冷一时怒的，竟不知到底是什么滋味，只一味木木地看着前方马兰消失的地方，清澈的大眼睛没了往日的神采。

出租车司机开口问道：“先生，目的地到了，您是不是需要下车了？一共 35 元。”

呆愣的麦当当回头看看司机，像是一时没反应过来一样。过了一会儿，他才慢慢地掏出钱包，结账，然后慢慢地下了车。

麦当当慢吞吞地挪动着脚步，他脑袋里现在连思考也很慢，似乎每思考一下就很艰难。索性他还知道留意一家 24 小时营业的店面，在里面坐着等待。而除此以外，他那慢慢转动的脑袋只在一个问题一个问题的思考着。

马兰为什么会来这里？她来这里干什么？

这实际上就是最让麦当当百思不解的一个问题。当然，也许他的脑袋里早就浮出了一个很早以前就深深潜埋着的答案。一个他不愿意去相信的答案。或者是可以令他安心的答案。

这么晚的时间出门，又是和有钱人肖卤鸭见面。

麦当当心在那一瞬间冷得刺骨，就像隆冬时可以看到皮肤血液被冻紫的感觉。让他诧异的是，他竟还有闲暇想到他是不是连血液也开始冻结了才会思考得那么缓慢。这无疑是个荒谬的结论，因此麦当当刚冒出这个想法就裂开嘴哈哈地笑了。静谧的夜里，低低的笑声是笑是泣难以分辨。

可是他得出的这个结论，看到的这个事实难道就不荒谬吗？

这只是一种垂死挣扎。

而这一切却都在一个小时后，因为从大门中走出去的身影中终结。那身影依然那么窈窕，鱼摆尾在像是要吞没的黑暗里翩翩起舞。

Chapter 16　卖萌见真相现

麦当当生病了，重感冒加高烧，好像灵魂出窍。

来探望他的菜包子不可思议地看着“卧病在床”的麦当当，摸摸下巴，暗自佩服。大夏天里生这种病也是一种厉害的技巧，不是吗？

当然他那显得不甚担忧的表情在生病的麦当当眼里尤其碍眼，勉强身体力行地刁难走了菜包子。免得他待着坏事。

一个人躺在床上的时光是难受的，而正在工作的马兰也没有时间陪他煲电话粥发短信。虽然他也不一定有精神头做这些事。索性高烧让吃了药的麦当当很快就昏昏欲睡，没有数着绵羊却也见了周公。感冒的人真的很能睡。以致下班了的马兰带着清淡的白米粥来看他的时候，麦当当还睡得正熟。不过看上去似乎没有经受梦境的困扰，因为马兰看到他睡得一脸平静，平时有意无意就会蹙起的眉头舒展开来，使他整个人显得多了一份稚气。像乖宝宝一般无忧无虑地酣睡。

马兰突然就舍不得叫醒他了，因为在清醒的时候，尤其是近日以来，他眼神里总是会带着愁绪，虽然往往她一回头他就收敛起来，却还是被女人敏锐的第六感发现了端倪。

但他既然不想她知道，那她就不知道。

从未拉好的窗帘里投出带着温度的日光，这一光点就像投入湖中的小石子，打乱了一室的温馨。马兰看了下时间，发现再不叫醒麦当当他就该饿肚子了，终于一脸不舍地用手机照了几张可爱的照片后，叫醒了浑然不知的麦当当。

"叮当，来吃点白米粥，香香的糯糯的……"

还蒙眬着双眼的麦当当乖宝宝似的被诱哄着灌下了一大碗粥。然后马兰给他擦了嘴巴，哄人似的拍了拍他的头，起身准备离去。却被乖宝宝麦当当抓住了衣服一角，用湿漉漉的大眼睛看着她，十足具有女性杀伤力。

马兰当然被这一击给萌翻了。不过她还是无奈地笑笑，"叮当，我总要去洗碗收拾一下吧。"

乖宝宝看了她一会儿，马兰保证地笑笑，他才终于松了手。

麦当当只觉得一觉睡醒，或许是因为发烧的缘故整个脑子混沌着，理不清思绪。就总是想到什么做什么，也不怎么想说话。他脑袋里面还有个模糊的意识要留下马兰，却又一时想不起来原因，也不想去想。反正他现在生病了，病人最大。想那么多为什么干吗？

因此等马兰洗完碗回来后，他就抓着马兰的手指不放，像婴儿一样用全部手指却只圈住马兰的后三个指头。他撑着想要合上的眼皮，和它奋斗了又奋斗。好似一松手马兰就会离去一样。而那是他不想的。可是最终还是迷迷糊糊地睡去了，最后清醒的那一秒，他只记得要紧紧地抓住马兰的手。

日夜交替。麦当当再醒来时，天蒙蒙亮，隔着淡绿的窗帘只投出隐隐的光线。麦当当一觉察手心是空的，大惊地坐起来，虽然借着光线只能隐隐约约地看到室内的摆设，却也看出马兰不在。麦当当心里顿时就是一阵难受。

她还是离开了。

而她去的那个地方，他几乎不用思考脑袋里就浮现了答案——肖卤鸭的家里。

麦当当摸了摸头，昏昏睡睡了一整天似乎已经不烫了。他把体温计夹在腋下，记下时间后放松地靠在竖在床头的枕头上，另一只手拿着手机拨弄。

其实只需要发条短信问一下就可以解决的烦恼。

可是麦当当从来就不是那种心里想什么就说出口的人，稍有顾忌的话他总是要推敲几番才说出口。他这样的人，往往思虑过重。可是性格却是一个人最难改也改不了的。

就像现在这样，他明明可以和马兰说清楚，那也许是他以后要过一辈子的人。可是麦当当却怕问出来之后，马兰给予他的是他不想要的答案，更害怕也许得到了那个答案却还不放手的自己。倘若不去寻找答案，要他以后和马兰如何相处？也许会始终隔着一层尴尬，而这必然走不长久。

麦当当掏出体温计看了下温度，36.9℃。

他需要去亲眼看一看，哪怕是这样纠结着。而现在，事情只是仅仅有一个苗头而已。

接下来的几天，麦当当身体彻底地康复了，依然保持着送马兰回家的习惯，可是不同的是，在马兰上楼之后，他会在楼下等待事情的发展。

楼梯间的灯火明明灭灭，麦当当又想起他上一次在这里的情景。那时他胸腔里怀揣着满腔不真实的甜蜜，不知为什么，就痴痴地站在楼下，仰望着马兰家的窗户，一望就是许久。接着就是灯火骤然熄灭，他才发现了接下来的事。也许是冥冥之中自有天定，以往的那个时候，他早已在离去的路上，有时正甜蜜地和她发着短信。

他还记得他看见马兰上了黑亮的奥迪轿车时的感觉，既有悲伤难过疑惑不解，却也带着尘埃落定的真安心，那让他痛苦，却给他前所未有的真实。

这是一种复杂的矛盾。而现在躲在阴影处的麦当当依然有着这种矛盾。他不知道是想看见车子出现好证实自己的猜想，还是不出现让他美好的梦境一直不被打破。他就像是躲过法律制裁的小坏人一样。每一秒平静安详的日子都是他偷来的上帝的馈赠，却直到被抓获的那一刻，才能得到真正的心灵安定。现在的麦当当就是正在四处躲藏的小坏人，而和马兰在一起的日子就是上帝的馈赠，终究不过是镜中花、水中月。

黑色的轿车准时驶来，接上准备妥帖的马兰。麦当当用上次的方法跟了上去。而接下来的事，都和那一天一样。这一跟，就是好多天。

Chapter 17　越是避越是见

麦当当管不住自己的脚，违背着自己的内心连续跟踪了马兰几天，本来只是猜测的心渐渐沉了下去。接连下来的几天里，固定的时间，固定的小车接马兰去固定的地方。高高举起的铡刀终于残忍地落下，将他的心斩得支离破碎。他也觉得自己很奇怪。曾经他有多么千方百计地想找到她不够爱他的蛛丝马迹，现在他就有多么费尽心力地想找到她是真的爱他的丝丝毫毫。爱情的确是一件折磨人的东西，麦当当清醒地了解自己是多么的深爱马兰，与马兰的相处甚至使他知道了什么是爱情。在麦当当看来，爱情就是喜欢上了另外一个人身上的自己。马兰的身上似乎有着他内心的影子，内心的期盼。简单说，爱情就是两个人共有同一个灵魂。这共有的灵魂在马兰优雅的一颦一笑中，在每一个举手投足中。他深深地知道，自己早已是不可自拔地陷入了这个恼人的幸福泥潭。如痴如醉！可事到如今，当他与泥潭四目相对时，泥潭又将他生生地吞没。难道爱情就是这么一个神秘而苦恼的东西？

麦当当在马兰楼下角落里审视着自己，他越来越清晰地看见了令自己迷惘的轮廓。马兰的身上有着脱俗的男气和事实，而自己的内心对此是多么的神往。可是，麦当当也承认自己有心而无力摆脱虚荣的现实，这个需要用金钱与成功来证实一切的卑鄙现实。在麦当当的内心中，自我理想与现实俗套的价值站在同一个赛场上，哨声未响，胜负便已经浮出了水面。麦当当在黑暗的角落里终于因内心之光而灯火通明，原来自己真正害怕的是马兰的脱俗始终会走下台面。虽然这一切都只是麦当当心中最为担心与害怕的假想，因为与马兰交往以来，一切都是那么的幸福，那么的接近于自己的内心世界，这世界是那么的深，那么的纯，那么的自由自在。

可恶的现实总会给你最沉重的一巴掌。

麦当当捂着受伤的小心脏，只想远远地躲开。趋利避害永远是人类最本能的行为。远远地逃开，过着他几点一线的生活。说他自欺欺人也好，有时知道的少了反而越快乐。可是好奇的麦当当已经打开禁忌的潘多拉魔盒，灾难哀痛就汹涌着向他而来。

他整理着有些杂乱的桌面，不想跟任何人讲话。有同事主动聊天，他便也只听着，实在不行也只是哼哼几个音节，一副不要跟我讲话的姿态。

桌面上的粉红猪笔筒看着麦当当，麦当当也看着它，总是一副憨憨的表情。那是马兰硬塞给他让他带到办公室的。他当然竭力反抗“男人怎么能用这么粉的还是猪的形状”，可是全被马兰怀柔政策扼杀。

她温柔地摸摸粉红猪的猪头，另一只手摸着麦当当扭开的脑袋。跟给小动物顺毛似的，“你看看小猪，多可爱啊就跟当当你一样可爱。”

猪能跟他比吗？麦当当傲娇地拍掉马兰的手，不领情地扭过头。然而待马兰走了，他还是把小粉猪拿到了办公室，一摸它光滑的脑袋，就裂开嘴无声地笑。

他不禁摸摸小粉猪的脑袋，有一种同病相怜的被抛弃感。办公室的空调开得太足，吹得他手心都发凉。

同事敲敲他的桌子：“当当，主编叫你。”

麦当当做贼似的，连忙收回放在小粉猪头上摩挲的手掌。

童主编的办公室在他们大办公室的一角，用钢化玻璃隔开。麦当当每次去都要绕过长长的大办公室，顶着众人或明显或偷偷的视线走一大段路。他刚来时顶着这种无形的压迫感，总是小心翼翼，唯恐一步迈得不好惹了笑话。而今，他已经可以真正目不斜视地走过。甚至他还沉浸在近来的惆怅中。再也不会提心吊胆地猜想主编找他是好是坏。

他早已不是初入职场的菜鸟。而这种心态，也许这就是人们说的老油条？遇到任何事情都有了曾经沧海难为水的淡漠。

童主编看到麦当当笑呵呵地招呼他坐下，麦当当据此判断他又要干啥吃力不讨好的事了，就像上次跟着童主编去采访肖卤鸭，采访稿却落在他头上。

“小麦呀，我就知道你是个好苗子，这次果然没辜负我的栽培。上次肖卤鸭的那个采访，做得很优秀，反响很不错。”童主编说到这停了停，给了麦当当足够的谦虚时间。却见麦当当什么反应都没有，不由得有些尴尬地咳了声，“所以杂志社决定让你做个跟踪采访。你有没有什么好的选题？”

麦当当此时的心情蛛丝般复杂，他是一百个不乐意去接下这个采访的。好不容易远离了他的伤心地，却又因为这份工作而要再去靠近，这让他想想就觉得憋屈。他沉默良久就是在斟酌拒绝的用词。

“主编，我……”

“我想了想，这次的主题要不就主要采访他的家庭情感生活？这年头，这种选题有噱头。”童主编完全没有自觉地打断他的话，侃侃而谈了自己的见解。末了，兴奋地端起桌上的茶杯抿了口。才想起了什么似的看着麦当当，“哦，对了。你刚刚想说什么？”

麦当当吞下还未出口的拒绝，迅速地摇了摇头，“没什么，我是说这个题材好。一定会大卖的。”自卑与自尊天生就是一对十足的孪生兄弟，一个出场，另一个必然如影随形。在自尊的驱使下，麦当当选择了用伤口面对刀锋，自己在上面撒一把盐，那就让痛苦来得更加彻底。

童主编被这意外的马屁拍得笑眯眯的，麦当当也知道了命运般表现出一种豪迈的笑眯眯。

他是想避开肖卤鸭家这个伤心地，可是突然间有这么光明正大的好机会去弄清楚他的困惑，他不敢面对的猜测。鬼使神差地，他违背自己的性格说下了这样的话，应下这个差事。

月夜皎洁，麦当当准备好采访初稿，又挑选好自己要穿的服饰。再三检查后，躺在软软的大床上，打算舒展开劳累一天的身躯，身上却犹如有几只蝙蝠缠绕，挥之不去。明明很是舒服的姿态，人却久久没有睡意。

一闭上眼，脑海里竟全充斥着一个人的音容笑貌。缠绕着他，不得安眠。

Chapter 18　旁敲侧击

一夜的难眠令麦当当第二天起来时精神头很是不好。用鸡蛋揉了半天，在要迟到的最后一秒，终于跨出了家门。脸上仍是挂了两个黑眼圈。

没办法，麦当当只好带了一副大大的黑框眼镜遮盖一二。上身穿了那件酒窝婚礼上的西装，也就是在那天，自己与马兰相遇的。西服里边搭配了一件白色紧身 T 恤，V 领的设计露出他较好的身材。下身是一件随性地小脚牛仔，正式中带有那么一份不受拘束的利落。

他就像是一只要去比美的大公鸡，梳理齐整自己缤纷的彩色羽毛。昂首挺胸地迈向敌人的领地。因此，见到肖卤鸭的第一刻，麦当当就开始审视自己和对方，在心里做着评估。

头发，我方乌黑飘逸，敌方秃顶，胜。

身材，我方匀称有力，敌方啤酒肚，胜。

……

如此一番比对，麦当当奠定了自己完胜的局面。骄傲地抖抖自己的翎毛。肖卤鸭满脸热情地招待麦当当进门，看在麦当当眼里就是奸笑连连，不怀好意。

肖卤鸭本来要带麦当当去书房，麦当当却另有提议。“这次我们主要是采访您的家庭生活，不如就在客厅，反而更能体会出家的感觉。”

“看我，果然还是麦大编辑想法好，不愧是专业领域的。”肖卤鸭眯着绿豆眼，毫不吝惜地给他戴了顶高帽子。

上次做了杂志专访后，肖卤鸭店里的生意也更加红火了，络绎不绝的顾客使营业额又上涨了好几个百分点。尝到甜头的肖卤鸭自然极其配合这次的深入采访。连带着对麦当当的态度，自然也比上次不主动地接受采访时要热情得多。

可惜这对象拍错了，麦当当不为所动，心里甚至还挤出了一个鄙夷的冷笑。

肖卤鸭家的客厅在一楼，并不是气息冰冷的现代装修。墙壁，窗口和门框都是以木板包裹，暖洋洋的色调倒是使得整个室内具有了一股子温馨感。上次麦当当从热气球上下来就晕乎乎地去了书房，因此乍一见到这整栋房子的装修，觉得和肖卤鸭整个人都有一股违和感，他下意识地觉得肖卤鸭家就应该装饰得极具暴发户才对。这样想着，他在接下来的采访中也就问到了这个问题，当然他不管是笑容还是措辞都还是很具有职业道德的。

“看您家的装饰氛围高雅而温馨，是您亲自设计指导的吗?”

“哈哈，我哪有这个本事呀，都是我老婆自己倒腾的。承蒙麦先生看得起。”肖卤鸭一副与有荣焉的样子。

“提到您的妻子牡丹，您的脸上就绽放开了同样的花朵，您一定很爱您妻子了?”麦当当这话问得有自己的私心。他紧紧地盯着肖卤鸭，心紧绷着。视线过于灼热，以致一旁拍照的同事都觉得奇怪。也就肖卤鸭粗人一个，神经大条，笑得有些腼腆。“我们不比你们文化人，这个爱字说不出口来，不过夫妻之间嘛，也没有红过脸，基本上都是我听她的，都一起过了这么些年了。”

麦当当先松了口气，跟着笑呵呵。端起肖卤鸭特地让人冲泡的龙井茶互相客气地喝了。绿茶具有消暑功效，柔柔地浸润了干渴嗓子，也冲散了麦当当的一头热。

他松什么气呀，采访中回答的话能说明什么，难道人家还会回答“当然不爱了，这么多年对着同一张脸都腻死了”!

调整了下自己的心态，麦当当压下乱七八糟的思绪，继续提问。“那在一起走过的这些年里。您做过最让她感动的一件事是什么?”

肖卤鸭的脸本就像喝醉了酒，这会儿似乎更有了猪肝红。一边回忆一边断断续续地讲出了事情。他是个粗人，讲述事情也像隔了夜的馒头，干巴巴的没有嚼头。甚至还有些颠倒，周围人却体会到他平淡白话中的脉脉情感。那悸动像泉水般慢慢浸入，点点滴滴，日久生情。

麦当当表面上展露微笑，还假装生硬地做了轻轻鼓掌的动作。其实心里不为所动。先入为主地厌恶敌对，让他觉得肖卤鸭整个人虚伪极了。这些话语他一个字都不信。他觉得在肖卤鸭这种满眼金钱利益浑身散发着铜臭味的暴发户心里，感情？那是什么？怕是还不如一件奢华的服饰来得实在。

嫉恨让麦当当在心里用各种恶毒的语言吐着槽。

中途采访休息时，就有员工往来找肖卤鸭汇报工作，麦当当发现肖卤鸭的漂亮妻子牡丹一直都没有露面，他们就坐在客厅，也没见过她，可见一直待在房间里。没有露面采访也就算了，竟然连房间都没出。这在麦当当眼里俨然就是牡丹发现自己的丈夫和别人有什么了，心情苦闷不愿理睬对方。作为一个浸润在小说的狗血世界中的文艺青年，麦当当几乎不费力气地得出了这个结论。这完全是他男人的第六感所致。

心里便如针扎了一下似的，尖锐的疼痛向全身弥漫。不是致命的伤痛，却一直持续着。每每在你要忽视这个小伤口时，突兀地跳出来提醒你，这扎在心尖上的伤痕。

麦当当连笑容都变得勉强，脸像是被人打了一棍子般僵硬。可是在周围肖卤鸭与手下欢乐轻松的氛围中，他不得不强迫自己扯着嘴角，如提线木偶般微笑。

“似乎并没有看到尊夫人。”他只得跟肖卤鸭谈话来转移自己的注意，尽管他一点也不想和这个可能挖了他墙角的情敌搭话。

“内子身体有些不适，在房间里休息。”

麦当当立刻适时地送上自己的关心，尽管心里觉得自己也够虚伪。之后，才又开口：“虽然这样可能有些冒昧，但不知道明天您夫人能不能一起出席访谈？毕竟是对您家庭环境采访，可以的话，我们还想照些你们的合照。”

肖卤鸭很豪爽，“当然没问题，她身体并不是什么大问题，能美美地上杂志她高兴还来不及呢。”

休息过后，因为各人员都有了一定的契合度，当然也有可能是因为快到午餐的时间，大家肚子都在催促的缘故。总之，接下来的工作进展得很快。与肖卤鸭握手告别后，提着他热情赠送的鸭子，麦当当和杂志社的同事踏上了归程。哪怕肚子饿得咕咕叫，麦当当依然很有骨气地将他送给了同事，语曰“我不爱吃鸭子”，顺便还收获了一个感谢的眼神。

与顺利进展的工作相对应的，是麦当当依然没有进展的感情生活。他一如前几天一样地纠结着。却没有想到，在明天命运又给他准备了一份大礼，他还没从上一个巴掌中回过味来，就又被狠狠地甩了另一巴掌。

Chapter 19 真相，过往，你信哪个？

神魂颠倒的麦当当这两天都没有勇气去接马兰，一直用工作忙做借口推托着，天知道他所谓的工作忙就是上班走走神，喝喝茶，就这样过去了。马兰近来似乎也没空。这对热恋中的情侣距此已经有近 48 个小时没见了。

不知道怎样去面对马兰，麦当当一直在用各种情绪的药水来调剂自己的心情。为了让自己安心，他寻找着各种繁忙的借口。像是帮邻居看看小狗，和同事一起喝喝茶聊聊天，甚至帮菜包子做网店的客服。这都是很重要的事情。看，他的时间安排得多紧，等忙完了这些事他就会联系马兰的。他一点也没有逃避她。他自欺欺人地想。

可是爱神从来不会与你打阵地战，大家都准备好了才向你开炮。麦当当也从来没想到会在这么突然的情况下见到了马兰。那情形也像一柄锋利的剑，戳破了他自欺欺人的美好泡沫，显露出他不愿承认的真相。

肖卤鸭的采访稿没两天就做出来了，按照常规出稿之前要与当事人沟通。麦当当打算通过电子邮件结合电话来圆满解决，可童主编执意要麦当当主动去与肖卤鸭面洽。于是麦当当只好蛮不情愿地再次进入到了这个飘着卤香的陷阱。

进了肖卤鸭在工厂里的那幢漂亮而又温馨的房子，麦当当首先去卫生间解决了些生理问题，一楼的卫生间神奇地锁上了，他就随着记忆的脚步去了二楼拐角的卫生间。却没察觉到从他踏进那个卫生间开始，爱神的画笔就勾勒出了一条狗血的曲线。

因为当他浑身舒爽地出了洗手间，就见到前方虚掩的房门里有两个熟悉的身影贴在一起疑似亲热地耳语着。女子身姿曼妙，一袭黑色露肩吊带，黑发倾泻，遮了面容。而她身边的男子赫然正是肖卤鸭！麦当当的心突然就咯噔了一下，不由自主地退后一步，正碰倒脚边的花瓶。

砰——一声脆响。

那女子闻声抬头，正好对上麦当当张望的视线，眼眸如月，竟是马兰！

时间就静止在这一刻。四目对望。

麦当当的心竟由锥心地疼渐渐平息。原来疼得久了，疼得狠了，真的会麻木。他看着马兰匆匆忙忙地疾走上前，拉住他的手急切地解释："当当，这是个误会，我——"

麦当当的眼冷了下去，却笑容和煦地打断她的话，"我知道，不用解释。兰兰你是来工作的，对吗？"他指了指肖卤鸭身边的化妆箱。

他明明笑得一脸灿烂，风光霁月。话语里也满是关怀。马兰却打了个寒战，扯着他袖子的手也一点一点地松了下来。

麦当当此刻已打定主意不再信她，眼神告诉马兰不打算给她解释的机会。她说再多也没用。

他甚至还善解人意地表明知道她会来这里的理由——为人化妆。然而在他那满眼的讽刺中，这明明确确的事实也变成了她偷情的借口。他甚至还想说一句表示假意关怀的话语，用那看似关怀的话语点出她眼圈发黑，定是近期休息不好。为什么会休息不好，也不言而喻。

可麦当当的喉咙被卡住似的张不了口，连咽下口水都疼。

麦当当朝着不远处的肖卤鸭点点头，没有再理会马兰，而是从挎包里取出做好的采访稿朝着肖卤鸭而去。一步一步地似乎要走离她的世界。

马兰心里堵得难受，然而看着麦当当萧瑟的似乎再多一根稻草就能把他压垮的身躯。心尖上疼了一下，却不光是为自己。

那个曾在夕阳余晖下踏光而来，让她怦然心动地男子就这样远离了，他不愿意再看自己一眼，不愿意再听自己的一句解释，似乎这都是在徒然浪费他的时间。

肖卤鸭给了马兰一个歉意的微笑，便与麦当当一起下了楼。

良久，马兰借着长发的掩盖拭去眼角的泪痕。收拾好自己的情绪后，拉起行李箱，往肖卤鸭妻子——牡丹的房间走去。

牡丹比马兰大了几岁。而且，此刻牡丹确实是在等着马兰给她化妆。

今天的马兰给她一种不在状态的感觉，尽管她的手依然精巧地给她描眉挽发。总是散发着一股心灵手巧的麻利的朝气也似有消弭，取而代之的是些许如同曾经的她一般的忧愁。

马兰给她描绘唇彩的时候，手不知道怎么一抖，眼看那浓艳的橙红色就要在牡丹今天为会客而精心挑选的裙子上画下浓墨重彩的一笔，斜下里伸出一只素白的手，稳稳地接住了唇彩棒。马兰总算松了口气，就见牡丹笑容和蔼地望着她。

“这些天真的多亏了你，我这个面瘫的毛病就像猫似的，不知道什么时候遇到点冷空气就会冒出来，可是有时候就算吹着空调，它又没有了踪影儿。”牡丹用感谢的语气安慰着马兰。

“一定会好的。”马兰言语中有着关心的歉意。

“难，其实也没有指望能真好了，看了很多的医生，也没有个彻底解决的法子。”

“我看好像也不是很严重，几乎是看不出来的。”

“那是因为你化妆画得好，否则我这些天哪能出去见人，偏偏这几天事情又是一出一出的来，要见的人又多。”

“您放心吧，这些天我一定会来给您化妆卸妆做护理的。”

“马兰，你今天好像有点心事？”牡丹关切地问。

“嗯，”马兰本想不对牡丹讲自己的事情，可是这些天与牡丹的相处，当牡丹已是知心的人，于是接着说，“刚才遇到麦当当了，他是我男朋友。”

“哦，小麦啊，这个小伙子很不错，你真有眼光。”

马兰的脸上泛起红晕，“我早晚来给您化妆卸妆，没有给他讲，毕竟要解释起来够复杂，我也不想让她知道您的事情。”

“嗯。”

“可是，刚才肖总在外面跟我说事情的时候，没料到当当碰到了，好像是有了些误会。”

“哦，解释解释就行了呗，男人和女人之间一定要有什么话就要说出口，否则误会就越来越多，隔阂就越来越大。”牡丹用过来人的经验告诉马兰。

“是的，回头跟他解释清楚就行了。”马兰说着，并未分心，专心在牡丹的眉角。

谁知道牡丹却不这样放过她，她眼里有着因回想而涌起的思念，嘴角弯起因思念而牵起的微笑。那神情，在光线的背景中，犹如最和善的神祇。

她说，“马兰，有些时候，裂痕一旦造成就再也弥补不了。有些话不说出口也许就再也没有机会说了。”

她也不去管马兰正忙碌地帮她打理头发，她知道她在听着，听进去了。她说，“我曾经和他很甜蜜，怕是牛郎织女最好时见了都要羡慕不已。可是，马兰，我这肚子不争气，而他却又是很看重子嗣。那时，我们太年轻。”她说到这里顿了下，眼里的难过神情虽然淡淡的如秋雾，却似乎不再闭眼就再也掩盖不了，忍受不住，只好闭眼。她说，“马兰，所以，我们成了现在这个样子……”

马兰帮她挽发的手似乎顿了下，却很稳妥地帮她盘完这个发型。她拿过镜子，对着牡丹的眼神有一股柔和的坚毅。“看，多漂亮。”

Chapter 20　回不去的两两相望

那一天的访谈麦当当没过多地投入，只是按照公事照本宣科，整个人却是放空的状态。心思随着窗外的白云悠悠地飘走，飘呀飘，飘到好多地点不一的场景。唯一相同的是那些场景里都有一个女人。一个漂亮精致的女人。

是在豪华的五星宾馆，她悠闲地靠在床头，淡然状。你在找鞋？

是在独特的化妆店，她弯下腰，黑亮的秀发铺散出他急剧的心跳。她一回眸，眼眸生辉地道一句，你来了。

是在生活了几年的母校，她眸光发亮地看着他在余晖中，向她一步步走近……

是在灯火通明的江畔，她害羞地用额头抵着他的肩膀，两个人的心跳渐渐同步。

那个女人，频繁地出现在他脑海的每个场景中。只顾盼生辉地唤他，当当。他的世界就遍地生花，缤纷了那灰暗单调的过去。

可是，也是她在他每每辗转难眠的夜里，冷冷地离他而去，任凭他如何挽留如何悲痛欲绝地呼唤……

极致的甜蜜和极致的悲痛。相互交错，折磨得他心力交瘁，不敢安眠。

她已成了他心里的一颗朱砂痣，不放是疼，放下也是疼。

麦当当的眼里盛满痛苦，他已经忘记了观察试探肖卤鸭夫妇这一初衷。只沉浸在思绪里无法自拔。而在他身后，是还未离去的马兰，她默默地站在他看不见的角落，或许是想分享他所有的喜怒哀乐。

谈好出稿的各种事项，没等麦当当离开，牡丹就热情地挽留了他，“这可是第二次麻烦你了，一定得留下吃顿饭让我们好好感谢一下。”

麦当当自然不想留下和肖卤鸭这个可恶的情敌吃饭，可是男人总是难以拒绝漂亮女人，尤其麦当当现在对牡丹有一种同病相怜的怜悯感，就留了下来。

可是谁来告诉他，为什么马兰也在席上?

麦当当眨眨眼睛，对面牵动他喜怒的女人还是好好地坐在那里。没有浮动没有消失，嗯，看来不是幻觉。

这时，牡丹揽着马兰的肩对麦当当说，“麦编辑，这是我现在的御用化妆师，马兰马大化妆师。手很巧哦，帮了我的大忙，我这一身美美的妆容可全靠她。”

麦当当扯出个微笑。

“那，马兰，这位是……”

“《人物》杂志社的麦编辑，”马兰打断牡丹的介绍，嘴角挂着礼貌客套的笑容，“我刚好认识。顺便说一下，他是我的男朋友。”

麦当当的心不知道怎么的绷了一下。这种场合下，他没有先承认他的身份，反而要让一个女孩子自己说出来。不管怎么样都会有点难堪。马兰看过来的那个复杂的眼神，竟然让他的心底涌起淡淡的心疼。

原来不管怎么样，她只凭一个眼神就能轻易地让他心疼。

也许马兰这个名字，已经成了他的毒……

“那太好了。”牡丹看起来很兴奋，“这下还省了我一个介绍。小麦啊，你有如此大名鼎鼎的化妆师女友，你也从来没有对我们提起，也好让我可以近水楼台先得月，你说你该不该罚一杯?”

主人邀酒客人岂有不从，麦当当自罚一杯。喝的却是白酒，放下杯子时，接触到马兰担忧的视线。那双眼睛那么美丽，却也曾脉脉含情地看过别的男人……

麦当当想再喝一杯了。

“说到这里。我还要感谢马兰，小麦你看我这张脸看起来和之前可有任何不同？”

麦当当颔首，“本就国色天香，如今愈发沉鱼落雁。”

“瞧瞧，文化人说出来的话就是让人听得心里舒服。其实啊，这段时间我这宝贝脸蛋脸出了些问题。若是没有马兰的巧手装扮，我可是不能出来见人的。我这一杯感谢，你们小夫妻两个，谁来接？”牡丹端起酒，询问地看着他们。

马兰刚拿起酒杯，斜下里就伸出一只手，正是麦当当。他端起马兰手中的酒杯，却不看她，只是对牡丹说道，“自然是我接了。”一杯饮尽，杯子倾斜。喝得一滴不剩。

肖卤鸭这时说，“喝了这几杯，暖场也暖够了。来，来，吃菜。”

马兰依然看着麦当当，他正低下头，骨节分明的手拿着竹筷，一口口吃着菜。似乎觉察到什么，他抬头，就对上她的视线。

两两相望。两种心思。

裂痕一旦造成就再也弥补不了……

马兰和麦当当貌似一同离开了肖卤鸭的家，因为马兰的推辞，肖卤鸭没有安排司机相送，牡丹明白马兰的心思，便也不勉强。可是出了门，麦当当就加快了脚下的步子。郊区的夜晚，八九点马路上就没什么行人了。麦当当一心一意地往最近的车站走，似乎完全忘了后面跟了个人。

马兰追了一段路，奈何怎么赶得上麦当当的长腿，只好停下，却见前面快速行走的人根本没有停顿，继续迈着他那步子追命似的往车站赶。不由得一股气梗在胸口。

“麦当当！”

行走的人顿了下，继续走。没走两步就被人拦住了。马兰气鼓鼓地看着他，却不说话。

麦当当自然知道她不说话的原因。离得不远，他都能看到她胸口一起一伏地喘气，不由得开始想她身体是不是太差了，才几步路。打断他胡思乱想的是马兰的话语。

她看着他，“当当，也许你有了些误会？可是我应该至少有一个解释的机会?”

麦当当不语。

马兰继续:“我告诉你关于牡丹的事情，但是必须到你这里为止，因为她有面瘫的毛病，而这段时间应酬也多，所以需要我早晚给她化妆卸妆，你看到我与肖先生在一起的时候，只是肖先生在问我他妻子的情况，因为牡丹不化妆都不见他。也许从你那个角度看起来会让人误解。事实上不期而遇本来就是一件或者是好的，或者是不好的意外。”

马兰看着他，眼里渐渐有了泪痕。

“菜包子曾经告诉我，你对于我们的爱情有担心。可是当当你知道吗，”说到这里她深吸一口气，仰起头，嘴角的笑容是看到了向往至极的事物才会有的甜蜜。“我认识的那个麦当当，是个出口成章文能提笔的才子。他就像是那童话故事中的白马王子，于万千少女中，一眼挑中了我这个什么都没有的灰姑娘。对了，我一直没有告诉你对不对?”她顿了下，“我每次和他在一起的时候，都觉得好不真实，都怕下一秒发现这只是我自己做的一个梦，一个好美好美的梦……”

不知道什么时候她又看向了他，泪水顺着脸颊流下，“当当，你还要我怎样?你还要我怎样……”

她的声音染上哭腔，整个人都委屈得不得了地看着他。让麦当当整个心都揪了起来，他上前一步将她抱进怀里。“对不起对不起，是我不好，兰兰别哭了……”

这是一个紧紧的拥抱。趴在麦当当怀里，马兰终于将所有的委屈难过害怕都宣泄出来地大哭起来。

麦当当一味地哄着马兰，“不哭不哭，不然眼睛肿了就不好看了。”

“就哭，不好看正好，反正也没人在乎。”

“我在乎，我在乎……”

手忙脚乱的麦当当终于哄住了马兰，抹了把额头不存在的汗，没想到马兰也有这么小女人的一面，虽然这娇撒得蛮让他大男人心理得到慰藉……

两个人温馨地拥抱着，也不在意别人异样的眼光。虽然现在行人不多。可也还有个别路过者向他们行注目礼。

麦当当摸着马兰顺滑的长发，在马兰耳边说了令他后悔致死的一句话。

而那个晚上的所有悲剧都是从那句话开始。

麦当当声音里含着歉意，“对不起，马兰，只是你连着很晚都去了肖卤鸭的家里，你又没告诉我，才……”

却不想这话引来马兰很大的反应。她一把推开他，“你怎么知道我去了他家里?”

看麦当当不语，她眯了眼睛，“你跟踪我?”

这声音平静得没有任何感情。让麦当当的心里升起了不安。

“马兰……”他想要抓住她的衣袖解释，却被她一把挥开。“别碰我!”

她摇着头向后退，看他的眼神是那么的冷。也是那一刻，麦当当才发现，她是多么的狠，可以前一秒和他甜言蜜语，后一秒却完全以看陌生人的眼光看他。

她说，“麦当当，我们完了。”

“为什么一个个都是这样。为什么一个个都不相信我?! 都跟踪我……”

“你说什么?”麦当当不敢相信地问。

“我说，麦先生，我们完了！分手了。”马兰说完这个，不给他任何反应时间，上了不知何时停在路边的出租车。转眼没了踪影。

那一晚，在麦当当后来的印象里，就只剩下很冷的夜风，和他独自一人的身影。

Chapter 21 赌　　情

麦当当胡乱粘好破碎的小心肝，心灰意冷地回了小窝。他本来以为今天受得已经够了，远远超出他的承受能力，只想养好精力再来思考，接受。事实教会麦当当一件确凿的定律，永远不要以为自己已经够惨了，没准上帝动动手指，就会让你下一秒更加惨。也许落井下石的游戏顽皮的上帝也喜欢玩。

总之麦当当就被这样耍了一把。心事重重的他面无表情地路过楼下菜包子家，刚拐上楼梯就见一女子站在门外与拒不让步坚守门口的菜包子呈对峙局面。

麦当当捂脸，他现在倒挡重来行不？

四只亮晶晶的眼睛看着他。

呃……他想他已经知道答案了。麦当当抱头忏悔，他错了他错了……他应该早早在楼下就听见菜包子的大嗓门，早早退让的。他竟然因为灵魂脱壳该死地没注意到这些，碰上了这俩祖宗。

麦当当的头很疼。咖啡厅那次乌龙的约会事件给麦当当脆弱的小心灵中留下了相当长一段时间的噩梦阴影。自那以后他完全明白了一个道理，这两位联合在一起的时候，必须绕道而行。

三双眼睛深情对望。

五分钟后，麦当当坐在菜包子家双人的主沙发上，另两个一人占据了一个单人沙发，呈拉锯战之势。好在中间隔着看起来很结实的茶几。这让麦当当在一定程度上松了一口气。

他清了清嗓子，“女士优先，就让贞贞先说她有什么事。”

麦当当绅士地决定了，末了，才看向菜包子假模假样地来了一句，“你没有意见吧？”

菜包子暗自翻白眼，我有意见也被你无视了。

贞贞果然有备而来，上来就丢了个炸弹。炸得麦当当反应不能——

“我怀孕了。”

等等，这场景是不是有点熟悉……

“你说谎。”未待麦当当在脑海中搜索这熟悉情景的来源，就见菜包子鼻孔朝天，身子向后仰在沙发中，做傲视状且语气笃定地落下话语。“我说贞贞同学，你难道小学没学好？狼来了这么简单的故事还要拿来反复考验我菜包子的智商？”

“你——”贞贞果然被菜包子不可一世的话气得站了起来，指着菜包子恼羞成怒说不出话。麦当当连忙拦着她，防止她一时冲动伤及无辜的自己。虽然他看着菜包子这个得意样也不介意他受点教训。可是根据以往的经验，他们若是闹起来最后受罪收拾烂摊子的绝对是他自己来着，所以为了自己的清净，还是当好了这个和平爱好者的角色吧。

为此，他摆出了仁者的姿态，一边拦住贞贞，一边恨不得丢出自己知道的所有的神父的词汇来平息这位大小姐熊熊燃烧的怒气。至于那个跷着二郎腿得瑟的罪魁祸首，他已经不想回头看他那个二乎的样子了。跟一个女子计较，算不算男人啊。这话麦当当说得很有优越感。

好在他这么多神的词汇不是白吐槽。贞贞果然冷静了许多。麦当当趁机扶她坐下，又往她手里塞了杯热水。甩了把额头的汗，看样子，应该不会打起来了……吧？

贞贞很冷静地开始在包里翻找着什么。麦当当的心又提了起来，不会在找什么杀必死吧？见到她拿在手里的东西怎么看也只是几张薄纸后，麦当当颇受波折的小心肝又放了下来——好吧，他不小心以小人之心度女子之腹。可是果然遇到他们就没好事！他可怜的小心肝啊。

贞贞看着还不知道已经死路一条的菜包子，用鼻子冷笑了一声，“既然菜先生这么肯定我没有怀孕。不如我们打个赌，我赢了，你就乖乖做你梦寐以求的爸爸。”

菜包子不屑，“那你要输了呢?”

“我要是输了,”贞贞用一只手毅然地指了指大门，“两个山字叠在一起，我滚出去就再也不出现在你的面前。”

“成交。”菜包子一拍大腿，看起来是很爽快地答应了。麦当当却看到他另一只放在桌子下无意识攥紧的拳头。隔着桌子的贞贞当然看不到，她只是被菜包子胸有成竹的表情激得胸中怒气越烧越旺。不由得手一抖，将手里的纸张向菜包子劈头盖脸地扔去。

她高高地抬起自己的下巴。“好好看看这是什么吧。我相信蔡先生是个说话算话的人。有麦先生做见证，真是令人安心多了。”她看向麦当当，后者给了她一个尴尬而理解的笑容。话说他还是更在意脸色渐渐灰败的菜包子，看什么能看成那样。等等，不会是——

“如何，对这份医院出具的报告还满意吗蔡先生?”

菜包子看完报告已然面如土灰，手里的纸张也一个不稳，轻飘飘地落地。麦当当捡起一看，果然如他猜测的是验孕报告，他聚精会神地捧着纸张开始看起来，好心地把空间留给那两个。

他现在忙着帮菜包子把把关，作为一个局外人，能比当事人更清楚地检查下，会不会有做假呀什么的。好吧，他承认这事还是不掺和的好。菜包子很明显已经死定了。难道要让自己落井下石，多不地道吧?

当然，麦当当忘了他从最开始貌似都不想掺和只是躲不掉才顺其自然的。

于是，当麦当当里里外外疙疙瘩瘩都快把那张报告检查烂时，这场谈判终于也落下帷幕，毫不意外的是麦当当预料之中的结局。他拍拍屁股站起来，准备散场，各回各家各找各妈。当然，他不会这么容易地就走的了，尽管他认为这场他不该掺和的闲事他已经掺和完了。

叫住他的自然不会是如斗败公鸡的菜包子。

“明天，我要带包子去见家长，不知道麦先生能不能一起陪同?”贞贞恳求地看着他。

呃，竟然已经进展到要见家长了?麦当当诧异。

不等他回答，贞贞继续说：“有麦先生陪着包子，我会安心很多呢。我想麦先生宅心仁厚，一定不愿意看到一位女士心神不安吧？”

看样子还不能拒绝了。麦当当不由得愤愤。他今晚的小心肝真是受累了，回去一定要好好补补！

这一夜，麦当当的小心肝被翻来覆去地折腾。而他心尖上牵绊的另一个人也不好受。她的脑海里只是重复地臆想出麦当当跟踪的画面，而渐渐地，那画面又被另一相似的画面代替。两者交替。渐渐形成让人头昏眼花地蝶影。似乎，几年前的梦魇，又再次卷土而来……

Chapter 22　见家长总是恐怖的

“你就要这样去见家长?”

“不然呢?”

以上这段对话发生在第二天早晨。麦当当顽强地睡了一觉，小心肝完成了初步修复，除了弥漫在心中关于马兰的种种。不过陪同挚友见一次家长这样的心理承受能力还属于撑得住的范围。而后，拉开了菜包子房间门，菜包子似乎已经穿戴整齐，坐在客厅的沙发上看着他钟爱的户外越野杂志。

这里需要解释一下菜包子此时的衣着，皱巴巴不知道从哪个角落里找来的白衬衫塞在一条过时的西装裤里——麦当当由衷地希望上面不会有什么污渍存在，虽然他似乎已经看到了暗红色疑似为某番茄汁的液体。当然，也许应该夸奖菜包子一下，至少他难得地穿上了一次正装，虽然衣服过于不整洁了些。但是至少他有这个意识。这也同时说明他还是有点重视了不是吗?

好吧，事实证明以上全是麦当当太过美好的脑补。眼见为实的情景让麦当当着实替贞贞抱不平，有按住菜包子打一顿的冲动。

菜包子蒙眬着的眼睛见了麦当当，从沙发中间爬起来，抓抓鸡窝头就要往外走。麦当当伸出了友谊的手拦住他，将他推回房间一把按住。“开玩笑吧你，要是让贞贞看到你这样邋遢地去见家长还不知道又闹出什么呢。”

“怎么了?”睡在客房的贞贞已经收拾妥当，不知什么时候走到客厅问道。

果然是不能背后说人。

“不，还要稍等一会儿。放心地交给我吧。我会好好收拾他的。”

麦当当试图挡住菜包子邋遢的身形，当然这对他那比菜包子瘦弱不少的身形来说几乎是不可能的。也许是麦当当人品在贞贞心里很可靠，或者是因为此刻自己牢牢地抓住了菜包子让贞贞心情大好，总之她没有过多地疑虑，安心地去了厨房开始做早饭。这让麦当当大大地松了一口气。当然稍后他很快就会意识到为什么完全没他的事他竟然要比当事人之一还要热心！

一番折腾后，三个人总算踏上了见家长的道路。

途中，菜包子对麦当当表达了他的紧张兮兮。收获了几枚白眼后，麦当当代替他向贞贞问了他的紧张所在。贞贞对此大手一挥，“不用担心，我哥哥很开明的。和我一样。”

你后面四个字完全是多余的！就是因为这样才恐怖呀！麦当当难得和菜包子脑电波达到一致，不客气地吐槽。一个与贞贞一样的哥哥，这场景……麦当当和菜包子又默契地一起打了个哆嗦。

直到见到贞贞哥哥时，他们才知道这个哆嗦果然没有白打。

这座城市的东边有着一汪全国最大的城中淡水湖，因为在城市的东边，所以取了个最容易辨识方向的名字，东湖。显然也有与西湖媲美的嫌疑。不过实话实说，东湖的自然之美，尤胜西湖，只是少了文人墨客的吹嘘，世间的事情莫过于此，本来是一个平常的人，一个平常的事，一个平常的景。经过了文人墨客的嘴，然后再口口相传，这个平常的人就变成了神人，就好像传说中的某个父子连体的天才作家，在被揭穿之前，恍若神仙在世，一跃而登上了美国《时代》杂志的封面。亦如传说中的风景，无数个人头攒动的长假，大家都在告别索然无味的城市奔向另外一个当地人认为索然无味的城市，只是因为描述中的美丽。

东湖边上有不高的几座郁郁葱葱的小山，贞贞的家就住在山脚下的风景宜人的城中村里。这里的房子多是村民们自己建的小楼，比肩在茂密的林中。而贞贞家的白色房子靠山面湖，尤其的宁静而优雅。这是一幢带着院落的三层楼洋房，黄色的琉璃瓦的顶，白色的墙面，窗户和阳台是金灿灿的杉木。似有土家风味。贞贞事先就告诉过菜包子和麦当当，她的父母到恩施省亲去了，平常就是与哥哥住在家里。

院子里栽种着好看的树，用碎石子铺的弯弯的小路，除了围墙边上有游着锦鲤的鱼池，树下还有石头做的凳子和桌子。麦当当叫不出这些树的名字，贞贞似乎看出了他们的心思，介绍道："满院子的，是桂花树和海棠树，墙角那里的是桃树和梨树，树下边的石头桌凳上可以吹风和看书。"于是麦当当就凭着这句话喜欢上了这里。

进了屋子，气氛就有了变化。屋子里是老式的陈设。当头靠墙一面黄花梨的方桌，方桌边是同样花梨木的明式的官帽椅子。两边有点像梁山的聚义厅那样分别摆着三只木质的圈椅。墙上挂着红脸关公的巨幅画像，一只手握着青龙偃月刀，一只手捋着长长的美髯。方桌上另外还供奉着一尊紫檀木做的关公的雕像，雕像有两尺高，前面的香炉里檀香袅袅，新插上去的三只檀香使得屋子里香气弥漫，空气中充满了神秘而又庄严的宗教感。

一个相貌英俊的男子坐在方桌的左首，平头，浓眉，方脸，满脸的和气。白色短袖衬衣外露出的胳膊上刺着的两条翻滚的巨龙，活灵活现。

等等，那男子脚下似乎蹲着一只麒麟，或者是一头黑色的狮子？

又是贞贞理解了麦当当，对着那头巨兽亲热地伸出了手，温柔地叫道："乖乖，过来。"

那头巨兽便孩子似的摇晃了过来扑到了贞贞的怀里。

"乖乖，真的有人这么高。"麦当当心想着，身上汗毛竖起。

贞贞扭头笑着对麦当当说："这是我哥从西藏特地给我弄来的藏獒，名字叫乖乖。"

麦当当和菜包子看着"乖乖"红色的眼睛和吐出嘴外的舌头，禁不住地脚下发软。

那男子笑得一脸温柔倒是果然和贞贞说得一样开明。他客气地邀请他们在圈椅上坐下，语气温和地吩咐人上茶，摆出一副随便聊聊的姿态。

可是大哥你能不能先把手上的刀放下再说。你那手上拿的不是菜刀吧？菜刀哪有那么长?！话说大哥你拿着刀到底是要干啥?！

麦当当和菜包子老实巴交地在贞贞哥哥指定的位置坐下，屁股都不敢挪动一下，欲哭无泪状。那个乖乖蹲在贞贞的脚下好奇地看着打着哆嗦的两个男子。也许是他们控诉的眼神太过明显，贞贞哥哥看了下手里的大砍刀，顺手放在了桌面上，不好意思地笑笑，虽然这笑容在他那张和蔼的脸上露出了三分的寒意。“哦，你们不介意吧?”

齐刷刷地摇头。

介意？怎么敢?

在贞贞哥哥的眼神下，麦当当只觉得额上的汗一滴滴滴下。当然，他不用看也知道菜包子也比他好不到哪里去。话说，大哥，您真的不是在威胁……吗?

“那好吧，我想知道要成为我妹夫的是哪一位?”贞贞的哥哥依然笑脸示人。

菜包子抖了抖，一时没吭声。麦当当鄙视地瞥了他一眼，勇敢地指证了：“是他。”

一根纤长的食指直指瑟瑟发抖的菜包子。

贞贞哥哥突然笑得花枝乱颤，身躯都在抖动。脸部表情遮在阴影下，再一抬头时，陡然间就板了脸。“就是你敢搞大我妹妹的肚子!”

这一声吼震得菜包子虎躯一震，对着贞贞哥哥像是要吃人的表情，菜包子结结巴巴。

“对、对……对不起。我不是故意的!”

“嗯?”

“不、我是说我会负责的!”菜包子低着头，一副请罪姿态。

“搞大女人的肚子是男人的本事，敢于负责任就是真男人。”

点头，不停地点头。

贞贞出声缓和气氛，“这位是我的哥哥，砍刀。”

麦当当不知道哪根神经被扳动了，脱口而出：“好名字，豪气!”

砍刀看了麦当当，“豪气二字如何讲?”

麦当当后背渗着汗珠，搜肠刮肚，“湘军首领曾国藩说，一等一的人才是厚德持重之人，一等二的人才是磊落豪气之人，一等三的人才是聪明伶俐之人。所以砍刀哥是难得的一等二的光明磊落的人”。

砍刀动了容，双拳抱手于胸前，朗声道：“好，别人都只敢说我是一等一，也就你说我是一等二，这才是实诚人，敢问这位兄弟如何请教?”

“不才麦当当，是杂志社的编辑。”

“哦，文化人，那你今天既然跟我妹夫一起来，想必你们是挚友了。如此讲义气的人，我很喜欢。”

贞贞插嘴：“就是，麦当当哥哥最好了。虽说是文化人，可是特别的有礼有节，从来视金钱与权贵如粪土。”

砍刀笔直地坐在那张官帽椅上，赞许地微微颔首。

麦当当没有忘记吹捧菜包子一把，这可是关键时刻，不能让边上哆嗦的菜包子给凉着了，“砍刀哥，菜包子跟我是发小，大学也是同学，他虽说现在在网上做户外运动用品的生意，其实骨子里是地道的文化人，讲道理，讲礼节。”

砍刀赞许：“凡事都得讲道理，道上有句话，叫作歪江湖有正道理，就像你们文化人说的，没有规矩……”说到这里，砍刀似乎忘记词了。

麦当当斗胆接嘴道：“不成方圆。”

“对，当当兄弟说得好，没有规矩，不成方圆。”砍刀又朗声道，“今天既然你陪着我妹夫来提亲，有句俗话说，来而不往……”

“非礼也。”麦当当又接话，内心里不停地扇自己嘴巴。

“对，来而不往非礼也。既然你们今天来提亲了，我这个做大哥的也没有别的大礼相送，”砍刀沉吟片刻，从口袋里掏出一张银行卡，递给了菜包子，菜包子伸出双手哆哆嗦嗦地礼貌地收下来，砍刀说：“卡里的五十万，你们好好地筹办一个婚礼吧。”

“五十万，筹办婚礼?”菜包子被这意外的惊喜击中了要害，差点眩晕过去，这是幸福的眩晕，他在心里不停地呼叫：“贞贞，我爱你。”

这时，不知道是谁递给了贞贞一只活鸡，贞贞将鸡放客厅地上，随手就松开了“乖乖”脖子上的铁链子。

还不到一分钟，那只鸡就进入到了“乖乖”的肚子里，只剩下几缕鸡毛沿着地面留恋地飘舞着。

“我这个妹妹平常被我惯坏了，结婚以后，你也要多惯着她点。”砍刀怜爱地看着贞贞对菜包子说。

“他要是对我不好，我就让乖乖咬他。”贞贞嘟着嘴满眼含笑地看着菜包子说。

于是菜包子的腿，又软了。

砍刀没有接贞贞的话，而是扭过头，真诚地对麦当当说，“这位当当兄弟，我与你一见如故，这是缘分，你我一文一武，左右逢源。如果你瞧得起我，我们结拜兄弟如何？”

麦当当推辞：“不敢不敢，我哪里配得上与砍刀大哥称兄道弟。”

“诶，这是说哪里的话，我一向是敬重文化人的，我多时候就想，哪天我要是不放码了，就把这砍刀换成了笔杆子，我写文章去。”砍刀说着，轻轻抚了抚桌面上那只蕴含着幽幽寒光的大砍刀。

“请问，放码是……？”

“就是高利贷。”贞贞抢着回答，“我哥也帮着银行收账。”

“来，咱们就在关二爷面前八拜成交。”砍刀说着，吩咐人取来了两只分别绣着青龙和白虎的蒲团，摆放在方桌前。

可是，可是还要割破手指！

砍刀首先用那只大砍刀将自己的左手食指划破了，将流出来的殷红的血滴到桌面上的盛着白酒的瓷碗里。

轮到麦当当了，我的老大爷啊。

晕血？不，只是感到头晕而已。

菜包子这小子恩将仇报，按着麦当当的手指在那砍刀上划了一道口子。麦当当想哭。菜包子又扶着他的手，滴了几滴宝贵的鲜血到那只盛了白酒的瓷碗里。于是麦当当的血和砍刀的血在白酒碗里稀释旋转，然后混合在了一起。

麦当当与砍刀在关二爷像前八拜叩首之后，二人各饮一半。

于是，麦当当成了砍刀的拜把子兄弟！

“今天我还有事，先走一步，就不款待两位了。”

麦当当和菜包子齐表示不用款待，您快去忙吧！

有人在等着贞贞的哥哥，哦，就是砍刀。那人在砍刀耳边说了句什么，他最后瞥了眼菜包子，便匆匆走了。

菜包子立刻瘫软在圈椅上，他被那警告似的一眼瞥得连坐都坐不住了。和同样摊在圈椅上的捧着跳痛的手指的麦当当对视了一个欲哭无泪的眼神。

贞贞端着切好的果盘出现。菜包子看着拼盘里四分五裂的苹果。不由得开始觉得前途真的是黑暗无光……

Chapter 23　折腾不了生活你就只能被折腾

菜包子在麦当当的勉励下，好歹鼓起了站立的勇气，虽然双腿依然是海绵一般的柔软。谢别了想留他共享午餐的贞贞，他表示自己的网店还有许多重大业务需要亲自处理。

这是菜包子在砍刀的强权下的策略，从目前的敌我形势来看，眼不见为妙。

怀揣着烫手山芋的巨额银行卡，菜包子半身天堂半身地狱飘乎乎地和麦当当回了各自的窝，今天的发展有点出乎他俩的意料。不管是贞贞是黑社会大哥妹妹的身份，还是麦当当神发展地和黑社会大哥拜了把子。都是他们以前绞尽脑汁所不得的意外节目。

人生啊，人生！

两个兄弟默契地碰了碰拳，在菜包子家门口分道扬镳，各自回家该冷静的冷静，该抽丝剥茧的抽丝剥茧，晚上再老规矩彼此述说疗伤。

菜包子一回家就扑向软绵绵的床，将贞贞的银行卡嫁妆放到枕头下面，抱着枕头舒服地蹭了蹭。他要用睡眠来慰藉他惊吓的小心灵。睡饱了才精神舒爽嘛，也许一堆烦恼都会消失不见。

不得不说，菜包子自欺欺人的情商的确是高不可攀。

至于麦当当，哦，在经历了近期小心肝不断波折的各种事件后，他自然表现得要比菜包子冷静自持的多。回家打开电脑，习惯性地先登了QQ，习惯性地看了下暗着的头像。点开，输入一些软绵绵的话。再删除这些不足以挽回局面的只言片语。

要说些什么呢，道歉？眼前浮现出她当时复杂却失望到绝望的眼神，铅一般沉重，一句道歉或许难以挽回。马兰一向很有主见，决定了的事，一旦下定决心，就不会再更改吧。

可是明明清楚地知道这些，他却又不断希冀着也许马兰当时只是一时情绪上头，冲动之下做出的决定。现在会不会有所转寰？

他眼里的光不禁亮了亮，这种情况的可能性也是蛮大的。这样一想，似乎整个人都有动力多了。

他竭尽所能地挤压着渐已疏远的中文词汇，绞尽脑汁地修饰措辞，抱着最诚恳的心态，将他当时一瞬间心里涌现的各种情绪都书写出来。并为当时的不信任致上最大的歉意。这时他不禁庆幸自己的文笔能清晰地表达出自己的所思所想。希望能打动马兰，好歹不要让她就此迅速地给他判了死刑。

消息发送后。麦当当开始几分钟紧张地盯着电脑屏幕，希望那条长长的消息下会得到回复。几分钟后始终无回复，麦当当也不太气馁。毕竟马兰的头像在暗着，这也说明她没对自己隐身。当然马兰看到消息不回的那微乎其微可能被他情感化地排除了。

麦当当看了看时间，现在才 3 点多，也正是她工作的时间。距离她上网的时间至少还有一两个小时，顺着给予马兰信息的情绪，麦当当鬼使神差地打开了文档，开始动笔接着写那部可以感动全世界男男女女的爱情小说。就是被他早已束之高阁的《我的梦中女孩》。这一刻他终于明白了作家都是苦逼的真理。正是因为经历了磨难，所以才能有所感怀。如潮的灵感泉涌，麦当当只觉得自己力透纸背。倚马七纸，午后的时光不缓不慢地滑过他的身体。转眼室内的光线渐渐昏暗到不能清晰地看到键盘上的标志，麦当当才恍然一下午已经过去了。

依稀看见马兰的 QQ 图标亮起来了，却没有任何回复的信息，而他却不敢再发送只言片语过去。直到通过睡眠养好了精神的菜包子上楼；来找他，才渐渐从这种恍惚中清醒过来。

而在他不知道的地方，不知道的时间。

有一个接近于麦当当敌人的男人，瞥到电脑右下角不停闪烁地图标，眼神往厨房瞥了下。迅速地点开。对着那“当当”的昵称直接皱了眉头。心里觉得厌烦，而这种烦躁在读了对方发送过来当的长长话语后。更加加深，眉头皱得能夹死苍蝇。这不是坏他事吗？想到此，当机立断地删除了聊天记录、关闭对话窗口。而这时，脚步声向这边迈来，他立刻坐回原位，也不管来人对他的面无表情，展颜送上一个讨好的笑容。

还是回到麦当当的公寓里吧。菜包子来麦当当家的时候可真是有备而来，不光带了他珍藏的为数不多红酒中年份最久的一瓶，还带了他自己喜欢的点心。至于麦当当？他曾有语录，大男人吃点心太不成熟了。

当然，菜包子对此嗤之以鼻，他是不会放弃他对甜食的热爱的！一个大男人吃甜食才能有像甜食那样细腻的温柔体贴。虽然对于他这条谬论，他人只能纷纷表示怀疑就是了。

这次互诉衷肠的会晤，菜包子没有旧事重提地要求去泡吧泡妹子求治愈。估摸着是因为引起他真正烦恼的事情——在酒吧和贞贞的相遇，从而导致了目前在敌人面前被动挨打的局面。

在菜包子对麦当当表示了他决定奋起反抗的决心之后。

麦当当只想扶额，对菜包子的缺心眼以及打不死的小强精神奉上十二万分的佩服。万分羡慕他这种睡一觉就能自我治愈的能力，以及烦恼的事在肚子里也停不了几天就烟消云散的心态。不过羡慕归羡慕，他却并不希望自己也是这样，毕竟，一个作家，可是心思细腻才能写出各种动人的文字。

他坐在菜包子身旁，对着他好奇宝宝的眼神，无奈地叹口气，“马兰和我分手了。”在菜包子一脸诧异的表情中，麦当当不堪地摇首哀叹。

那一天，菜包子好不容易正经起来。作为麦当当曾经的爱情军师，了解了前因后果后却也只得出了个他考虑另找个软妹子来得还快些这种丧气的结论。并责怪麦当当一再地不信任马兰着实深深地伤到了女性心中绷紧的底线。作为哥们儿，他友情提示了一下，“男人要会装，就算是不信任也不该表现出来和说出来的那种大度的装。”

在没有得到麦当当任何表示的情况下，他终于开始大吐自己的口水，对于他心里的退意和畏惧，麦当当作为半个经历者，表示他完全理解。然后两兄弟对视着叹了口气，深深地觉得各自都不容易。啥也不说了，喝酒吧。

还是古人说得好，一醉解千愁啊。

虽然古人还说过，举杯消愁愁更愁。但这要在宿醉醒来的明天，他们才能深刻理解。

Chapter 24 青春不能留白

麦当当和菜包子睡醒后，只觉得太阳穴突突地疼。头脑也昏沉沉地不舒爽。各自从沙发上爬起来，一个摇摇晃晃摸到厕所洗漱，另一个也慢吞吞地往自己楼下的窝里挪动。

用冷水泼了几把脸，麦当当拍拍依然混沌的脑袋，给自己倒了杯水去书房打开电脑。QQ一登录，竟连着有消息提示。麦当当的心提了一下，将鼠标移到右下角不断变换闪烁的头像上，心里涌起一股酸酸涩涩空空荡荡的感觉。那些各色各样的头像偏偏没有马兰的。麦当当失望的时候却又有种意料之中的感觉。

余下的日子除了杂志社零零碎碎的稿件处理，麦当当已经彻底地成为了一个悲伤的爱情小说作家。昏天黑地的在电脑前输入着充满着令人忧伤的句子，有些句子连他自己都感动不已。在一场夏日的雷雨过后。菜包子心事重重地告诉麦当当，贞贞看中了一个被称为世外桃源的理想的婚礼场所。麦当当对此提不起兴趣，但是当菜包子告诉他，这是一个文学艺术爱好者经常聚会的农庄，麦当当才有了一些精神。勉强答应陪着菜包子去参加这个周末在农庄举行的一次文化沙龙。以便一石二鸟，既考察一下婚礼的场所，也感受一下这个城市超脱的文化氛围。

农庄在东湖之滨，离贞贞的家不算太远。说是农庄，更确切地说是一个不大不小的园林。四周都是用木头栅栏围着。除了进门的两旁栽种了一片瓜果。其他的地方是修剪得整整齐齐的草木。白色的栅栏圈出了被草儿填补浓密的青翠土地。古朴的砖块堆砌出不奢华却大气古朴的主屋基石，房子是纯粹的原木建成。看上去有着欧洲园林的感觉。菜包子告诉麦当当，农庄主人是留德回来的植物学家。于是麦当当就认为眼前的一切都是理所当然了。

除了散发着原木香味的大房子外绿茵茵的草坪和盛开的鲜花，白色的方格木窗外的窗台上也是繁花簇簇。麦当当尚未进到屋子里，就赞叹贞贞的眼光。这果然是圣洁之地，的确适合举行神圣的婚礼，特别是菜包子这种人需要经过婚礼的洗礼方可脱胎换骨，顿悟人生。

麦当当还未见到农庄主人，就已经因此对他心生好感。

屋子里的一间大房间里，围着古朴的原木长条方桌坐了十几号看上去前卫时尚的青年男女。这让麦当当觉得自己是个另类，毕竟出来之前并未考虑到衣着问题，所以显得过于简单随便。有人热情地邀请麦当当与菜包子在方桌前的凳子上坐下了，菜包子因为这木头凳子坐着很舒服，一边挪动着大屁股，一边用机警的眼光扫视着屋子里貌美的女士，然后得出了一个令人振奋的结论，他在麦当当耳畔低声说："到底没来错地方，这里的女人全是美女，比酒吧里的女人有气质。"

麦当当心里惦记着马兰，对于周遭的美女没有菜包子那般的热情，而且，目前他更感兴趣的是这个庄园的主人是何方神圣。可是直到主持人宣布了当天的议题时，也没有见到那个德国留学回来的主人出来做自我介绍。

但是即使如此，麦当当还是在内心里发笑了，那是因为主持人宣布的主题——"中国人为什么不排队。"

在座的青年男女们各抒己见，对于中国人的劣根性进行了深入的揭露与批判，义愤填膺。麦当当对这些议论兴趣不大，心里正嫉妒着菜包子有如此的福气，找了一个好老婆，而且这个好老婆还找了这么一个天下难寻的婚礼场所。脑子里的中央处理器电风扇正呼呼地转着，带着黑框眼镜的主持人，就是那个一眼看上去就可以确定是文艺青年的那个哥们儿，深情地看着麦当当说："能否请这位发表一下自己的观点。"

菜包子戳了戳麦当当的腰部，麦当当身体上挺。清了清嗓门，稳重地对着注视着他的一双双炽热的眼神说道："我想中国人不排队是有原因的。”房间里顿时安静得可以听到菜包子粗重的呼吸声。

大家都在等待着麦当当的高论。

很快，麦当当也意识到了这点，继续说道：“因为事情比较急，赶时间的原因吧。”

没有了下文。

死一般的沉寂。少顷，一位戴着红色平光眼镜的长发女子开口问道：“那大家谁没有急事呢？”

“这个问题问得好，时间就像是鸭子，大家都正在赶，都觉得自己的事情紧急，所以大家才都不排队，都往前挤。”麦当当蓦然间想到了肖卤鸭所说的养鸭场。

“可就算时间是鸭子，咱们人毕竟不是鸭子吧，总不能什么地方都挤得跟鸭子似的吧？”说话的还是这个女子，麦当当这才认真地看清了她的模样。白皙的皮肤，好看的柳叶眉，说话时丰满的胸部起起伏伏，令人遐想。

“这句话也问得好。”麦当当没有忘记再次夸奖这位漂亮的女士，“时间是鸭子，不赶，它就不乱。可是各人的心思总不能都摆在桌面上来比较吧，请来一个裁判，看看谁的事情最紧急，谁就排第一，谁的事情最无关紧要，就排在最后，这是不符合逻辑的，所以咱们中国人不排队。”麦当当神吐槽般地回答了主持人以及面前这位女文青的追问。留下满屋子的鄙夷之声拍了拍菜包子的肩膀，独自出了屋子，来到空气中有花香弥漫的园子里。

园子里除了鸟语花香，六角的凉亭旁有个肥胖的园丁在修剪花草。麦当当信步走近凉亭，却见到园丁正拿着竹子做的夹子在收拾着地上散落的垃圾。

“你讲得很好，没有急事，大家肯定会排队了，去火葬场的墓地看看，那里的墓碑全都是整整齐齐的，因为那里的人没什么着急的。”园丁见了麦当当，首先表达了对他吐槽的赞美之辞。

麦当当见眼前的园丁模样果然可爱，圆头，圆眼睛，圆鼻子，圆脸，圆肚子，身材高大，与菜包子差不多，穿着宽大的蓝白相间的棉麻格子短袖衬衣和同样宽大的牛仔布的短裤。通红的圆脸上一片络腮胡子刮干净之后留下的瓦块般的铁青。让带着谦逊笑容的嘴角平添了些许无奈的愁绪。

得到了园丁的赞赏，麦当当并没有感觉到轻飘飘，而是礼貌地上前去打招呼：“你好，在收拾花草?”

园丁点了点头，“昨晚这里有个聚会，而且今晚也会有，明晚肯定还会有。”

园丁没来由的一句话，麦当当可以听到他心甘情愿的抱怨。

“这里的确是个适合聚会的地方，环境这么好。”麦当当放眼四周，然后眼睛有些诧异地停留在了园丁手中的撮箕里。又问：“都是什么样的聚会?”因为他分明在撮箕中发现了几只使用过的小雨衣。

园丁指了指屋子里还在讨论中国人为什么不排队的文艺青年们：“你难道晚上不和他们一起参加 Party 吗?”

“哦，我是帮朋友来看婚礼场所的，并不知道晚上还有聚会。”麦当当如实相告。

园丁对婚礼两个字似乎有了兴趣，情绪高了许多，“婚礼好，我喜欢见证浪漫的爱情。更何况，这里的确是非常适合做婚礼的地方。而且……”

园丁放下撮箕，对麦当当招了招手，“来，你跟我来，我带你看一个地方，保证你喜欢，不出意外的话，这一定是一场圆满的婚礼。”

Chapter 25　有菜包子的地方从来不会安宁

圆滚滚的园丁领着麦当当到了园子一侧的车库里，园丁打开车库的门，展现在麦当当眼前的豁然是一辆黑色油亮的德国老爷车。

“这是一款上个世纪30年代的老爷车，假如我修理一下，你的朋友可以用来做婚车。”园丁咧嘴露出忧郁的笑容。

麦当当面露感激之情，“怀旧的浪漫，象征着爱情的永恒。这是我喜欢的款式，可是不清楚这个车子的主人是否会同意。”

园丁眼睛亮了，用手指了指屋子里边，“喏，那个穿着红色短裙的最美的女人就是了，我想她是一定会同意的。”

“谢谢，我会请求她的同意的。”麦当当顺着园丁的手指方向越过窗口，进入眼帘的是身材高挑一袭红衣的短发美女。

“最好是在晚餐后大家聚会的时候，她一定会令你满意的。”

“那么我应该怎样称呼她呢？”麦当当问。

“朱莉。”

麦当当似乎发觉，说出那个名字的瞬间，园丁打开的是暖色的眼光。

夜幕像条吞人的魔兽张大漆黑幽深的大嘴巴，笼罩着整个世界。逢魔时刻的黄昏一过，陆陆续续来了一些在这个世外桃源寻找真实自我的人。他们与白日的那些文青又有所不同。远远就可以闻到浓烈的古龙香水或者夏奈尔香水的味道，不过在麦当当看来，即便如此也丝毫掩盖不了他们身上的铜臭味和人渣味。

毫无疑问，他们是奔着园丁口中的聚会来的。白日里谈论高尚话题的文青们尚未离去，两拨人很快地在这幢美丽的大木头房子里开始了看上去典雅而高尚的自助酒会。麦当当心里并没有太强烈的反感，在工作中历练几年的人，比这更商业化更腐朽的宴会偶尔也有涉及。他现在脑袋里面只是想到了车库里那辆黑色油亮的老爷车。觉着菜包子应该会张扬地开着那辆车度过他人生中最重要的一天。作为朋友，能帮他锦上添花一下也是应该的。

寻找了朱莉身边无人的时候，麦当当上前表达了自己有些冒昧的请求。

出乎意料的是他没在那位美女脸上找到迟疑，她问："也许你能告诉我，是谁建议你来征求我的意见的？"

这并不是什么要遮掩的问题，麦当当稍一迟疑，大大的眼睛格外无辜。"是在花园里碰到的一位先生。我遇到他时，他正在摆弄花草。"

这样说着，他看到那位美女脸上出现了一种意料中的了然。

"果然如此。"她低低地说道。脸上却似乎混合了一种无奈。

麦当当不解，"你说什么？"他并没有听清她的低语。

美女露出一个标准的笑容，"既然这样，我当然同意。我还有些事，先失陪了。那么，祝你晚上玩得愉快。"

说着，她转身进了大厅。心有疑惑的麦当当看了看暗下来的夜幕，无知觉地待了一会儿。直到光线模糊得彻底看不清身体的轮廓。花园里的路灯盏盏亮起。

人们举着啤酒或者红酒杯畅谈，也有亲密者独自在角落里低声细语。麦当当对这种场合不热衷，不自觉就走到靠近窗台的冷清角落。他在人群里搜索了半天，才发现菜包子那熟悉的身影被一身材玲珑的女子遮了大半，幸好他身材魁梧，不然麦当当估计就找不到他了。

不过，他敢这么明目张胆地在会成为自己举行婚姻的地方勾搭妹妹？

不得不说，麦当当不愧是和菜包子从穿着开裆裤就开始玩在一起的交情。菜包子当然是有贼心没贼胆。他总觉得大厅高悬的天花板上似乎隐藏着摄像头，他一做出什么出格的事，贞贞就会带着她哥哥和那条叫“乖乖”的狗杀进来。

哦，原谅他把贞贞的哥哥和乖乖并列在一起，上帝要相信，他没有任何恶意。

可是他一个“片叶不沾身”花花公子，让他看着美女在眼前晃动无动于衷，心里就痒痒的挠，何其残忍？

菜包子纠结后的举动麦当当没有再看，白色方木格子窗户外的绿意点点即使在夜幕中也对他散发出致命的吸引力。并不是麦当当多喜爱自然，只是比起这室内的彼此心照不宣的觥筹交错与写在脸上的虚情假意，他更愿意去那繁花锦簇的地方。他想到今天下午遇到的那位可爱园丁，不知道他现在还在那里吗？麦当当突然就想起今天带他去车库，指着那辆老爷车说修理的表情，熠熠生辉。那是一种在做着自己喜欢事情的满足。

突然就很想找他聊聊。

这样想着，随着记忆的脚步，麦当当在萤火般的草坪灯光中寻找那个车库。路过凉亭的时候，麦当当听到了一对男女的情话，觉得自己有窥探别人隐私的嫌疑，犹豫之中停下了脚步，正在寻找退路。只听那女声道：“能不能请你取下你的眼镜，它碰到我的腿了。”麦当当准备绕道而行。少顷，那女声又道：“你还是戴上眼镜吧，凳子上的油漆都要被你舔光了。”麦当当很为这位看不清的男士着急，轻手轻脚地转了身，朝着一盏昏黄的灯光来到了车库门前，站在门口，正看到一个身影在修理那辆老爷车，圆滚滚的身体，不是那位园丁又是谁？

他正带着沾满油污的手套，手里拿着个大扳手，看到麦当当问：“你怎么没去参加 Party？”

麦当当挠挠头，“我有些不适应。就出来了。”

“哦，出来转转也好。”他并没有多问，似乎可以理解他的感受，弯下腰去在打开的引擎盖下卖力地用大扳手摆弄。圆滚滚的身子在麦当当看来有着一种可亲。

麦当当一个人站着有些尴尬，人家是因为你朋友的缘故在帮忙修车，他就这样站着似乎有些不太好。他现在也没事，看他做着似乎很有趣，遂开口，“如果方便的话，我能帮到什么忙吗?”

那人停下动作，抬头上下扫视了他，“你会?”

麦当当摇头，大眼睛很是理所当然，“你可以教我，或者，我帮你打下手。”

那人弯腰继续摆弄，麦当当知道他这算是默认了，遂走进去好奇地东看看西看看，“那，我现在做什么?”

他一副好好学生的样子。

“帮我递工具。换个尖嘴钳。”他说着头也不回地递出扳手，麦当当忙接过。大工具箱里摆放了一堆麦当当不认识的东西。不过不妨碍他从中找出长的尖尖的钳子。

麦当当看着园丁摆弄着车，突然想到一件事。“对了，我已经征得主人的同意使用这车了，谢谢你。”

园丁对此并没有多大惊讶，他语气平淡地回了话。

一时就只听见工具和工具偶尔碰撞发出的声音。

突然，麦当当听到一句问话，“那么，你觉得她是个什么样的人?”

一时不解，“谁?”

问出这话，麦当当蓦然反应过来这个“她”应该是指这辆车的主人。

“嗯……似乎是个很时尚的人。心肠也蛮好，人挺漂亮，蛮好说话的……其他的就不太清楚了。”

麦当当费力想着只见了几面，说过一次话的女子带给他的印象。不知道什么时候园丁停了手下的动作，侧头看着他，眉毛蹙着在思索着什么。

话题突然扯到那位女子，麦当当便又想到一直没露面的那位留德回来的庄园神秘主人，应该是那位女子的先生吧。便好奇地问道，“不知道朱莉的先生是谁?”

园丁很惊奇地看着麦当当，“这么爱着朱莉的人，肯定是我啊!”

这话在麦当当心里引起复杂的反应。他不好意思自己竟一直把人家庄园的主人当成了园丁。只好抓抓头干笑。

不过又觉得似乎这样在恬淡生活里自得其乐的形象，似乎才符合建造出这么让他心生好感庄园的主人——马修。

惊讶完了，他又偷偷打量继续忙活的马修。他说的那句话语里的爱意麦当当自然感受到了，那是和他在江边向马兰脱口而出的一样深的爱意。有些人会一直刻在记忆里的，即使忘记了她的声音，忘记了她的笑容，忘记了她的脸，但是每当想起她时的那种感受，是永远都不会改变的。

麦当当蹲在忙乎着的马修身边，二人交谈甚欢，不知道什么时候，谈到了文学上来，于是麦当当就鬼使神差地跟他说起了自己正在写的小说，想听听他的意见。马修也就脱了手套和他并排坐在矮凳子上。开始了自在的对话。麦当当发现马修有一种气度，那是麦当当没有的曾经沧海、看破红尘的气度。而且马修似乎对文学有着更为奇妙的认识，他说“人性并无善恶，所以小说家的立场必须出世了再入世”。麦当当不禁若有所思。心里郁结的结扣似乎松动了一些，还发出了“啪”的散掉声音。

他的耳朵竟然确实听到了什么声音，是熟悉的菜包子的跑步声。

心里不禁暗想，菜包子肯定又惹什么事了！这个事儿精。

麦当当往外看，才发现菜包子果然是惹了件大事情。飞奔而来的菜包子还没来得及跟他招呼，就见他身后不远处扑闪扑闪如蝴蝶似的追着一个人，竟然是之前和他辩论过几句的那个戴着红色眼镜框的女文青。

麦当当因为太过诧异，而使菜包子错失了最好的溜走机会。那个女文青赶上后，气喘吁吁地说了句惊艳的话，“我们都接吻了，你连名字和电话都不留给我？”

麦当当立刻明白了事情的全部。

麦当当抹汗，有菜包子在，总会发生些这种“精彩”的故事。

可是菜包子反应超过了光速。他走近麦当当，饱含深情地进行了一个熊抱，眼睛里淌出了泪水，将圆滚滚的脑袋靠在麦当当的肩头，带着委屈的声调说，“亲爱的，我是一时冲动，请原谅我。”

戴红色眼镜框的女文青带着悲天悯人的慈爱眼光看着拥抱在一起的麦当当和菜包子，用手指抹了抹闪烁着泪花的眼角，喃喃地说：“爱情，这才是伟大的爱情。”

Chapter 26　包子跳楼＝死包子？

被菜包子哭泣的腔调惹得一身恶寒的麦当当，反应过来后立刻一把推开菜包子，恨不得后退几步离他远远的，心想着“对我也想下手”，拿出了一副不认识他的样子：“开玩笑，要被人当真了怎么办？贞贞可不得放她家乖乖在自己身上啃几口？”

只是看了看边上感动得热泪盈眶的女文青。因为与菜包子的深厚友谊，他到底是没拆菜包子的台。只是把他推开，顺着他的戏捏了捏他城墙般厚实的脸颊以示亲昵。手下暗中却是用足了手劲。摆出怜花惜玉的姿态说道：“乖。不哭，原谅你了。”

菜包子被麦当当这一把拧得瞪大了眼睛差点真的哭了出来。

女文青被眼前真实的爱情场景所感动，泪眼婆娑地哽咽着捂嘴以一副自己不插入美好恋情的样子离场。菜包子立刻一巴掌拍掉麦当当的爪子，揉着自己留下鲜红指印的脸颊。气哼哼地转过身不搭理他以示抗议。

一旁突然插入一个浓厚的男低音，“别说，你们这样子看着还真有点夫妻样。”这是马修调侃的声音。

麦当当无奈地看着在一旁看完所有好戏的马修。对马修介绍了自己的挚友，菜包子先生。最后与马修约好明天到麦当当家做客，拉着哼哼唧唧的菜包子，一同与马修道谢并告辞，然后灰溜溜地离开了这一片热闹的世外桃源。

恢复精力的菜包子一到家就甩掉麦当当，哐当一声把门摔得贼响。

麦当当习以为常地耸耸肩，从容地上楼回了自己的家。而菜包子还不知道，他舒服地对麦当当故意展现他的脾气之后，马上就泪流满面地后悔没有拖着麦当当来家里坐坐……

正左脚蹬右脚换鞋的菜包子，套上自己软绵的拖鞋。如同拖鞋头顶上的绵羊一样，懒洋洋地伸了一个懒腰。突然后知后觉地发现玄关处还有一双艳红的看着很是眼熟的女鞋。

这时一个阴恻恻的声音突然在身后响起，“香水味？不错嘛，二流国际品牌的香水味道。”

背后冒着冷汗，菜包子慢慢地慢慢地回头，多么希望自己看到的都是错觉。可惜不是。讨好挤出一个笑容。“贞、贞贞。”菜包子和对着他龇牙的乖乖大眼对小眼，欲哭无泪。

呜呜，他一整个宴会都觉得阴风阵阵的原因终于浮出了水面……

同一时间，作为好兄弟的麦当当正舒舒服服地洗着热水澡，对于菜包子正在遭受的磨难没有丝毫的心电感应。一切完毕，他裹着浴袍，打开电脑文档，今日与马修的相处，时日虽短。却让他脑子里的一丝困顿被打破。麦当当啪啪地对着键盘一阵敲击，洋洋洒洒写了四五千字。

没过多久，麦当当就沉浸在小说中男女主角互虐的悲痛情感之中了。月亮不知何时偷偷爬到了树梢。在这让人愁思的皎皎月色中，又有几人能好眠美梦？

月亮并没有给人多久的忧愁时间，太阳已经从天边泛出它红晕的脸庞。因为文思泉涌所以熬夜的他经过了短暂的睡眠之后，又因为约好了马修来访所以依然早早地起了床，主妇般地对房间进行了整理。面对着清洁的房间，他仿佛看到了马兰的身影。

九点一过，门铃响起，马修准时地到访。他今天穿着灰色的衬衣，宽大的卡其布裤子，再加上一双复古风范的皮鞋，很是硬汉风范，可惜衬着他那圆圆的脸，就全成了和蔼可亲了。

马修对麦当当这布置得朴素却舒适的小窝表现出了很是欣赏的样子。在麦当当招呼的沙发下坐好。圆圆的脸笑眯眯，“你这儿不错，低调，舒适，很有情调。”

麦当当不好意思地抓抓头，心里极快地滑过一丝酸涩。“都是马兰，哦，就是我前女友布置的。”说到前女友的时候，他顿了下，口里极干涩地说出这三个字。

马修是过来人，怎会不理解麦当当此刻的心情。他看了看四周用心的装扮，“小麦，我虽没见过她，看这一屋子的用心装点，却也知道，至少，她曾经是很爱你的。而且定是个秀外慧中的女人。”

“是的。”麦当当点了点头，只说了这两个字，喉咙就干涩得再也说不出话了。

他如何不知道她是一个多好的女子，如何不知道她一旦喜欢上了，认定了就必是全心全意的。可是那时被自己骨子里的不自信给迷了眼的他，竟全然没看到，她在他朝夕面对的家居环境中的良苦用心。

他觉得她当时就算打他几巴掌都是应该的。他竟然辜负了她的信任，她的喜欢……他、他能怎么样呢。即使心里难受得要滴血却也全是他自找的。无法取得她的原谅，他现在最少还能为她做的事就是在她还没原谅他时。不出现在她面前，至少不惹她讨厌、心烦……即使，她可能……一辈子都不会原谅他。

马修看自己的一句话竟然引起他更大的难受，不禁自责。他拍拍麦当当的肩，无声地陪他缓过这一时的心神不宁。

良久，他才说道：“能否拜读下你的作品呢。”麦当当这才醒悟，连忙搬出自己放在卧室的小本本。开机，找出文件夹后将屏转向了马修的方向。

马修看完了，二人仿佛是多年的知心好友一样地开始围绕着一些情节讨论起来。一上午的时间不知不觉就溜走了。马修对麦当当说的话，最敲击他龟缩的心灵的就是：“既然后悔了，为什么不去争取？人，谁没犯过错误？敢于争取原谅才是勇敢的汉子。”

他当时很想说他怕马兰讨厌，怕她烦。可是想了想又觉得这话太像辩驳。最主要的是个人性格不同，没必要为这些争论。但他也确确实实地将这句话听了进去，在脑子里转了几个圈，好好地分析了一下，还是不太能认同。便先放放，也许什么时候就会发现这句话的道理。

午餐自然是在家里吃的，这是马修的提议。他宁愿自己做饭也不愿意挤在人堆里进食。于是，麦当当去了就近的超市买了些材料，马修展示厨艺。饭菜刚刚做好，麦当当摆好碗筷，还未待和马修推杯换盏，门就“砰”的一下被从外面推开了。

麦当当很淡定，这已经是他家经常上演的声音，虽然过了这么些年的磨炼，可他依然还是在心里小小地为他家饱受摧残的房门表示了一下默哀。

于是，他不抬头就知道即将出现的是谁。

菜包子简直就是闻着饭香登场的。他一进来就被浓浓的菜香味打断，到口的话全吞了下去，甚至从脑子里抹去了一样。麦当当见不得他那份丢人的模样，给他添了副碗筷。菜包子就很自觉地坐下了。不客气地以主人的姿态招呼大家吃饭。

麦当当抽抽嘴角，看了眼见怪不怪的马修，戳了戳菜包子。“你来这里是干吗的?”

没记错的话贞贞的手艺貌似不错。而且好像今天应该就在楼下。

菜包子再一次发挥了他的后知后觉和丢三落四，眼睛瞪得老大，包满饭的嘴里支支吾吾地发出三个马修好不容易才听清的音。“我……忘……了。”当然想到熟悉他的麦当当从他的动作中就看出了他这一意思。心里憋屈的有一种吐血的感觉，麦当当直接坐正身子，招呼马修吃菜，懒得再看菜包子，免得气到了自己。

过了一会儿，身边又支支吾吾地响起声音，“我……想起来了!”他突然一拍脑袋，大嗓门嚷嚷起来，一惊一乍的让饶是熟悉他如斯的麦当当都手一抖，手里筷子一个不稳，掉了下来，更别提吓了一跳的马修了。可他全热不顾，只继续嚷嚷：“出大事情了！你老婆身边出现了一个男人！貌似你要被挖墙角了!”

语落。四周皆静。

麦当当看了菜包子一眼，淡定地捡起之前掉在桌子上的筷子，继续吃饭。马修被菜包子一惊之下，看麦当当这么淡定，有些不解。不过折腾到现在，一大早喝的那点粥也早都被饥肠辘辘的胃消化殆尽。于是，他也跟着麦当当淡定地吃饭。

菜包子看自己一个惊天大消息没有起到应有的效果，不满了。

他差不多要把自己的大脑点挤到麦当当面前，语气里充满了不可思议。“麦子，你没听清我在说什么吗?”如果可能的话，估计他都想割开他的脑子好好看看。

麦当当拈了一把青椒肉丝，觉得马修的手艺真的不错。细嚼慢咽地吞下嘴里的饭，他推开菜包子挡在他面前的猪手。语气奇怪，“我什么时候有老婆了。”

“就是马兰啊!”菜包子这才觉察到自己的口误，可是他抹了把汗，奇怪道，“你怎么这么淡定啊!”

菜包子没有注意到麦当当拿着筷子的手都有着轻微地抖动。马修却发现了，这抖动幅度越来越大……

麦当当“啪”的一下放下筷子，舀了汤捧着碗喝起来。

马修不动声色地看了一眼，说道:“包子先生，你是怎么知道这件事情的?”

菜包子无辜地瞪大了眼睛，“我亲眼所见啊……”后面的话他自动减小了声音。抿了抿嘴唇，他继续说:“贞贞不是要画新娘妆吗，听了朋友的话，说百合店的马兰画得最好。我陪贞贞到了马兰的店门前，她进去了才知道马兰最近的档期都排满了，贞贞没跟她说到话，我远远地看到马兰在给人化妆，有个男人在她身边嘘寒问暖，递水递帕子的……就赶紧扯着贞贞跑了……”

说完了这些，他和马修大眼瞪小眼地看了一会儿，旁边与这事最有关系的那人继续捧着碗喝汤，淡定得不得了。

他偷偷地瞟了麦当当几眼，真的很正常啊，好像没什么事，就犹犹豫豫地说出贞贞拜托他的正事。他扯了扯麦当当的衣角好获取注意力，“麦子，帮哥们儿个忙。贞贞想让马兰给她化妆，你去跟马兰说说。让她可以早点试妆好不……”

麦当当很干脆。“不去。”

菜包子正好言好语地劝着，没想到麦当当却完全不给他面子，听都不听，他这人最是吃软不吃硬。便气哼哼地挽起袖子，“麦子你要不要这么不够意思，只是小心地帮个忙都不干。贞贞那个人你很了解的，你不帮忙，我就死定了。”

麦当当不理他这套。干脆利落地说：“不干。”眼看马修吃的差不多了，便招呼他去客厅安静的地方继续聊。

菜包子气冲冲地转悠了半天，做了件让人诧异的事。他几步冲过去把饭厅的窗户打开，大吼一句，“麦当当你要不去找马兰说这事。我就从这跳下去!”

他这话说得很有气势，全然不把麦当当家这七层小楼的高度放在眼里。麦当当自然也被他孤掷一注的气势所震撼。不过震撼之余并不怎么为之所动，只是可惜对菜包子不太熟悉的马修，一贯平淡的他这一刻心怦怦跳。菜包子见此，吞了吞口水，输人不输阵地爬上了离地半人高的窗户，跨坐在上面。这下子，可是刺激到马修了，他连忙拉拉麦当当的胳膊，牧师般地劝说他先赶快答应了菜包子，让这庞然大物的人先下来再说。麦当当碍着马修的情面，用一副不显山不露水的样子，勉强地说了一句，“答应你了。下来吧。”

麦当当是了解菜包子的，就算是楼下有金山银山，他也不会真的一时意气用事，就连万一的一不小心出事都不会。之所以答应了菜包子这个无理而又有建设性的要求，是否有几分是顺水推舟地想见马兰，就只有天知地知他知了。

Chapter 27　三个人一台戏

麦当当勉强答应了菜包子的要求后，这小子完全将得寸进尺这四个字发扬光大，仗着有马修在，麦当当会顾及面子。理直气壮地要麦当当帮人帮到底，想人之所想，急人之所急，美其名曰“贞贞能早一分钟试上妆她就立刻幸福一分钟”。用这个冠冕堂皇的理由生生将麦当当推出了家门，叮嘱他不要浪费了这大好的下午时光，抓紧时间去找马兰。

麦当当抵着门不肯走，看看菜包子，再看看有些傻眼的马修。菜包子忙拍胸脯表示他定会招待好马修大哥。然后大气地挥挥手，一把挥掉麦当当抵在门缝中的手，再以掩耳之势“砰”的一声合上门，隔着门麦当当还能清晰地听见他的大嗓门，“你就放心地去吧。”

麦当当抹了把额头的黑线。

屋里的菜包子冲着有石化迹象的马修笑，这一笑，使出了他被贞贞奴役的十二万分殷勤。

屋外的阳光灿烂地照射着这座繁忙的城市，晒在路人的身上有种过于温暖的灼热。来来往往的行人都加快脚步，似乎这样可以将灼热留在身后。于是，麦当当作为街上唯一对烈日毫无防备而慢吞吞拖着脚步的人，就显得格外突兀，格外淡定了。

他就像一只从赤道附近来到亚热带度假的骆驼，在这超过了人体体温的热浪下怡然自得。

马兰的小店依然是这炎炎夏日中的一泓清泉，白色的百合花在绿色的门头上静静地绽放，看上去就给人一种甜丝丝的清凉感。麦当当看着下午这一天中最炎热的时候马兰的小店里依然客满，不知是松了一口气还是叹了一口气。他一路上来的时候想着菜包子的要求，斟酌着怎么开口，也就磨磨蹭蹭了一路，可是再磨蹭，也还是到了门前。

不怕不怕哈。麦当当调整呼吸给自己打气。虽然他脑海中装满了在路上构思的各种开场白。可是事到临头，他心里还是有一种心虚。这感觉就像是一个异常在乎成绩的学生，即使考前已经做好自己能做的复习，从没怠慢过。临到考场的时候还是会感到一阵短暂的心里没底。

当然，这种紧张通常会在我们拿到试卷的那一刻终结。而对于现在的麦当当来说，马兰的倩影就是那张平慰他心情的卷子。

这一切仿佛是那第一次的见面，像是曾经发生过的一个轮回，他注目，她回首，盈盈一笑，便是两心欢喜。却又似乎都不是。

如同那次一样，还没有进门，麦当当远远地就看到了马兰，她在他的世界里，似乎总是最瞩目的那个。然后，意料之中的，马兰回头，看到了他。她的眼里似乎飞快地闪过什么东西，却在他还没看清之时，已然恢复成一如既往的平静，如同看着大街上一个和她没有关系的路人。而后，她平眉垂眸，手下的动作不停，刻意地表现出不愿再往他身上多投一份关注。

就像她和他从来没有那么甜蜜的过往，就像她和他真的是完全的素不相识。

这一刻，麦当当明白了，他有多么地爱着马兰，他有多么的不能失去马兰。在这个茫茫人海的世界里，没有了马兰，他注定将失去孤独。因为这神秘的孤独感是因为他的心里只有马兰的缘故。这一刻，他觉得这份孤独是那么的尊贵，那么的温馨，是那么的令人魂牵梦萦。原来，思念的孤独是日出前天际的那一颗晨星，它守望的是另一个繁星朵朵的夜晚的来临。

空气中多了一些尴尬的气氛。无论马兰的眼神怎么表现，店员们可是与麦当当相熟的，自然先带他到了一边坐着，等着马兰忙完。也许是麦当当盯人的视线太多紧迫，任谁都会不自在。并没有让麦当当等待多久，马兰就完成了手头的工作。她下意识地理顺了衣服，就朝着麦当当这边走来。只是那眼神里没有了往日的温柔却有着复杂的情绪。

麦当当强作笑颜。事实上心里怦怦地跳得厉害。

马兰走到跟前时，麦当当似乎已经强忍着平静下来的湖面骤然又升起了波澜。她看了看他，也不寒暄。轻声问：“有事情?”

“兰兰……”

这一声兰兰，软绵绵的，有章有法，是麦当当每次惹她生气时最爱用的招式。马兰不禁有些恍惚，其实事情过去后，她冷静下来，也不是最初的那么生气了，毕竟没有人就该全心全意地信任另一个人不是吗?那种即使你背弃了全世界他也信任地站在你身边的，就像是童话故事一样，是小说里才会出现的情节。那种感情，未免是她过于奢求了。但是，却也并不代表她就该妥协于这种不全盘信任的感情。

就像现在，马兰虽然会有一时的恍惚，却也清楚地知道那也只是过去进行时了。不过马兰虽然这样想，也不愿意在外人面前驳了麦当当的情面，朝着麦当当抿嘴露出了笑容。

可麦当当不争气，马兰对他笑了，他嘴角的笑容却僵住了，最后，连那僵住的笑容都不再保持。有些痛苦地说，“兰兰，别这样对我……”

马兰熟悉的冷静让麦当当觉得陌生：“那么，你想谈些什么呢?”

她摆出一个洗耳恭听的姿势。麦当当却又手忙脚乱，话语也吞吞吐吐地不知道从何说起了。他想问她过得怎么样。可是从现在气色上看似乎是不错的。他又想问上次 QQ 上的消息她看到了吗，却又不敢问出口。他知道她现在好像已经不生气了，他也知道他好像又把一次机会搞砸了……麦当当越想越沮丧，索性就什么都不想说了。可是菜包子的事却是不得不说的。马兰耐心地看着他犹豫，见他痴痴地抬眼看着她。虽然马兰承认这眼神依然很萌很具有杀伤力。可是她很淡定地不为所动，只是摆弄着手中的一只粉底刷耐心地等着他开口。

果然，麦当当又摸了几次杯子，才期期艾艾地说道：“菜包子和他女朋友贞贞要结婚了，想请你做化妆师。因为婚礼时间已经不远了，不知道你近期能不能给贞贞试一下妆?”

马兰愣了下，肯定地说道，“菜包子是你的朋友，再怎么忙我也肯定要抽出时间来的。后天上午，他们那个时间来怎么样？”

麦当当总算是开了口，办成了马兰注定会答应的事情。他知道菜包子的网店有客服照顾，所以时间相对比较自由，贞贞虽然做房地产楼盘的售楼小姐，这么重要的事情，请一天假是应该不会又太大问题的，想到这，麦当当就自作主张地帮忙先答应了。

“那你再坐会儿，我去做事情了。”马兰见他今天的正事应该是达成了，便起身看着是要离开。却被麦当当叫住了。

“兰兰——”麦当当也不知道自己怎么回事，就突然张口了。他似乎有种错觉，觉得马兰这一离开，他们之间的关系就再也没有转寰。也许，他们真的就这样完了。虽然，他们似乎早就完了。麦当当也知道自己这类似第六感的东西自然不咋靠谱。可是这也是建立在部分理论推断的基础上的，你看这才半个月不见，马兰对他的态度就这样冷淡了，假如再这么发展下去，下次再见面的时候，他对马兰来说不还真跟大街上随处可见的路人甲龙套乙一样，连一个迷她眼的疙瘩都成不了了。而现在，怎么说，不管是见面时马兰眼里闪过的他没看清的流光，还是她面对他时偶尔的眼神不善，都说明他现在至少还比那陌生人好了一咪咪，这机会自然要抓住。

他好不容易鼓起了勇气。却还没来得及张口就被一个突发的状况给打断了。

打断他的是一双手，一双扶在马兰肩上的手。那是一双修长的手，麦当当即使昧着良心也不得不承认这双手的主人长得人模人样的。此时这个麦当当仇视的男人正似笑非笑地看了他一眼，然后关切地低头看向马兰，“兰兰，工作了这么久，你累不累，我给你带了点心来……”他说着，从身后变戏法似的掏出一个饭盒，打开里面是各种别致的甜点。一看就招女孩子喜爱。麦当当不禁想着自己好像从来没怎么给马兰送过甜点。就听见那人的声音又问：“兰兰，你还没给我介绍这位是谁呢？”

麦当当一瞬间觉得周围安静极了。

Chapter 28　不腹黑的伙计没活头

对面的那男人，见马兰捡了片点心尝了，急忙更加关怀备至地掏出纸巾递给马兰，就差亲自动手帮她优雅地擦擦嘴角。麦当当看着心里冒酸泡。却也只好在一边巴巴地看着——他主观地认为是这男人一头热的表现亲密。因为事实上马兰也明显地表现出了不自在。

麦当当心里的小人正啪啪地打着架。就被人一句话从局外人的姿态拉到局内了。虽然他听了这话立刻就有了求助于贞贞的冲动，想着把贞贞的“乖乖”叫来对付这小子。

那人扯出一脸让人不爽的笑容，说道：“兰兰，你还没有介绍这位先生呢。”

麦当当捏着心里的小人，一颗心七上八下，竟然有些期待马兰的回答。

窗外的光线缓缓滑过。

马兰抬头瞥了他一眼，又半垂下眼，余光看着站在她身旁护驾的人。

“这位是麦编辑，我的男友，不过好像最近刚刚分手了。”说着，她顿了下。按理来说应该轮着她介绍她身边的人了，可是她这一顿，也就再没开口的机会了。

阿森抓住时机热情地冲向了麦当当，伸出双手，“原来大家都是兰兰男朋友。你好，我叫阿森。”

这是什么状况？

麦当当晕乎乎地伸出手，和面前这叫阿森的马兰男友握了手。

阿森又问道：“麦先生是编辑，不知道主要从事哪一方面的编辑报道？”

“主要是关于精英人士报道这一方面。比如像，阿森先生这样的人。”这话就是个虚的，他现在连这人干什么的都不知道，不过在社会中摸爬滚打这么久，看不出一个人谈吐，还看不出一个人穿着品位？

麦当当眼睛落在阿森身后继续吃点心的马兰身上，皱眉。要不要这么专注？

“瞧我，”阿森轻轻拍了拍自己额头，一副忘了的样子，从包里掏出一张名片递给麦当当，“自己做的些小生意，麦先生需要帮忙可以来找我。兰兰的朋友就是我的朋友嘛。”

恨不得金光闪闪的名片上写着：武汉路路通房产中介部总经理。

原来是做房地产中介生意的人，麦当当抹汗。觉得自己真的就是个小透明。他挂上一个了不起的笑容，“肖先生真是少年有成……”

“哪里哪里，就是在商业上取得了一些成功，比不得麦编辑文化人……”阿森跟着寒暄。

两人笑的只见牙不见眼。当着马兰的面，你一句总经理我一句编辑，相处的那叫一个融洽。或许是世界上所有的假象都是如此？

椅子被挪开的声音。马兰站起来，“看来二位相见恨晚，我还有事情，你们继续。”

利落地转身离开，背影那个潇洒。

走了？那他们还要不要继续——两人面面相觑。

几乎是同时的，两人收了快被挤变形的脸。麦当当提脚先走一步——

“那我先告辞了。”

另一个也不甘示弱。“我刚好也要离开。”

麦当当表示不顺路，可这人就像看不见他的不乐意似的。一副哥儿俩好姿态——别不是有病吧，麦当当语。哪个见过和情敌好得跟一个战壕混出来的兄弟似的。一番折腾，最后两个人前后脚总算是迈出了马兰小店。

出了门，麦当当觉着这下总算能正常点了，就见刚刚还一副好朋友恨不得跟他勾肩搭背的人立刻很矜持地迅速后退几步，和他拉开距离。估计如果场地允许，他会巴不得圆润地离开到彻底看不见人的距离。

这叫啥？

阿森整理了他那在麦当当看起来完全不需要理顺的衣服。脸上的笑容又变回麦当当最开始见到鬼魅，就是那马兰背对着他时的似笑非笑，“麦先生去哪里？如果顺路，我有车，可以送麦编辑一程。”

麦当当看着阿森一脸娘儿们的笑，不禁想到，这简直是一副被阉割了的嘴脸，很是矜持地摇头。“不用了，谢谢，不顺路。”

阿森手中的遥控钥匙咔的一声打开了身边的本田汽车。腰板笔直地进了车门。这人明显是要搞人格侮辱哦。开本田了不起嗷，欺负他这个只能11路步行的小市民？11路怎么了？11路安全又清新，环保无污染。

本田车一个甩尾，甩了麦当当一管黑色尾气。麦当当咳咳地从这一团迅速蔓延的空气中逃离出来，对着快要看不见的黑色车型，心里默默比了个凸。心里吐槽道：世俗！

难怪马兰对自己生气，阿森一定就是马兰的那个前男友。或许是自己犯下了与他一样的错误才会落到这一步？

因为11路车永远不堵车而畅通回到家。除了腿累点，体力消耗点，这少许的一点麦当当就当锻炼身体了。对着还窝在自己的沙发上等待消息躲避贞贞的折磨，一边很是自觉地消灭自己囤粮的菜包子，麦当当额上一片突起。可菜包子见了麦当当，嗷呜一声跟见了骨头的乖乖，迅速地扑了过来。刚刚走了一路劳累过度的麦当当一个躲避不及，被牢牢地抱住。

“啊——”菜包子大叫一声。

“你叫啥！”麦当当怒。

“腿撞到了……”菜包子可怜兮兮。

推开菜包子的熊抱。麦当当一屁股坐在沙发上，是真累了。

看着眼前的菜包子，麦当当觉得这个胖子和贞贞相处久了，有日益像她手下的那条乖乖发展的趋势。使劲按下额上突起，对着捧着腿坐在一边，一副摔断了腿而显露出痛苦不堪表情的菜包子说道。“后天上午，马兰帮你们试妆。”紧接着露出了一种明显的可是菜包子却视若无物的表情——意思是事也办完了，你还留这儿干吗，该哪儿待着哪儿去。

菜包子果然相当没眼力见，笑得眼不见黑地感谢麦当当。使劲拍了拍麦当当的胳膊——拍的那叫一个啪啪响：“好样的，我就知道你能光荣完成领导交给的任务。”

麦当当突然想起了一件事情，问菜包子：“马修呢？”

“他还有事情，走了，我们沟通得很好，很深入。”

“那最好了，我现在必须得安静一下了。”麦当当无奈起身，亲自打开了房门，做了送客状。

菜包子不肯走，赖在沙发上不起来。

“你到底什么时候回去？”麦当当今天身体心灵都很疲惫了好不好，哪有空陪他闹。

菜包子挠挠头，“麦子我们好久没抵脚而眠了是吧……”

“那是抵足而眠。不要随便糟蹋文明古国几千年文化。”麦当当严厉地打断了菜包子。脸色一变，特淡定地问，“你又招惹贞贞了？”

“……哈哈……之前在马修那里的宴会不是有个女文青追着我跑嘛……身上沾染了香水味道，不过我这次是死也不会承认的。”

麦当当明白了，贞贞在给菜包子进行秋后算账，于是勉强答应，“那好吧，作为避难所，你有资格在沙发上睡眠。”不过，想到了贞贞，禁不住又看着菜包子，眼神里带着疑问，你确定要躲、在、我、这？

菜包子感激涕零地又要给麦当当一个友谊地熊抱，爬了一半又跌回沙发了。懊恼地看了看他那不给力的腿，嗷嗷直叫。

麦当当摸摸自己现在碰到还疼的背，觉得自己也算是仁至义尽地提醒过了，是吧？

天一黑，准备上床睡觉的麦当当毫不意外地听到客厅一阵喧闹，接着就是菜包子嗷嗷叫着远去的声音，不用想，是贞贞将菜包子拧了回去……

终于安静了。麦当当揉揉背，只能翻个身侧着睡。背后偶尔碰到的疼痛还是让他一阵龇牙咧嘴……

Chapter 29　奇怪的革命阶级友谊

第二天清晨，麦当当上班前依然不放心地与马修通了电话，对昨日的余兴未尽表示遗憾，电话里马修表示了对菜包子热情招待的感谢。麦当当看菜包子对马修招待得还算让人满意的分儿上，决定自己下班路过菜包子家的时候，顺便将他从贞贞酷刑下解救出来。至于现在？在杂志社附近吃着早饭的麦当当耸耸肩，作为一个早九晚五按时踩点的一个上班族，不管菜包子现在是在跪搓衣板还是睡地板，他都爱莫能助不是？

于是，另一边正哼哧哼哧地给贞贞做爱心早点赔罪的菜包子，突然打了个喷嚏，以致手上打鸡蛋的动作一个不稳。蛋清蛋黄哗啦啦地顺着碗沿流到料理台上。菜包子看着自己刚制造的惨剧……再看看被他折腾得一片狼藉的锅，菜板……额头上默默地留下一大滴汗。这个这个、他应该不会被贞贞再人道毁灭一次哦？

正在这时，只听背后一声大吼："菜包子！你是想掀了厨房还是咋样？不愿意给我做吃的就别做！"

菜包子泪流满面。默默留着两条宽带泪回过身来安慰贞贞。

于是，又是一番鸡飞狗跳。

托明日要试妆的福，贞贞没有再折腾菜包子，好让他保持良好的气色。"面色不好多丢人啊。"贞贞说。菜包子怒。嫌丢人你当初追着我不放，还逼良为娼地让我答应结婚。

唉？好像什么地方不对？

菜包子纠结了一会儿没想出违和感在哪儿，于是摇摇头不管它。

第二天，屁颠屁颠地跟着贞贞身后出发前往马兰的小店。步行期间，菜包子偷偷地瞥瞥贞贞右手牵着的乖乖。再瞥瞥，左脚向左一步，右脚跟上挪挪。很好！再挪一步……

“嗯？”突然对上贞贞注目过来的视线，菜包子身体刷地站直，老老实实地再也不敢跟贞贞拉开距离半分。即使她右手边牵着个看见他就要龇着牙还流着口水的凶物……菜包子再次为自己悲惨的命运以及看得到的黑暗未来满怀沮丧。

接下来很顺利地到了马兰的小店。菜包子总算松了一口气。其实他觉着吧，女人化妆他一大老爷们儿就在外边等着也许还能和漂亮妹妹搭搭讪……咳，就没必要进去了吧？菜包子试图向贞贞灌输这一思想。可是还没来得及开口就扼杀在乖乖冒着凶光的眼神里。这个，不知道马兰店里这么大一条藏獒允不允许进入？

菜包子这样一想，觉得还是陪着贞贞好些。于是他挺挺胸走在贞贞身前开路，打算充当一下二十四孝好老公。可是还未迈进去的双腿在看见门内那两个熟悉的身形后迅速地落回原地。他怎么忘了这茬儿？菜包子迅速地退回原地，几步走到贞贞身后。不由分说地接过她右手上乖乖的牵引绳。一本正经。“我来帮你看着乖乖吧，店里应该不会让它进去。”

贞贞一想，好像是哦。乖乖这么可爱要是没人看着被哪个拐跑了怎么办。再说菜包子在旁边好像也只有碍事的份。于是大手一挥，进了店里。再于是——

菜包子和乖乖对视着，冷汗从额上滴下。双双守候在百合化妆店的门前。

为了以防万一，他想了想，伸出手去试图摸一下凶巴巴地看着他的乖乖脑袋。中途被乖乖不甚强硬地躲了几次后，总算顺利地摸到那软软的毛。菜包子不由得多摸了几下，摸得乖乖都要奓毛，才堪堪住手。他看着它，试图让它看到他真诚的心灵窗口。“乖乖哦，今后我才是你的真正的主人，呃，也是最好的朋友了。所以，你不能咬我知道吧？来——我们好好相处。”菜包子说着托起乖乖的一只爪子，抓住握了握，这才放心地松了口气。这下应该不会咬他了吧？都握手了。他应该安全了吧？事实上，经过这么些日子的相处，乖乖已经将菜包子视为贴心人了，只是菜包子因为成见，不理解乖乖而已。

百合化妆店外，俩一向不和的一人一狗相处得一片平和。店里却是相反，差点就闹翻了天。

“请问是贞贞小姐吗？”贞贞进了门，就有一位眉目温婉长相讨喜的女人迎了上来。赫然是菜包子曾经暗恋过的王娜。当然贞贞并不知道菜包子的这段令他沮丧的历史，所以也不知道王娜，所以面对她温和的询问，贞贞同样保持着温和的语气。确定了她的姓名后，王娜说：“马兰一会儿就过来。”便打算引着她到一个空着的化妆台前等着。贞贞早就对百合小店里造型不一的化妆台有所耳闻。在知道可以自己选择后，立刻毫不犹豫地选了自己最喜欢的那一个卡座。

贞贞捧着王娜递给她的果汁一边喝着，没等多久，马兰就过来了。两人以前都只听说过对方，却一直没有机会见面。原因不外乎要么是贞贞与菜包子之间出了状况，要么就是马兰和麦当当之间有了问题，总之两人没有在相同的时间和这对兄弟男友相处。所以这第一次见面，彼此都暗暗地用鉴定的眼光打量了对方。

女人的友谊有时很奇怪，似乎只需一眼就可以确定。

贞贞率先开口。笑嘻嘻地，“我们这算是第一次见面？”

马兰遂也笑，“算是。”她说着，走到贞贞身后，将她转向镜子。指指摊在台子上的化妆图册，“看看，想要什么妆。当当特地交代过了，你是最重要的客人。”

“麦当当就是够朋友。”贞贞得意，尾巴都要翘天上去了，“不过我倒是帮你省时间了，不用看了。早就想好画混血儿妆了。妩媚而不张扬，像我。”

马兰噗的一声笑了，一边整理化妆工具一边瞥她一眼，“化混血儿妆做新娘，果然足够特立独行。”

贞贞被打趣，一时不知怎么辩解。遂不依地扭着身子对着马兰撒着娇。被马兰温柔的巴掌镇压。“好了，就开始了。”

要是菜包子在这儿，看着他家女魔头似的一家之主这般温柔的表情、这忸怩的作态，不知道会不会先呕几升血。

总之，这两个不知道怎么形容她们关系的女人第一次见面相处就莫名融洽，都有一种相见恨晚在各自的内心里面。

对于化妆技巧熟练的马兰来说，化一个精致的混血儿妆，完全不在话下。勾勒内外眼线，描眼影，晕染出层层叠叠效果，整个过程一气呵成。化完妆，收工，也才不到一个小时。

贞贞对着镜子左顾右盼。末了，一脸满意地对着马兰就想来个菜包子式的熊抱，被觉察出来的马兰赶紧拦住了。“姐姐，别弄乱了你的妆。”

贞贞讪讪地小心翼翼地收了手，“这不是太激动了嘛，真好看，比我想象的还要好看，马兰你真厉害！果然名不虚传！”于是她就又对着镜子开始臭美起来。

突然一个娇滴滴的声音插入，“呀，这不是我们贞贞大小姐嘛，这妆化得真美。咦？今天你没有黏着包子哥吗？”

这声音带着一股有些刺耳的尖锐，让马兰不由得皱起了眉头。这声音的主人马兰自然认识，正是菜包子之前介绍过来的常客，据说是他的前女友梦梦。可是这女生平常没这么招人嫌，马兰对她的印象不好也不坏，恰恰停留在顾客是上帝的程度。

但是她认识，贞贞可不认识，因此，按照贞贞的故作高傲，她通常是不会乐意搭理的。可既然涉及了菜包子，情况便有了不同。这是不得不理的事情：“你是谁？”

贞贞这一声真的只是普通地问出了自己的疑惑，没有一丝蔑视对方或者其他的意思。可落在梦梦耳里就完全不是这样了。她意气不过地主动挑衅，结果对手竟然不知道她姓甚名谁？你信吗？梦梦自然心里憋得火更大了，觉得她这是一副胜利者瞧不起人的姿态，有什么了不起的，还不是死缠烂打不知道使了什么歪招才套牢了包子哥。这样想着，再说出的话语就有些压不住火气。“我是梦梦，怎么，包子哥没告诉你吗？看来你在包子哥心里也不过——”

"咔嚓——"一声，梦梦被惊得闭了嘴。

贞贞抖抖手里段成两节的眉笔，还有掉落的木头屑。一股脑儿地掉在地上。她又掏出一块手帕仔细擦干净手。做完这一切，才站起身，向愣着的梦梦走去。一步一步，满意地发现她竟然开始发抖。贞贞低头呼吸刚好喷洒在她的耳畔，激起了她一阵疙瘩。

"这么说，看来包子哥是不一般的喜欢你了？"看梦梦抖得更厉害了，她摸摸她打理柔顺的头发，话语更加柔和。"喏，他这会儿就在门口，要不要我叫他进来亲你一口，然后我祝福你们幸福永远？"

说完了这些，她起身离开。没必要在这种程度都受不起的人身上多花一份心思。然而走了几步，却听见身后响起有些颤抖，甚至还不太利索的话语。"你、你凭什么……包子哥又不喜欢你……你。"说着说着，她似乎找到了坚定的信念一样，话语也逐渐坚定。

贞贞回过头叉了腰，眼看火气就要上来。幸好这时马兰出面调停了。

"这位女士！"马兰一向柔和的语气难得的严厉。她双手环胸看着孤零零站着的梦梦。"百合小店的规矩，作为常客，你不会不知道吧？"

梦梦被她一提醒，才想起那几乎已经被她忘了的规定：闹事者，百合小店及分店终生不再接待。

虽然这不是什么大的惩罚。这年头妆化得好的店多了去。可这家百合小店离她家不远。她的女生交际圈里，大家差不多公认的只来这家店化妆了。一旦她被拒绝了，那以后她还怎么和朋友一起来？被知道了还不被笑话死！

梦梦正迟疑着，这时，王娜走过来，笑语盈盈，"梦梦，化妆师已经在等你了。"

这么好的梯子放在跟前，梦梦自然顺着爬了。她哼了一声跟着王娜离开。马兰这才走到还保持着那个姿势不动的贞贞，"你别跟她一般见识。贞贞。"

她叫了她一声，贞贞才反应过来。马兰不禁叹气这都什么事呀。就听贞贞说，"哦，我知道，我才没在意她呢。只是这孩子竟然还能中气十足地打算吼出来，让我诧异了一下罢了，我还以为她要抖一会儿呢。”

马兰打量了她一下，见她说的一脸坦然，松了口气。“这就好。对了，刚刚帮你把她引走的是我的助手，王娜，不错的一个人吧？”

贞贞应了一声，“眉目长得很开朗，我一看就喜欢了。”

马兰见她又开始嬉笑，也就完全放下心开始打趣她了。两人说了会儿话，贞贞见马兰还有妆要化，便先告辞了。

菜包子扒着门撅着屁股窥探着门内的情形，不由得一阵暗叹。他对着蹲在他身下的乖乖，自言自语，“一地鸡毛，一片混乱啊……”

乖乖冲着他呜了几声。你还好意思说……也不看是谁惹的……

“你也这样觉得哦？”菜包子忙蹲回身子，一副找到知己地给它顺毛。乖乖别过头不搭理他。他也自言自语的很开心，还不断地想把它的头搬过来好得个回复。

就听一个让他浑身一抖的声音在背后响起。“哟，没想到一会儿不见，你和乖乖这阶级感情就联络得这么好了。很上道嘛。”

菜包子抖着身子回头，就露出了一双呆滞的眼睛。面前的贞贞一弯新月的眉形。上扬勾勒的长长眼线，渲染出更加妩媚的凤眼。一双橙色大红唇，竟比第一次酒吧会面还让人惊艳。贞贞对菜包子看直了的眼神很是满意。心里舒爽多了，面上不觉就带了三分笑。这比桃花仍艳的三分笑容直接秒杀了菜包子。他一瞬间不禁怦怦心跳，晕乎乎地似乎找不着北了。“原来贞贞这么美啊。”贞贞笑盈盈在前开路，一只手紧紧牵着乖乖，带着晕乎乎的菜包子向前走去。

这个午后，难得的阳光明媚而不耀眼。贞贞突然一回头，隔着擦得锃亮的玻璃门，可以看见一个男人亲近地站在马兰身边，递给她什么东西。那情景，陪着这过于美好的让人眩晕的光线，竟有几分温馨。

贞贞不禁喃喃，“当当哥哥有危机了……”

“什么？”晕乎乎的菜包子表示他没听清，好奇地凑近贞贞问道。却见佳人不搭理他转身走了，只好屁颠屁颠地跟着追——这次可不是摄于乖乖的威慑了哦。

Chapter 30　爱情的恐惧症

贞贞溜着乖乖一号回了家，身后紧紧跟着乖乖二号。一看时间也不早了，女主人便进了厨房开始洗菜淘米做饭。动作娴熟迅速。这方面，贞贞倒的确是进得厅堂入得厨房。

菜包子假装自告奋勇要打下手，可是——

贞贞一个回身，收势不急的菜包子差点撞了上去。幸亏贞贞从小跟砍刀一起练过点武艺，反应敏捷，这才躲了开来。不过，她看着这一路跟着他回来直接跟进厨房团团转的菜包子。心软了，其实她是最心疼菜包子的。可是表现出来的可不是这样，贞贞也顾不上手里拿着的电放锅，一把将这碍事的家伙丢了出去。

“你是想闹哪样。乖乖，上。”

打着小九九的菜包子和被唤来看管他的乖乖对视。默默留下两条宽带泪。呜呜……他竟然要被乖乖看、管。

菜包子正默默地安慰着自己的小心灵，门铃响了。菜包子趿拉着拖鞋去开门。如果他曾经有先从猫眼看一下门外的好习惯，也许他至少会有个强健的心理准备。不至于在看见来人的一刹那，屁滚尿流。

“大、大哥。”菜包子见来的竟然是砍刀。身子一抖，人也结巴起来了。就差点头哈腰了……呜呜……今天是他的灾难日吗，难得一见的砍刀大人竟然上门了。就见他心中神圣不可攀的砍刀大人正皱着紧紧的可以夹死苍蝇的两条剑眉，眼光和善地看着他。

菜包子身躯一抖，早已经忘记了大学军训时学过的立正姿势条件反射地从历史的一角冒了出来。他抖了抖自己的身子，低头顺着砍刀不善的目光扫视自己——和乖乖玩耍弄得凌乱的衣衫，趿拉着的人字拖……鞋底踩了点偏长的牛仔裤……菜包子摸摸脑袋，怪正常的啊。那大哥在看什么？不得要领的菜包子忙弯腰，送上笑容，“大哥请进、请进。”

砍刀对于菜包子的热情有些莫名其妙，一声不出地顺着菜包子让开的空间进了门。

贞贞听见声响也出来了，看见了砍刀自然很开心。菜包子幸运地发现砍刀在见到了贞贞之后脸上好歹露出了笑容。

呼……屋内的低气压总算散了。

跟在贞贞后面一起出现的是在菜包子开门后就不知道跑到哪儿去了的乖乖。

菜包子在弄清了砍刀莅临一是来送钱，二是想问问他们结婚事情的筹备情况，于是立刻就自己找了个最为合适的理由，给了自己解放：“大哥，您先和贞贞聊着，我下去洗车，我知道，是宝马车，黑色宝马。”原来菜包子这是想一举两得，不和砍刀在一起，既可以摆脱紧张的空气，而且给砍刀洗车也是一种讨好的表示。

还没有等砍刀和贞贞回过神来，菜包子就从卫生间里拎着一只水桶，忽地出门下了楼。

菜包子下了楼，见到门洞前有辆黑色的宝马轿车的确铺满了灰尘，估计了一下工作量之后，还是咬牙打了水，开始一点点清洗起来。

终于完成了任务之后，浑身湿透的菜包子满怀激情地上了楼，准备邀功请赏。没料到进了门，却听到砍刀问：“什么时候买的车啊！”

菜包子答：“没，我是给你去洗车了。”

砍刀看了看贞贞，又看了看砍刀，丈二和尚摸不着头脑，有些疑虑地问，“可是我好像听见你是说要去洗宝马车啊！”

菜包子点头，“是啊，你的车不就是宝马车吗？黑色宝马。”

砍刀终于明白了，笑道：“哦，包子，你弄错了，我今天开的是奥迪车。”

洗错车了！菜包子聪慧的脑袋立刻反应过来了，冲到阳台上朝着楼下看，只见楼道里正好走出一对夫妇，那男的开了那辆黑色宝马车的车门，载着那个在菜包子看来就是妖精的女人，一溜烟地出了小区。砖头呢？哪里有砖头？菜包子这会儿真想变成砖头，飞下去砸了那辆车的心都有。

还好砍刀非常理解菜包子的感受，安慰道："没事，你要是特别想洗车，我那辆奥迪也的确是脏了些。"

菜包子感觉到头有些发晕。

砍刀接着说："或者咱们就别洗车了，我那个兄弟麦当当不就住你楼上吗，你叫他下来，咱们三人好好聊聊。"

砍刀的话即是命令，同时也给菜包子解了围，菜包子岂敢不从。飞也似的冲出了门。

不一会儿，菜包子领着两个人下来了。是的，两个人，一个麦当当，一个刚好来他家做客的马修。菜包子一想到他们一家都要感谢马修答应借庄园的义举，立刻大手一挥一起打包带来了。他们一家子，可是包含贞贞大哥的啊。有马修这个要感谢的恩人在，他的小心肝也就安稳多了吧。

菜包子这样想的时候，麦当当正在给马修和砍刀互相介绍。本来这个介绍怎么说也应该是作为主人家的菜包子来。可是一个他本人不介意，二个砍刀作为这个大家的发言人，一挥手就把他赶一边了。于是麦当当这个马修和砍刀共同认识并且还处得很不错的人就充当起了中间人。三泡茶过后，马修和砍刀就熟了。而且惊喜地发现彼此都有很多的欣赏。

这三个人相处得愉快，谈笑风生。而可怜兮兮的菜包子对于砍刀总是有几分忌惮，本来有些话题在平常应该是他菜包子主讲，可他依然还是坚强地忍住了，巴巴地在一边听着，仅仅是偶尔插上几句有着深刻见解的话让自己不至于被遗忘……

吃饭的时候，不知道是谁提到了马兰，贞贞嘴快，告诉砍刀"有人抢了当当哥的女朋友"。

听了这话，砍刀的脸就马上黑了："我去宰了那小子!"只见他袖子一挽，起了身，一副要抄家伙的样子。贞贞立刻一把抱住他哥，双手都用上，死死地拦住……

麦当当这才如梦初醒地赶紧来帮忙拉住砍刀。

马修也劝砍刀先冷静冷静。知己的好言相劝总算让砍刀同意先坐下来聊了。可是骨子里见不得兄弟难受的砍刀，对于宰了阿森这一点异常执着。一心觉得宰了这小子就一了百了你好我好大家好了。马修对于马兰的事情了解不深，说不出太有力的劝解理由。而作为当事人的麦当当，拦下砍刀后，就又愣愣地坐在一边不言不语，似乎在发呆。马修不禁开始轻叹，感情害人呀。又想到自己，难免更是唏嘘。

这一下，就都又沉默了。好一会儿，就在砍刀又要起身坚决贯彻自己的决策时。麦当当才突然开了口，他的声音有些涩，带着沙哑地鼻音，“其实有错的在我，自从与马兰认识以后，我就一天比一天觉得她就是我一直以来梦寐以求的女孩，是那种纯洁无瑕、自然天成的女生。可是也不知道是为什么，在她出现之后，我就开始不停地检视自己，觉着自己总是不够出色，不似她那般完美，甚至难以相信他会爱上我。通常情况不是这样的，一个偶然的机会导致了我不信任她，跟踪她，因为这个，我们之间才出了问题。再说，马兰这么好的人，就算阿森不存在，也还是会有别的男人的。”

Chapter 31 刀哥彪悍语录

砍刀听了麦当当的话，颇有些为自己的兄弟不服气，“不够出色？不自信？我说兄弟你是被这花花世界给弄糊涂了。所谓的出色和自信都是给别人看的，都是别人的标准，好好的一个人，凭什么要为了别人而活着，要我说啊，一个人能够活出一个自己就是完美。”

马修赞同砍刀的意见，点头，“是的，当当这次头脑不够清醒，为他人的标准生活是一件痛苦的事情，砍刀说得在理。”

砍刀真正拿出了大哥的派头，语重心长：“男人，的确是要做到三点，第一点，娶个贤惠的老婆，然后生个胖儿子；第二点，事业有成，多赚钱；第三点，心灵要高贵。这三点里边，第一点最容易，也是自己可以把握的，第二点嘛，九成在命，一成在自己去做，而且还得要看运气；第三点最难，也是最可贵，我做不到，所以我与你八拜成交。就当是我自己也做到了。”

马修是个从来不激动的人，听了砍刀的话，句句都打在他的心里，站起身拱手道：“句句真言，句句真言。”

麦当当也是被砍刀的话触动，忍着没掉下眼泪，哽在喉咙里说了句：“嗯。”

砍刀又对着洗耳恭听的两个乖乖和贞贞说道：“任何一个男人，做到了三点中的一点，就是成功的男人，做到了两点，就是大男人，做到了三点，那是人中龙凤，咱们不是说钱不好，事业成功不好，谁说不好我就跟他急，可是有些事情不是咱们自己努力就能做到的，就绝对不能说咱们不出色对不对?”

全体点头赞同。

“女人这种动物我很了解，越是优秀的女人，越是最在乎第一点和第三点，说白了，就是在乎生活的幸福和内心的高贵。人家欧洲的贵族也不是用金钱来衡量的对吧。”砍刀转首问马修。

“明白这道理的人不多，大多数人被你说的第二点迷惑了。”马修言简意赅。

砍刀又用最为鲜见的理由彻底地说服了麦当当：“现在的人，都觉得有钱的人才是成功者，知道什么人最爱有钱的男人吗?”

麦当当不解，问：“什么人?”

“这还用我说吗? 鸡呗，只要是给她钱的人，就被叫老公。这说明什么问题，说明老公的身份比钱重要你说是不? 马修，你学过唐诗，有一句话说好女人眼中好男人的标准是什么来着? 白居易的，我忘记了。”砍刀没有忘记他血液里对文化的渴望。

“呃，应该是诗人白居易的琵琶行，里边有一句话，‘门前冷落鞍马稀，老大嫁作商人妇。商人重利轻别离，前月浮梁买茶去’，是一个人老珠黄的妓女对人生的感叹。”马修倒是记得牢靠。

“对，瞧瞧，妓女老了，实在没办法了才嫁给钱，年轻的时候，首选的还是青年才俊吧。”砍刀说到这话，自己禁不住也乐了。

菜包子抑制不住自己正直的感受与对砍刀的敬仰：“大哥，你说得真是太好了，句句都说到我的心坎上了，我了解马兰，她是一个，一个，内心高贵的人，所以，她绝对不会是世俗的人。”

砍刀的话着实解开了麦当当心里的疙瘩，的确如菜包子所言，马兰是个蕙质兰心的女子，于是对于自己的世俗开始气愤起来，止不住地在朋友们面前自责。

见麦当当自责，砍刀心里就发软了。他是个见不得兄弟受罪的人，于是话题转了，问到菜包子和贞贞的婚礼上来。这一说，马修立刻对婚礼的现场做了保证，菜包子在一旁添油加醋，生怕马修说漏了嘴，把那女文青的事情给捅出来了。砍刀拱手谢过。可是在谈到拍婚纱照的时候，贞贞表现出了对于城市外景的疑虑。不过砍刀提出了让所有人惊喜的建议，“一辈子，就结这一次婚，既然想拍外景，就去恩施的大峡谷吧，原生态的，不像城市这般乌烟瘴气，适合爱情。”

在大伙一直的赞同以及钦佩的眼光下，砍刀告辞了，他还有他自己的事情。

今天是个好日子，不仅仅是友谊碰到了好的日子，而且是爱情的好日子。对于麦当当而言，砍刀作为他的结拜兄长，为他拂去了蒙在心头的世俗的尘埃，对于熙熙攘攘的生活有了明朗的看法。对于麦当当与马兰的爱情而言，无论马兰知道与否，一颗同样爱着她的心，越过了自己的禁锢，这只会使得他们的爱情更为纯，更为真。同样的，对于菜包子和贞贞而言，砍刀在他们的心目中无法形容地高大起来。崇敬之情从此代替了恐惧。

正因如此，贞贞也做了个出乎人意料，也是意料之中的事情。

第二天一大早，菜包子刚从软软的床上睁开眼睛，就被乖乖糊了一脸口水。他嘟囔了一句，这都不用洗脸了，还消毒呢。就发现身旁的位置已经空了。菜包子揉着咕咕叫的肚子，眨眨眼，现在才七点，贞贞竟然这么早就起来了？

正在这时，梳妆打扮完的贞贞从卫生间里出来了，她今天明显是精心打扮一番，本来还有些睡眼蒙胧的菜包子被她身上浓浓的香水味给熏醒了。上下打量了她一眼，表达了一番对她衣着的不满。贞贞没搭理他，对着屋内的全身镜仔仔细细地端量了半天自己的小蛮腰，又掏出个小镜子补着自己的唇彩。对菜包子这种缺根筋大老爷们儿，她是不会理解女人对自己身材的看重的，也不会理解女人在跟另一个优秀的女人见面时往往要精心打扮一番，就算不压过她也要不彻底沦为陪衬的绿叶。

没错，贞贞约了马兰。

Chapter 32 我不是公主不是灰姑娘，只想找个平凡人

贞贞彻夜未眠，心思缜密地约了马兰今晨在百合小店几百米处的星巴克咖啡馆里见面。而且事先就是不肯告诉马兰究竟要说什么事情。直到两人坐在一起的时候，马兰才从贞贞急迫得如竹筒倒豆子的话语里知道了她的晨早带来的深深情意，“你是说当当很好，要我不要喜欢别的男生。”

贞贞便不住地夸奖马兰聪明，一下子就明白了她的意思，然后就从马兰的嘴里听到了事情的真相。

“贞贞，麦当当很好，很好……他有学识，性格好，对兄弟义气，疼女朋友。更重要的正如你说的，我们就像不是一家人不进一家门的两口子，一切都是那么的默契，那么多的相同，有共同的语言，共同的想法，虽然我们志向目标不同，但是却都能在对方的讲述中，觉得那是一件很棒的事。我们在一起，甚至连争吵的机会都没有。就像彼此订制的戒指似的契合。可是贞贞，就是因为他这么好，我这么爱他。所以——我才不会再回头。”

贞贞震惊了。

贞贞震惊过后，就是浓浓地不解，“为什么呢？”

她一向主张的是，喜欢了就在一起。随着心情走，无拘无束地自在。她和菜包子之间也就是这样，喜欢了，她就想尽办法和他在一起。而从眼下看来，至少目前他们是在一起的，至于以后的摩擦磕绊，那些等发生了再去解决就好。在事情还没发生时就开始思考怎么解决在她看

来完全是庸人自扰。故此，她并不能理解马兰的想法，她的这一决定。虽然她的声音里含着浓浓地疲惫……

“事实上，你所说的总是在我身边陪伴我的，是我的前男友，阿森。”马兰抿了口咖啡，看着贞贞似乎联想过多的丰富表情，耸耸肩，“就是电视剧里常见的傍上富婆抛弃平凡女友的戏码。”

“几年前，他嫌弃我穷，跟了一个有钱的中年女人，现在估计是被人家甩了，又回过头来找我，可能他现在事业上有了一点小的成就，不过我是绝对不会与他在一起的，严格地说，是厌恶与他在一起。”

贞贞迷惑了，“那为什么也不能与当当哥在一起呢?”

“因为阿森之前也做过跟踪我的事情，我不希望当当也与他一样，哪怕是有一点一样，我也是难以忍受。我希望与当当之间有一份不一样的、纯真的爱情。”

她的面容也带着明显的疲惫，似乎只是说那段话就耗掉了她太多的精力。在这间悠悠的咖啡馆，四周寂静，偶有三三两两的顾客，而她的对面，坐着可能是她唯一的女性知己，朋友。这一切的一切都那么像是上帝设计的一个陷阱，一个让她吐出真心话的陷阱。

马兰不知怎地，就说出了那些话。对着这个还没有见过几次面，却早已知晓，甚至在初见就很合自己眼缘的女子。

“贞贞……你也是女人，哪个女人的内心里不是在渴求一段纯真纯美的爱情呢。哪怕只是经历，哪怕不是永远的享受，永远的拥有。”她指了指自己心脏的位置，“我经受不起再一次那样的折磨……贞贞，我爱不起了。”

说到最后，她的话语里已经带了哭腔。贞贞听了马兰的这番话，有了强烈的共鸣，她对于菜包子又何尝不是孤掷一注呢。所以她能体会到她的心情，能觉察到她曾经的绝望，那一定是她从来没有经历过甚至无从想象的感觉。对着终于趴在桌上哭泣的马兰，贞贞笨手笨脚地无从安慰。手几次伸了又缩，在半空中顿了顿，慢慢地放到了马兰背上。她拍着她的背：

“其实你知道我为什么就看上了菜包子吗？我爸妈年龄大了，我妈的标准是，离我家近点，以后好可以经常回娘家，一米七五以上，长得干净点。我爸爸的要求，家庭条件和我们家差不多，因为他说太富了，嫁过去以后会被看不起，会受欺负。我哥的意见是，男人关键要有担当。爸妈说得有理，毕竟是爸妈。我心中的他呢，先说外表，太帅的不要，我配不上，也看不住，自己男朋友老被别人惦记的感觉不怎么滴，再说我有自知之明。我不以貌取人，但要我和一个看起来不顺眼的人过一辈子，我还是不会干的。所以长得不在好坏，看起来是个干干净净，挺顺眼的就不错了。所谓顺眼，很难说，主要是感觉，有的人看起来感觉就是坏人，不好不好。所以菜包子给我的第一感觉就是顺眼，不装。所谓的顺眼可以抽烟但要少抽，因为吸烟有害健康，我不想他死得比我早，他死了，我和谁坐着摇椅慢慢摇去啊。会喝酒，并且能喝酒，白的啤的都行。两杯下肚就找不到北了的男生好像有点怂。

“我一不是公主，二不是灰姑娘，也不希望他是什么白马王子。或者希望他是一个骑士，跟我哥似的。他只需要是一个平凡的人，平凡到放到人堆里根本就不会有人留意，他有最平凡的喜怒哀乐。他必须很孝顺，懂得感恩！

“所以与菜包子相处，我就有这种感觉。看起来就是一大老爷们儿，和他在一块儿时特有安全感，天塌下来也不会害怕。有血性，办事有魄力，不会遇事儿就变成老娘儿们，蔫蔫乎乎的我不喜欢。我这人比较没主见，他是那种比较果断的人，有时候还可以帮我拿主意。而且上网主要就是开网店，不喜欢沉迷于游戏，任何游戏！可以玩游戏，但是决不能把它当‘事业’，菜包子把这点看得很透，他认为任何游戏都只是娱乐，决不应该是生活的一部分。

“菜包子说起来什么都懂点，政治、军事、时事、历史都了解，至少得比我懂得多，我喜欢好像什么都懂的男生，男生的视野应该广点儿，别没事看些个娱乐消息，娱乐圈里的谁跟谁传绯闻了，关你屁事！最讨厌八卦的男生。

“而且吧，他比还我能说，歪理一堆一堆的，常常听得我一怔一怔的，让我佩服得五体投地。而且有些坏坏的，因为我自认为我自己有点小坏，那样就显不出来我坏了。呵呵，他会心疼地叫我丫头，坏笑地叫我媳妇儿。

“菜包子也色，男生没几个不色的，男人本‘色’嘛，可以理解。因为我知道自己的姿色也一般，他可以去看别的女生，甚至我会和他一起讨论哪个女生比较美，哪个身材比较好。但是他不会拿她们和我比较，我知道自己比不过她们，我也不会拿他和别的什么人的比。因为他选择的是我，并且是世界唯一的我。还有，他从不会有一些不切实际的想法，他不会想着某天会被星探发现然后成为明星，也不会期待着中头彩赢亿万大奖，不会想着自己突然成为暴发户，他从不天真地相信天上会掉馅儿饼这样荒诞的事情，他明白所有的得到都先要付出的，希望他是一个平凡的人，以后我们的生活也是很平凡，不会有什么大风大浪，我喜欢平静平凡安稳的生活。”

贞贞絮絮叨叨说了半天，也不知道是在劝慰马兰还是在表达自己的心愿。

不知过了多久，马兰渐渐平静下来。贞贞将早就准备好的纸巾递给她。马兰默默地擦起眼泪，似乎有些尴尬。贞贞笑着鼓劲，“没什么大不了的，这世上谁离了谁不是照样过啊。睡一觉起来，又是干劲十足的老板娘了!”

马兰被贞贞的豪爽感染，不由得破涕为笑。

萦绕在心间的种种抑郁不知是大哭一场宣泄出来，还是和被贞贞这样心志坚强的女子所感染。马兰心间朦朦胧胧的，似乎有什么将要浮出。

贞贞拨弄了下披在脸庞的长发，有些好奇：“那这样说，阿森岂不是很无辜地做了挡箭牌?”

马兰这时已经恢复了镇定，淡淡一笑。

她的表情似乎在说：让他做一回我的挡箭牌不过分吧?

贞贞收回自己大张的嘴巴：“难怪你们之间给人的感觉那么熟稔。不过，你只拿他当朋友吧?”

“何以见得?”

贞贞皱了眉头努力回想："我只是想到了你对他和对当当哥态度的区别。都是给你造成过伤害的人。一个你能与他平和相处，甚至像没有发生过裂痕一样；而另一个你至今都爱理不理——"

马兰打断她的话，"所以一般人才会觉得我原谅阿森，和他重新开始了。"

"你也说了是一般人呀，"贞贞尾巴似乎翘起来了，"以我过来人……咳咳……以我女人的身份自然能理解女人的心思呀。越是在意的人，才越难以原谅他的错误。"

马兰拍手，"心理分析得不错嘛，心理分析师？"

贞贞看她那一副悠然自得的样子，挑挑眉，"所以——你不怕我告诉当当哥？"

马兰笑得很是自信，"你也说了，这是我们女人的心思。所以，难道不该是女人间的小秘密吗？"

贞贞笑得很是讪讪。现在恐怕她想让它变成女人的小秘密也变不成了……果断转移话题——

"对了，我和菜包子打算去恩施拍婚纱照。那儿的大峡谷是我特别向往的地方，你必须得陪着我去啊，别的人化的妆我一个都瞧不上，好不好？"贞贞用似乎渴望了前半生的神态表达了事实上是昨天晚上才开始的向往。

这种投入的神情和友谊感动了马兰，加上马兰心中的小秘密，她自然同意了贞贞的邀请。

贞贞圆满地完成了自己的处心积虑整个晚上制订的计划之后，与马兰告辞了，直到见马兰进了百合店里，她才拿出了电话，拨通了一个号码。电话另一边的男人，眼神则是几乎由复杂，喜悦，难过，迷茫，无措交织着……

Chapter 33　背叛惯了便成了习惯

马兰进了店，看了看手表的时间，收拾好了自己专用的化妆包，准备去肖卤鸭家里给牡丹化妆，这是昨日就约好的事情。

牡丹的病情在治疗加调养下有了不小的好转。加上天气温度较高，她早已不需要每日去打理妆容。只是在要出席重要场合的时候，她会提前通知马兰。

或许这注定会是个让人不解的一天，清晨与贞贞相约，现在临出门了，马兰的右眼皮又跳个不停。

“等等，兰兰。”追上来的自然是阿森。作为一个改过自新的前男友，他将马兰跟班和助手这两个词汇贯彻得彻彻底底。虽然，这个助手相当业余。不过，作为马兰这个化妆师曾经的男朋友，又甜言蜜语地勾搭上了富婆的阿森。对化妆这一块也不能算完全的门外汉。这也是马兰忍受得了他在她化妆时跟着的原因之一。有个打杂的助手帮忙递递化妆工具什么的，还是蛮气魄的。而且阿森在店里并未有过分的言语和表现，否则马兰是会下逐客令的。

马兰转身就走，避开了阿森伸过来打算揽着她的爪子。被落下的阿森愣了愣，眼看马兰和他之间的距离越拉越大，似乎在她和他之间划了一条遥不可及的鸿沟。忙摆头甩开这错觉，追了上去。

肖卤鸭家的司机很准时地出现在约定的地点。他和坐上后座的老熟人马兰打了招呼，汽车正准备启动。突然见一男人冲过来拍打窗户。年老的司机还以为是城管来找麻烦，吓了一跳。

一分钟后，弄清是一场误会的老司机向阿森和蔼地道歉，阿森也为自己的鲁莽道歉。而且厚颜地以马兰助手的身份上了车，大家握手言和后，汽车终于发动了。

整个过程，马兰在一边老僧入定了一般，不发一言。她头微垂着，似乎是睡着了。体贴的老司机放慢了车速。而没有机会坐在她身边的阿森，在副驾驶里干巴巴地看着，为自己丧失了一个大好的表现体贴的机会懊恼不已。

于是，一路上，整个车厢安静多了。车子到了肖卤鸭家，马兰准时地醒了过来。她掩嘴打了个哈欠，从包里掏出小镜子略整了整自己的发型，就提着化妆包下了车。

肖卤鸭家的工厂，不论来看几次，都依然有股全国烤鸭连锁前十的宏伟气势，卤味飘香十里……

进了门，一路看来，肖卤鸭家的内饰风格又变换了一番。整个墙面以草绿作为主打，上楼梯的一面墙上，精致的壁灯一直蔓延到二楼长长的走廊上。马兰熟门熟路地进了牡丹的房间。身后跟着的阿森，眼里的光芒闪烁不定，不知在琢磨什么问题。

牡丹的气色看起来还不错，穿着白色抹胸高腰礼服，露出白皙诱人的小腿。大卷的头发披散，整个人透出一股慵懒的成熟。她见到马兰很是开心，起身迎接，一走一动间，婀娜多姿。

与马兰碰了面，才发现她身旁站了一位仪表不凡的男人。抛给马兰一个暧昧的眼神，“马兰，你可还没给我介绍这位是……”

——小妞，什么时候甩了小麦换了人了……

——他不是我男朋友。

马兰汗，不由得想起肖卤鸭开门时，看过来的包含诧异吃惊惋惜等等的复杂眼神……

正打算开口，就听到旁边响起一好听的声音：“我是兰兰的助手。美丽的女士，今天请多多指教了。”

被人夸奖漂亮总是让人开心的。被帅哥夸奖当然让人更是开心。被一个声音好听的帅哥夸奖当然让人更更开心。

于是牡丹笑得那叫一个春风得意，“哟，看看你这助手，真会说话。”说着和阿森握了手，“我叫牡丹，虽然长你几岁，可不许叫姐，平白地把我叫老了。”

阿森连忙表示，怎么会，一起走大街上的话别人可能以为是兄妹呢……

马兰抹汗。不得不承认，能被当初的她喜欢的阿森……还是具备一定的招人喜欢的基础，可是嘴上显露出来的油滑是之前没有具备的，而且这一点更加令马兰厌恶……

寒暄完了后，马兰开始给牡丹上妆。从润肤开始，一步一步地进行。阿森就在一边帮她递爽肤水睫毛夹，等等。还真是彻头彻尾地打着下手。整个过程马兰与阿森没有一句交流。倒是阿森对牡丹表现出了不一般的殷勤。

马兰的动作本就既快又熟练，又有个手脚麻利的阿森帮忙递东西，化一个宴会妆自然用不了多久。不多时，牡丹的一双眼睛已经被她打造得艳丽而带着端庄。她开始着手给她去唇部死皮。牡丹的眼睛睁开可以自由活动后，就接受到站在马兰身后的阿森几个意味深远的“秋波”。她眨眨眼，垂下眼睑的瞬间，眼里飞快地有流光闪过。

就在这短暂的时间内，马兰已经将她嘴唇的基础都做完了，她碰了碰似乎有些走神的牡丹，“嗳，口红要什么色的？还是橙红？”

牡丹闪神回来，端庄地笑道，“都听你的，自然你定就好。”

一切妆容搞定，马兰用端详自己作品的眼神打量几下。跟牡丹又绊了几下嘴。牡丹一定要留她和阿森一同吃午饭的，结果马兰反复推托说店里有事，不得不告辞。牡丹看着她坚决的背影，张开嘴，却什么也没说。反而是走在马兰身后的阿森，回过头来冲着牡丹眨了眨眼睛，做了个鬼脸。

那个动作出奇的孩子气。牡丹扑哧一笑。

夏季的正午，似乎格外的喧闹。

Chapter 34　捡来的真古董

此后的日子里，马兰的身边突然感觉清净了许多，阿森终于因为所谓的业务繁忙而没有空闲来帮马兰的忙。马兰对这个意外的好事情毫不在意，依然保持着往日的节奏。即使阿森偶尔来电问候，也是照例不接电话。只是因为答应了过些时陪贞贞去恩施拍婚纱外景，所以或者提前，或者推后了其他的客人的化妆日程。

麦当当因为砍刀的开导而拆除了自己内心深处的藩篱，下了决心要在最好的时机对马兰真心表白。又有了贞贞去恩施拍婚纱外景的借口，麦当当更是踌躇满志，志在必得。更加让他信心满满的是马修说也想一同去恩施，因为朱莉的广告公司正好也要在恩施的绿色大山里拍摄广告外景。

于是反复地琢磨了各种借口之后，就提前去找童主编告假。

未料到童主编并未爽快地答应，原因是过几日有北京的文物专家到武汉来搞鉴宝活动，需要麦当当做一期报道。若要同意麦当当的长达一周的假期，必须得等他圆满地完成了这期任务才行。

好在贞贞定的日子是在鉴宝活动之后。所以麦当当一口应下了这笔差事。

菜包子在家听麦当当说了鉴宝这档子事，心里痒痒的，从家里翻箱倒柜找了一尊黑不溜秋的还破了一个大口子的铜像。说要麦当当私下找专家给鉴定一下，没准就是个国宝级的文物，这样子就发财了。而且还信誓旦旦地当着贞贞的面承诺，假如真的是国宝，拍卖之后无论多少钱都可以让麦当当享受百分之三十的好处。起初麦当当把他的话当作耳旁风，不愿意充当这种掮客的角色。只是后来在菜包子软磨硬泡下，遇到了一个绝佳的机会，那就是肖卤鸭私下要请一名专家到他自己家里去看看一些收藏的成色。麦当当这才勉强地同意了菜包子无礼的要求。

童主编对于鉴宝专家受肖卤鸭私人之邀的事情颇为有兴趣，告诫麦当当，在这种私人的场所，专家更为放松，可以放出更多的料出来。

于是麦当当于公于私一举两得。在一个清朗的夜晚，用菜包子给他的木头盒子将那尊小铜像装好了，放在自己的挎包里，独自乘车来到了肖卤鸭的家。打算赶紧地完成了这笔差事以便全身心地投入到无比向往的恩施之行，他仿佛看到了在云牵雾绕的山泉边，马兰颔首巧笑，二人重归于好的情景。

麦当当进了肖卤鸭的房子，才发现事实上这更加像是个小型的酒会。各怀心思的十几来号人聚在肖卤鸭家那个大得离谱的客厅，不出意外，各自都带了珍藏的宝贝来。麦当当第一次见那个客厅就猜出了它的兼职用途。现在中间整理出了一大片空地，漂亮而又奢华的沙发围绕着。

麦当当还没有来得及找合适的地方坐下，就听到了一个熟悉的声音：

“当当。”

麦当当回头一看，很高兴地发现竟然是马修和朱莉。朱莉的红色晚礼服很惹眼球，身材凹凸有致，知性的熟女形象一览无余。马修依然是休闲的打扮，麦当当热情地与朱莉打了招呼，心中暗喜：这下至少不会无聊了。他只是想想，马修却在他耳边道出了他的心声，“呼——有你陪着聊天，至少不会无聊了。”朱莉立刻就被人三三两两地围着招呼，马修和麦当当趁机躲到一边聊开了。他看了看离这里有些距离的朱莉，小声对麦当当说道，“肖卤鸭邀请了朱莉，说这种聚会她不会一个人出席，我要是不陪她，她就另找个伴儿。”

麦当当恍然大悟，颇有感悟，叹道不容易。马修苦涩中带着小甜蜜地笑了，捶了麦当当一拳，两人笑着聊开了。

要说麦当当和马修不愧为兄弟，马修这边和人聊着，那边眼睛却也时刻在注意着朱莉，估计在关注着什么时候需要他出下场赶走嗡嗡黏着的苍蝇。麦当当也和他差不多，时刻警惕着扫视全场。因为既然有这样的聚会，牡丹是一定会请马兰化妆的，那么马兰就应该会在人群中出现。这一举动一半是出于他和马修同样的赶苍蝇心理，还有一半就完全不是他自己控制得了的了。

总有一天，你会碰到一个人，那个人一出场，就能轻而易举地博得你的注意。不管愿不愿意，你的目光都逃不开他。

麦当当现在只是碰到了那个人。

随着时间一分一秒的推移，眼看北京来的专家都已经到场了，麦当当还没在来宾中搜寻到马兰的身影，不禁有些心不在焉。心里开始有了烦躁，甚至还左右瞎想——难道她不来了？还是有什么事耽搁了？不会是出什么事了吧？

这样一想，麦当当脑海里就浮现了阿森的影子，一瞬间又涌起不会和阿森有关的念头。这个念头要不得。因为麦当当清楚地知道阿森这种男人，就凭他曾经做过的那些事，马兰也不会再和他复合的。但是理智上是知道，思维的速度完全是麦当当的理智追不上的，他正在竭力遏制自己越想越离谱的念头时，眼中出现了一个熟悉的身影——

挺拔俊俏，一看就能迷倒一大堆女人。不正是阿森？

果然是说曹操曹操到。麦当当心下松了一口，也可以判断阿森一定是跟着马兰来的。然而他眼睛在以阿森为中心四下搜寻一番都没有找到那个熟悉的身影时，不禁皱起了眉头。

麦当当可真是一时糊涂，完全忘了想马兰是因为什么而和肖卤鸭家关系近了，得以被邀请。如果顺着这个思路思考一下，答案就很明显地出来了嘛——

“那个就是所谓的马兰化妆店里的男人？”马修在麦当当心不在焉时就将心比心地察觉出了原因。此时见他皱眉，自然不会是看向马兰的眼神，于是看的是谁就很明显了。顺着他视线的落点看去，果然在那周围找到了一个疑似的身影。遂出口问道。

当然，他也是看不惯麦当当没头苍蝇似的一阵乱找，顺带提醒了一下，马兰此时应该在的地点。

麦当当又不二，只是一时心急，情绪上涌反而忘了罢了，此时经他这样一说，自然想到马兰是在给牡丹化妆。再在人群里一看，果然也没看到牡丹那一枝独秀的身影。他的各种不好猜想都没被证实，只是他自己一时恐慌的瞎想。不禁真是大大地松了一口气。再看阿森也就只是一个有点搁眼睛的小沙粒罢了。遂点点头，很是不计较。“嗯，是他。”

马修再打量了一眼，以他过来人的毒辣眼光，下了定语，“徒有其表。或者，金玉其外?”

麦当当拿了杯酒，不厚道地一阵暗爽。

果然自己的好朋友也讨厌自己讨厌的人，这虽然有些不友好不和谐，但心里这滋味真是一个爽啊。

这时，人群中一阵骚动。都看向了楼梯方向，只见一身乌黑露背长裙的牡丹正缓缓踱步下楼，姿态犹如闲庭散步的贵妇，一举一动皆是自得的优雅。虽化着艳丽的妆容，然不显得艳俗，只留给人们冠压群芳的惊艳。

过了一阵子麦当当终于一阵心跳地看到了他渴望看到的人，她一身鹅黄色的连衣裙，腰间的细长腰带无限风情地垂挂下来。婷婷地在人群的一角。麦当当看得入迷了，甚至专家对宾客们的藏品进行鉴定的时候，他都心不在焉。若不是马修提醒，麦当当差点忘记了自己的挎包里还有莱包子的宝贝。

专家是个白发的半老头儿，穿着立领的中山装，气质亦儒亦道，颇有些风骨，话语之间博古论今，尤为受人尊重。

麦当当递了那尊铜像给专家，专家一边把玩，一边仔细地用放大镜在铜像上反复察看。麦当当非常希望专家能一口就断定出这是一件稀世珍宝。可是专家嘴里不停地发出“唔唔唔”的声音，也不知道究竟是何态度。

过了半晌，专家才用如炬的目光看着麦当当，朗声问：“你这个东西从何得来?”

麦当当说：“这是我一个挚友的东西，请您稍等，我电话问问他。”

幸好菜包子整晚都捧着电话等着麦当当的回信，电话铃还没有响完一个和弦，菜包子就在电话里回复麦当当：“这是我去年在路边上扔圈圈套到的奖品。”

于是麦当当的脑袋就“嗡”地大了。幸好菜包子这会儿不在眼前，否则这尊裂了个大口子的铜像就一定会与他的那尊大脑袋融为一体了。但是即使如此，麦当当还是小心地用婉转的声调向专家转告了菜包子这个挚友的话，“额，我的朋友说，这是一个偶然的机会得到的。”

“哦，”专家放下了放大镜，告诉麦当当：“好好地保存好这个宝贝。”

麦当当一头雾水，“您的意思是……”

“国宝，是一尊流失到民间的宫廷御用夜壶。”专家坐直了身子，肯定地做了判断。

麦当当这才看到，这尊铜像的一侧，的确有一个圆洞洞的张口。心里就乐了。心想着，菜包子这家伙果然靠夜壶得了意外之财。

边上有好奇的人问专家：“那么，这个夜壶价值几何呢？”

专家严肃地答曰：“如果现在的马桶是一千元一尊，那么这个夜壶就可以买一千个这样的马桶，”然后环视一周，“也就是说，可以用买来的马桶，将这个房子塞得满满当当的。”

大伙随着专家的目光环视着这栋大房子，可是得意扬扬的麦当当却没有发现那个他最关心的人的身影。

马兰不知道去了哪儿。

Chapter 35 该来的总会来

麦当当扪心自问，抬头的瞬间却似乎在远离人群的地方看到一个鹅黄色的身影一晃而过。她不愿意见到我吗？麦当当摇摇头，不管三七二十一地追了上去……

马兰随着肖卤鸭一起上了楼，跟着他向书房走去。虽然她不知道为何肖卤鸭会在这个当口儿让她去看一份合同，这是肖卤鸭主动送给马兰的一份大单，所有肖卤鸭连锁店员工的化妆培训全部交由马兰完成。马兰有一种被上帝眷顾的感觉，跟随着肖卤鸭的脚步显得轻快，可是内心里却因为幸福来得太快而且太突然的没底。

二楼是马兰熟悉的长长的走廊，从走廊的这头很轻易地看到走廊最底的书房大门。中途有几个横向对开着的门的卧室，马兰从牡丹那里知道肖卤鸭和牡丹都有自己单独的卧室。走廊里除了墙壁上挂着的油画，没有人，房间隔音效果也很好，所以一路走来都很安静。路过一间作为客房的卧室的时候，肖卤鸭停了下来，对马兰笑道，你到这里暂时先等等我，我去书房拿合同。马兰同意了，站住脚，拧了一把门锁竟然没拧开，肖卤鸭诧异了一下，下意识地和站在他身边的马兰对视了一下。便庆幸地笑了笑，“幸好我今天刚用了备用钥匙，还没放回去。”

说着，他掏出钥匙，插入锁孔。马兰看着他扭转钥匙，女人的第六感令她心里突然产生了一种不好的感觉。心里似乎在叫着，算了，最好是不要打开这扇门，或者自己应该找个借口离开。

可是，这毕竟只是自己的感觉，这并不能为她阻止肖卤鸭打开门的理由。

“咔嚓。”门开了。

马兰是侧对着门，站在门边上。因此她只见正对着门的肖卤鸭睁大了眼，一副不可置信的样子，身体竟在微微发抖。马兰的后背有些发麻，难道真的有不好的事情发生？从肖卤鸭的身侧向门里看去。这一瞧，她的脸色刷地就便白了，也理所当然地理解气得发抖的肖卤鸭——

只见卧室的双人小沙发上，一男一女正打得火热，完全没发现门已经打开了。他们衣衫半露地纠缠在一起。男人好看的手正急切地顺着女人玲珑的身躯游走。那双手那么好看，那么熟悉，这画面也是那么的熟悉。马兰脸色惨白得厉害。一切的一切，竟然和几年前的场景一模一样！

阿森和牡丹几乎同时扭过头来看到了门前的肖卤鸭和马兰。

肖卤鸭倒是很快地就恢复了冷静，他轻轻地抚着发懵的马兰的肩膀，沉着地退出了这个令人不堪的房间。然后顺手将房门轻轻地关上了。

然后肖卤鸭用几乎是看不清的微笑安慰马兰：“马小姐，每个人都有权做出自己的选择。”

马兰含泪木然地点了点头。

“所以，我衷心地希望他们能够幸福相伴。只是你没有必要太过伤心，阿森配不上你。如果你觉得有什么不舒服是可以理解的。”肖卤鸭的沉着并没有让马兰翻腾的内心安静下来。她好像痛得已经没有了感觉。本来对阿森就已经不抱有任何希望，也没有指望他能够成为一个全新的人，可是，阿森是自己带到肖卤鸭家里来的。从第一天阿森与牡丹的见面似乎阿森就露出了本来的面目，只是自己太过固执地丝毫不愿意去思考哪怕是关于一点他的问题。那么如今造成了对肖卤鸭家庭如此地伤害，马兰惶然地不知所措。她只是知道，一切的错都在于自己，可是这对于肖卤鸭的伤害又怎是一句对不起能够挽回的。

可是，她还是说出了自己的真心话：“对不起，肖总，是我的不好，我不应该带阿森到您家里来。”

肖卤鸭拍了拍她的肩膀，摇了摇头，“这总比牡丹在外面与别的人遇到更好。你千万不要说对不起，应该说对不起的是我。”

肖卤鸭已经退去了脸上的忧伤，大度的自信又写在脸上，接着对马兰道：“来，到书房去拿合同吧。”

马兰摇了摇头。毅然回头，脚下迈着大步，只想快些逃离这里……

这次，她会捧牢她再次破碎的自尊，好好地护住它，不让它再被踩在脚下！肖卤鸭铜像般立在原地，看着离去的马兰，又看了看那扇依然关着的房门，叫住马兰，转了身，去了书房。

马兰步子越迈越快，渐渐地跑了起来，眼前的路似乎也开始模糊起来了，在楼梯拐角的地方，马兰只觉得突然撞上了一堵墙，堵住了她逃离的路线。

Chapter 36　短暂的温情

马兰想绕过这堵墙，继续走。她甚至不打算抬头看一眼，唯恐不知何时堆满眼眶的泪水落下。可是她没能从这墙身旁绕过，就被人用手扶住肩膀，将自己转了半个圈，面朝向他。马兰朦朦胧胧地就看见一张脸凑近自己。看起来有点熟悉，就听他说，“你怎么了。”

连声音也有点熟悉。

马兰眨眨眼，让眼眶沉下已经多得阻碍了视线的泪水。这才终于看清扶着自己的人，竟然是麦当当。马兰的脸尴尬地红了。她挣脱麦当当，向后退了几步，心里似乎压得快要喘不过气。眼见麦当当又要朝这边迈步，她连忙撑起一只手阻止。

“你别过来。”这是她最不愿意让麦当当看到的样子。不愿意被麦当当看到她的狼狈不堪。在麦当当的记忆中，马兰好像只有在这一刻的表情失去了平常的淡然，她就像是一个有些无助的孩子。可是她却坚决地竖起手拒绝麦当当的任何帮助。这时，麦当当身后又传来了踏踏的脚步声。马兰趁麦当当一个愣神的瞬间，绕过他，快步地下了楼。

麦当当没顾得上去看来人是谁，跟着追了出去。却还是失了一步的先机，还没出大门就失去了马兰的身影。他顺着大路直接追出了院里的大门。出了大门再过几十米就是长长的柏油马路，一望无际，毫无遮掩。麦当当追到马路上，左右望去都没有看到马兰的影子，最近的公交车站稀稀拉拉候车的人中也没她的影子。此时已是九点多，在肖卤鸭家这地段，公交十五分钟差不多才能等来一辆车，而拦到的士更是完全看运气。麦当当有些纳闷，他也只是一愣神的时间就一刻不停地追了出来，这么短的时间，马兰完全不可能从这条长公路上消失得不见踪影。而坐上公交和的士的可能更是在这么短的时间内被降到一个几乎不会出现的概率。除非她幸运地一出门就碰到了一辆正好停着的车。想到这里，麦当当又想到，马兰来肖卤鸭家的次数甚至比他还多很多，不可能不熟悉这周围不便利的交通情况。那么她要是想一开始就不被追上，不被找到，应该就不会往这条一点遮掩都没有的大公路上跑。

他懊恼地拍拍自己的脑袋，也想起自己并没有看到马兰出院门，只是一厢情愿地做出了这个错误的判断。这么冷静下来想想，马兰定是在院子里找了个地方躲起来了。麦当当对自己这个推断抱有很大信心，立刻转了身，往目标地冲去——

麦当当找到马兰时，她正躲在屋后僻静的树荫下，远看黑阴阴的一片。麦当当差点就错过了这个地方。只是突然之间侧了下头，就对上一双水汪汪的眼睛。麦当当轻轻地挪过去，走近她身边。这一次马兰没有逃开。近了，才发现她身体在微微的夜风中颤抖。麦当当脱了外套给她披上，整个过程马兰都静静地看着他。马兰突然又向后一缩，避开麦当当帮她拢外套的手，麦当当伸出的手尴尬地顿在空中。马兰这一避，似乎让她自己醒悟过来。

她不再看麦当当，身体却抖得更厉害了。

寂静的夜里似乎有无声的啜泣。

麦当当没在身上摸出纸巾。正继续第二遍搜索时，身边的人却突然起身，将外套放在他腿上，就要离开。

麦当当可不想再提心吊胆地找一次她，连忙一把抓住她手腕，马兰也不挣脱，只是身体控制不住地颤抖。麦当当急了，将她转过来一看，才发现脸上的泪轻轻地淌着，因哭得厉害又过于压抑还带了啜泣。

那泪水流得麦当当心里一堵一堵的，既有心疼又有嫉妒。他不禁抬起手想给马兰拭去泪水，却见马兰扭开了头，马兰下意识就这样做了，似乎这样就可以不让自己的狼狈暴露在他面前。她看着麦当当，眼里忽悲忽喜，一时复杂难辨，却被浓浓的夜色掩盖，以致麦当当分毫窥探不到。而她也没窥探到麦当当握紧的拳头。

麦当当此时心里天人交战，经历着莫大的犹豫。而从和马兰相握的手腕上传来马兰的颤抖终于让他下定了决心。

既然在她的心里这么在意那个人。

麦当当深吸了口气，不理会马兰的拒绝，握住她的双肩说："兰兰，你听好。或许这件事情不能怪阿森。我今天看到肖卤鸭给阿森递了杯酒喝，同样的，他也给牡丹递了一杯。我想……也许和这件事有关。兰兰……也许他们……那样是有苦衷的，我觉得这两件事并不是一个巧合。"

麦当当说得很慢，似乎这些话用去了他大半的力气。说这话时，他心如刀绞，眼神复杂，说完这些，便松开马兰，打算离去。

突然，马兰扑进他的怀里，紧紧地搂住他的腰。佳人在怀的感觉自然很好。可是麦当当却感觉到马兰身体颤抖得更厉害了，心下一急，便想看看马兰怎么样了，马兰却将头埋在他怀里不肯出来。麦当当急得口齿都不清楚，"兰兰……我嘴笨，说错了什么，你别哭啊……"

最后，麦当当只好笨拙地给怀里人顺着背，在夜风中为她圈出一个温暖的避风港。

Chapter 37 究竟是谁算计了谁

马兰终于说出了要麦当当送他回家的话。不过回家的路上两人彼此都缄口不言。在马兰住的公寓的楼下，麦当当停下了脚步，直到马兰的身影消失在单元的门口，直到马兰的窗口点起了鹅黄的灯光，直到那灯光熄灭。令麦当当失望的是，马兰始终都没有露出身影。

过后的几天里，麦当当与马兰通过几次电话，可是在电话里除了简单的问候，就没有了其他，发生在肖卤鸭家的事情仿佛被马兰和麦当当两个人全都遗忘了，彼此都刻意地不去提及，包括那个夜晚两人的紧紧拥抱……然而他们不提，并不代表着这一切会成为秘密一般石沉大海。因为还有算是当事人的三个。

这天又是很普通的一天，沉闷的夏日骄阳闷闷地蒸着人。马兰正给人化完妆，整理自己的工具。抬头的瞬间注意到了一个人。她独立在人群中，正静静地瞧着马兰。

视线对上的瞬间，彼此都是沉默，眼神的交汇却让彼此都知道，有话要说。马兰别过头，眼神落在一个无意义的点上，抿了抿唇，不知思考了多久，也不知在思考什么。她进入了只有她才可以理解的世界。然后她回过头，看着气定神闲的牡丹，点了点头，应允了彼此的谈话。

牡丹的神情像是早已预料到马兰会答应这次尴尬的沟通，她的脸上泛起一抹妖娆的笑容，那是她心情好时惯常的表情。她转身离去，等马兰跟上，便保持在一个不远不近的距离向前走去。一路绕开吵闹的人群，在一个安静的小茶楼停了下来。这家茶楼竟是闹市中一个难得安静的宝地。马兰看了看头顶木质的门头，门头上是书法雕刻的字体。跟着进了这间溢满茶香的颇具中式气息的屋子里。

一路跟着牡丹走去，发现店里的人都和她打着招呼，她对这里的表现也显得很是熟稔。更让马兰不解的是，在一个小包间里坐下后，进来的服务员竟称呼牡丹为老板。马兰看牡丹的眼神不免就带上了难以预料的诧异，虽然也只是一瞬，她就很好地掩盖了自己眼里的光芒。毕竟，以肖卤鸭的财力，牡丹想开个这样的小店并不算什么。但是却从来没有听肖卤鸭提过。

马兰低着头，心里的一个谜，似乎是捕捉到什么解开点。现在大概可以猜到，这家店是牡丹瞒着肖卤鸭开的。至于目的……待定。

她这一系列反应和想法都是在瞬间产生的，牡丹点了茶和点心，服务员退下后。再回过头，马兰的表情已经看不出任何端倪。也许就算她看得出一些什么事情来，牡丹也不会介意。从她带马兰来这里起，也许她就不打算再隐瞒她什么。她对着马兰笑开，竟是闲话家常般开口，“觉得这店怎么样?”

马兰没有接话，她似乎知道她答不答话都没差别，而牡丹后来说的话，无不在表明她要告诉她一个天大的秘密，要把她拉入知情者的位置。

“这家店是我花了几年的心血，一砖一瓦都是我自己的钱。”她像是看自己珍爱的孩子一样温柔地打量四处，再看着马兰的眼神有着浓厚的好奇心，她似乎不急于一时将话讲通透。只是喃喃，“所以这一切，都是值得的……”

说到这里，她手指不经意轻轻抚上小腹，又说，“可别饿了你了，剩下的我们边吃边说吧。”

那天牡丹和马兰具体说了什么，没人知道。除了两个不再相告的当事人。只知道马兰在牡丹和阿森的婚礼前夕，态度强硬地拒绝当化妆师。但这一切，在知道阿森和马兰曾经关系的人眼里全不过火。甚至百合小店的人也对着前来当说客的阿森怒目而视，这人前不久还对着马兰呵护体贴得那叫一个贴心，甚至有的人还默许地觉得他和马兰般配，结果这人转身就和别人搅到一起了，这都算了，还好意思上门劝服马兰去给他老婆化妆？是可忍孰不可忍，马兰可以忍，他们不可以忍，于是可怜的阿森几次上门都被人扫地出门，几次过后，他终于不过来找虐了。而这件事，似乎也暂时告一段落了。

对此，马兰一直是一副淡定的态度，对工作上越发认真，毫不受此影响。也让店里的人，尤其是女人，着实地对马兰佩服了一番。在接下来的很长一段时间里，决定以她为目标，培养自己的女强人心态。

当然也有例外的，比如知道她和麦当当过去的王娜，她见证过马兰和麦当当甜蜜热恋以及分手的这段时光，见证过马兰那段日子隐晦的难过……而这一次反常的原因，她也隐隐约约地猜到阿森和马兰的关系不像表面看上的那么简单。她担忧马兰独自承受着一切，对旁人却全然不露出来。想要关心她却又不敢再在她面前提这伤心事，怕起反作用，反而惹得她更加难过。就在她心里如热锅的蚂蚁一般着急时，贞贞像救星一般地出场了。

自贞贞上次来店里遇到梦梦的挑衅，而那件事又被她们几人合力平淡化解后，她们俩的关系也神奇地有了一个大的进展，或许并不是无话不说的闺密，但却比一般见面打个招呼的熟人又强上许多。随着渐渐熟稔，她也知道贞贞要嫁的人竟是菜包子。只是有一瞬间的复杂情绪，王娜就送上自己的祝福。之后，她们的关系反而更亲昵了一步。

人的际遇真是一个奇怪的东西。

贞贞这次来店里竟是找王娜探听消息的。与肖卤鸭和牡丹的离婚不同，牡丹和阿森的结婚却闹得沸沸腾腾的高调。贞贞听到这消息的瞬间，感情真是复杂，既有终于没人挡着当当哥的高兴，又有对马兰的担忧……她和王娜一样，不敢去问马兰，怕不小心戳破她粉饰太平的平静，就偷偷地来找王娜了。

这两个都是一知半解的人凑在一块，嘀咕了半天，把两人各自知道的消息拼凑起来，也还是没得出一个确切的结论。最后只好各自揣着担忧离开，决定不轻举妄动。

Chapter 38　两大 BOSS 对垒

女人无论多么的善于八卦，也没有男人知道得多。

那是因为在这些天里麦当当经历了一件奇妙的事情。那天牡丹去了马兰的店里之后，就去找了麦当当。可是面对牡丹提出的要求，麦当当感到有些惶恐。倒是牡丹给麦当当做了主，给用暧昧眼神看着自己胸部的童主编告了一天的假。带着麦当当去了肖卤鸭的家里，严格地说，那也是她之前的家。因为牡丹告诉麦当当，她已经从那幢巨大的别墅里搬出来住了，而且非常直白地告诉麦当当，她并不觉得孤单，因为有阿森陪着她。

麦当当心情很复杂，没有完全明白牡丹到来的用意。沿途牡丹一边开车一边告诉了她要做的一件大善事，就是需要麦当当陪着她去和肖卤鸭签订离婚协议。知道了这个信息，麦当当激动得差点没有从车上直接跳下来。但是牡丹的一句话打消了他所有的顾虑，"我刚才去了马兰那里，我知道你们俩才是合适的。其实你陪我去也是在帮我，一方面你和马兰都是我喜欢的人，所以我希望你和她能走到一起，另一方面你是应该知道真相而且又会保密的人。"

麦当当只是敷衍地点头赞同。直到牡丹告诉了她真正的秘密，"其实肖卤鸭是最希望我和他离婚的。"

"啊？"

"因为公司的股份注册的是我有九成，他只占一成，一直以来，他都希望能够找到最恰当的理由拿到至少百分之五十的股份。所以，我成全了他。”

原来如此。麦当当不自觉地摇了摇头。

麦当当和牡丹到达的时候，肖卤鸭捧着杯红酒，自斟自娱地品尝着，他的脸上带着终于达到自己目的的喜悦。一杯喝完又给自己再斟了一杯。杯子刚举到眼前，凸面的玻璃上不知什么时候浮现出了一个人影，清晰地映在肖卤鸭放大的瞳孔上。

那自然不是他自己的镜面成像。

肖卤鸭闭了闭眼睛，稳住心神，再睁开时玻璃杯自是流光溢彩的透明，什么都没有。他不由得微笑，然而杯子还没凑到嘴边，就又有图像浮现在玻璃上。是牡丹和阿森接吻的画面……肖卤鸭一把摔碎了手上的玻璃杯，盯着地毯上四散的碎片久久不说话。

牡丹放下手提包，找了个与肖卤鸭泾渭分明的位置坐下。点点下巴，“把东西拿出来签了吧。”语气平淡得就像跟人打招呼一般随意。肖卤鸭见了麦当当，与往常一样礼貌地笑了笑，仿佛欲言又止，只是对站在他们中间的麦当当说了句：“小麦，请坐。”

可是麦当当视线放在她身上时，她已经接过了肖卤鸭递给她的离婚协议。只见她转了转手中的笔，只顾低下头去。流利的几笔，写上自己的名字。她将协议合上，利索地放在桌上，像是完成了某项会谈一样，起身冲着肖卤鸭伸出了手。

“好了。这下那50％的股份你终于拿到了。那，祝我们各自愉快，肖先生。”

肖卤鸭额上似乎有青筋在跳。麦当当在感慨他终于不再平静时，见他伸出手，和牡丹完成了这次握手，说道：“彼此彼此。”

他们这一来一往之间，似乎什么都说了出来。麦当当做出了一个大胆的猜测。再联想到之前的鉴宝会肖卤鸭先后给了牡丹和阿森一人一杯酒，难道这一切竟是肖卤鸭自己设计的？目的只是为了那50％的肖卤鸭品牌股份？只是为了这股份，就设计自己的老婆和别人上床……麦当当只觉得可怕，从后脊背升腾而起的一股凉意蔓延了他。

可是从牡丹的表现以及沿途来她告诉自己的一些信息上来看，好似她早已料到这一点，那么她是在事情发生后才知道的还是事情发生前就知道了？如果是后一种假设的话，那这对夫妻就太可怕了。

你算计着我的时候，我也顺着你的阴谋得到了我想要的。同床异梦……也不外乎如此。

麦当当心里一寸寸冷下来的时候，肖卤鸭拍拍他的肩，拍散了他不知发散到何处的思维。肖卤鸭对着麦当当的语气没有被人撞破秘密的威胁，甚至没有一丝改变。这让麦当当放下一颗扑扑跳动的心后，又不由得怀疑他们让自己当这个见证人的目的。

牡丹送麦当当回家的路上，才将没有完全讲完的话，全部告诉了他，“除了百分之五十的股份，还有一个原因就是我们至今没有孩子。”

这些事情麦当当是不会随便讲给别人听的，牡丹对此深信不疑。可是，就在麦当当尚未埋藏好这些秘密的时候，一场更加让他跌掉眼镜的好戏隆重上演了，以至于麦当当不得不开始相信命运。

Chapter 39 谣言之所以叫谣言

没过几天，阿森对外宣称的与牡丹的宏伟婚礼就成了一场闹剧！

真相是阿森在他自己大力宣传大把花钱打造的婚礼上被新娘放了鸽子。

这真是一个不幸又振奋人心的消息。百合小店里的人知道后集体欢呼了一阵。以菜包子为首的热血派也极度兴奋，为老天终于看不顺眼阿森勾搭富婆的行为而叫好。他虽然与肖卤鸭不熟悉，对于牡丹更是不甚了解，可是这根本不妨碍他对阿森那小子瞧不顺眼。可是高智商的菜包子总是无法明白贞贞心里想的那些弯弯绕绕。贞贞在一阵欢喜之后，与菜包子进行了表示祝贺的拥抱。然而过后不免又开始担忧起来：阿森这人是无耻而且没有底线的，万一再回去找马兰怎么办？她知道马兰是绝对不会对这个垃圾动心的。可是他的死皮赖脸也会影响到当当哥和马兰的进展啊！

贞贞看着菜包子只知欢闹的表情，发出了深深的一声叹息："无知也是一种福气。"

这些特别厌恶阿森并且给他落井下石的人中竟然没有麦当当。他知道这一消息的表情毫不惊讶，他的不动如山，引得旁人侧目不已。大都以为他的心里有着自己的算盘。不过这一大度的表现自然得到砍刀的再一次高看，甚至连知他甚深的菜包子也是流着泪拍他的肩，一副与有荣焉的表情。至于马修，好吧，他微笑围观的表情也许可以理解为：总算有我几分风范？

麦当当哭笑不得，其实他真的只是因为有肖卤鸭和牡丹离婚的内幕。从那时了解到的一些事情来看，他就隐隐有了预感，这一切不会那么简单地结束，所以今日也只不过是猜测得到验证，全无意外。没承想到这因为预知的淡定还得到了一众的夸奖，这算不算是无心插柳？

热闹也好，落井下石也好。人们闹腾庆幸扫兴惋惜了一段时间，才有人去追寻阿森在婚礼上被放鸽子的原因。那时阿森依然没有从即将人财到手的打击中恢复过来。但是有着凌云壮志的他用炒房失败所剩不多的钱财迅速地压下一些令他颜面尽失的消息，但是依然不妨碍八卦的有心人窥探一二。毕竟，世上本就没有不透风的墙。更何况，似乎还有人在背后推波助澜。真正令阿森哀叹的是他与牡丹合伙炒房，牡丹要求他先付首付，可是他心不在焉地将房子的名字只写了自己一个人的名字，所以牡丹并没有将后续的资金跟上。在赔了全部投进的钱财后，阿森手头的资金已经周转不灵。他从上一个富婆妻子那里卷来的钱也在不久后消耗殆尽。

于是，一种号称最权威的阿森被抛弃的说法出现了：小三男被抛弃竟然是因为没有请来前女友给老婆化妆?！该说法内容详尽地介绍了和标题有关的三人关系，将小三男变脸的一前一后都有鼻子有眼地做了描述。而在这种说法下，两个女性都成了阿森花心的最大的受害者，甚至还有人说马兰和牡丹本就是好友。牡丹会和阿森混在一起，甚至到谈婚论嫁的地步，本身就是牡丹作为闺密试探一下阿森对马兰是不是真心。所以才在婚礼上用这么一个似是而非的理由没有出现。不过也立刻有人驳斥了这种说法，牡丹非马兰这一化妆师不做旁的选择，是因为马兰一直都是牡丹的御用化妆师，新娘自然希望自己结婚的那一天是最美的，而阿森连最重要的这一天都不能保证，更不用说以后了。当然也有人议论马兰拒绝出席婚礼这一举动大快人心，给新时代的女性带了一个很好的不以男人为主的表率。

真是众说纷纭。谣言越传越离谱。

但总之，马兰却因为这件事而名声大噪。似乎一夜之间，武汉人人都知道了一个叫马兰的化妆师。她化腐朽为神奇的巧手竟让新娘宁愿不出现在婚礼上，也不愿意在不是这双手的装扮下登上女子心中最美的舞台。

好奇者有之，慕名者有之，一夕之间，百合小店顾客络绎不绝，都是冲着马兰这双巧手来的。店里的员工还没从阿森丢脸下场的大快人心中回过神来，就被接踵而至的人流踏得压不过来。一个个都忙碌地奔跑在各自的位置上。忙着接待的，忙着电话预约的……一时之间，很是繁忙。马兰强打起精神，疲惫之间安慰大家，等忙过这段时间，这个月奖金翻倍。同时已经着手加快培训新手，相信这种状况用不了多久就可以改善。安抚了忙乱躁动的人心，马兰又积极将自己投身到繁忙的工作中去。她这些日子忙碌得无心去顾忌过多感情上的事宜，只是用自己在时光中冶炼的技巧和新奇的创意送走一个个笑容满面的顾客，甚至有一些是冲着八卦或者抱着好奇的心里来的顾客，也在经过她焕然一新的打造下，满意离去。至此，百合小店的生意更上一层楼。而马兰在繁忙中却得到一种满足，那是为理想奋斗打拼并得到一些回报的满足。

马兰在繁忙告一段路后，抱着全身的酸痛刻意地留下在打烊小店，快下班前的小店终于恢复了一日中难得有的安宁。看着这个承载着自己梦想起飞的工作室，马兰笑容充满满足。也许她趁现在繁忙稍微告一段落的空闲时间，应该着手去构思一下店面的扩展事宜。这样想着，马兰在接下来的日子很快就把它提上日程，和店里几个老员工一起商议了下，就敲定了装修草图。

计划开始装修的日子刚好是跟着贞贞出外景拍婚纱的日子，等回来的时候，日夜赶工差不多也竣工了。马兰对自己这一合理安排时间的计划很是满意，至于店里的员工，自然是放上一周的带薪休假犒劳啦。

菜包子和贞贞拍外景的时间终于到了。

经过一整天人仰马翻的忙碌，一行六人终于在从武汉去往恩施的火车上碰了头。

火车出发的时间是在傍晚。

Chapter 40　旅游总是不可能一帆风顺

六个人正好在卧铺车厢的一个单位里。各自都有着复杂的心情。菜包子和贞贞秀着甜蜜。麦当当与马兰总有着一种欲言又止的沉默的默契。可是让人没有想到的是，一向乐观开朗的朱莉，在列车启动的时候，却望着窗外脸上挂上了两条泪痕。

众人不解，唯有马修知道其中的原因。与朱莉的手紧紧相握。

朱莉扭过了头，轻轻抹去了眼角的泪花，笑着对表情木然的几个人说："触景生情，你们别在意啊！"

贞贞好奇，一定要朱莉讲出缘由。

朱莉说："我与马修的相遇就是在列车上，那是在德国，当时马修已经毕业了，在联合国的一家环保机构做事情。所以刚才乘上了火车，就想起了我们的过去。让马修放弃那么多与我在一起，我真的觉得很抱歉……"

贞贞听了这感人的故事，伸出大拇指称赞马修是好男人，并且要求菜包子要向马修学习。菜包子鸡啄米似的点头，对贞贞许下诺言："要是我在联合国的机构做事情，我就把你接过去，没准我哪一天能做到秘书长呢。那样你就是秘书长夫人了。"

大家听着都乐了，贞贞却不以为然，嘟着嘴说："我才不做秘书长的夫人呢，有本事，你当联合国的主席还差不多。"

贞贞这话一出，大家就又都愣住了。各自都心想着，联合国好像从来就没有主席啊。麦当当好心要挽救菜包子，告诉贞贞："联合国是没有主席的，秘书长是最大的官了，你做秘书长夫人，就是最大的夫人了。你们家的乖乖就是第一乖乖了。”

贞贞不依，撇嘴道：“联合国以前没有主席，那是因为没有人配这个身份，若是咱们家菜包子去了联合国，他就配做这个主席。”

贞贞的话，将朱莉的伤感一扫而空，与马修的手拽得更紧了。

马兰知道再说下去，贞贞脸上会挂不住。转移了话题对朱莉道：“我知道朱莉姐姐是什么想法。”

贞贞问：“什么想法?”

“朱莉姐是想做林徽因，所以马修就做了梁思成。”马兰微笑看着朱莉。

朱莉接了话，要成全马兰和麦当当，“那你一定是要做陆小曼，嫁给我们的麦志摩了。”

贞贞顾不得马兰脸上飞起的红晕，纠正朱莉的错误，“是麦当当。”

一行人就这么有说有笑地谈到了熄灯，天一亮，火车就停靠在了恩施的车站里。

按照计划他们先在市内一天，第二天再前往位于板桥镇的大峡谷。下了车，就见到了举着旗帜的导游。

这个导游是朱莉两口子约的，女子笑容甜美，娃娃脸的她穿着墨绿短袖，很是让人喜爱。菜包子走在前头，一见到这个女子，立刻就呆住了，心想着，这下子真是冤家路窄。原来眼前的女子，正是麦当当之前的那个小清新女友，小池。

紧接着，麦当当也见到了小池，心里就开始别扭了，可是马修夫妇不知道其中的缘故，看见了小池举着的旗帜，就走了过去，做了自我介绍。轮到介绍团员的时候，小池倒是大方，一把挽上麦当当的臂弯，“好久不见了，当当哥。”

麦当当明显听到了倒吸气的声音。小池这一举动中的亲密，让一切事实似乎都不言而明，甚至会有歪曲的可能。麦当当不敢去看马兰的表情，巴巴地要把自己的胳膊从这尴尬要死的境地中抽出来——

“呕——”

菜包子反应迅速，上前掰开了小池的手，对大家介绍道："前女友，当当的前女友，小池。"

于是马兰就明白了麦当当的尴尬了，立刻伸出手与小池拉了手，玩笑道："听当当提起过你。我和当当也是很好的朋友。"

小池听话听音，况且做导游也见多识广，立刻就明白了马兰和麦当当关系，咧嘴笑了，道："放心吧，我们已经好久没有见面了，而且在我们认识的时候，我还不是那么懂事呢，所以说也许做了一些小孩子做的蠢事，还希望当当哥能够谅解呢。"

小妮子的几句话，化干戈为玉帛，不仅消散了眼前的尴尬，而且还将她过去的糗事抹了个一干二净。

麦当当惊讶于小池竟然修炼得如此的老练，从小妖精升华成了狐狸精，这以后还不知道要祸害多少男人。倒是朱莉见小池顺着自己的梯子下了，就扬手笑道："既然都是老朋友了，这样就最好了，那不如我们赶紧地去酒店住下吧，也好清晰一下一路风尘。"

Chapter 41　第二次假怀孕?

几个人到了酒店的大堂，气氛一阵良好，至少外表上看是如此。

朱莉在前台给大家安排房间，菜包子赶紧借口要上洗手间，将麦当当也顺带着拉了过去，洗手台前，菜包子向麦当当邀功，“怎么样，我眼神好吧?”

麦当当擦掉额头上差点流下的汗，对着菜包子感激涕零了一番。连着给他带了几顶高帽子。末了好奇道：“你不是说昨晚没睡好吗，怎么反应这么及时啊?”

菜包子拍拍胸脯自我吹嘘，“那是，也不看看你那小清新的声音我听过一次哪会忘记，问题是现在该怎么办？难道这一路就真由她来做导游?”

菜包子对麦当当前女友小池可谓印象深刻，整个就是个小恶魔。每次要刷爆信用卡时就是用她那甜甜的学生腔做出这种一点也不甜美地举动。作为麦当当最好的好友，他也不可避免地遭难几次。至此，那小恶魔的声音他记忆犹新。

他这番话语一出，又让麦当当在她说出来之前就跟马兰说清楚，免得又闹出什么幺蛾子。毕竟看她今天的态度，是不打算和麦当当只当个路人甲了，或者是安安心心地当个路人甲，却是要把彼此的关系在众人面前挑明。虽然这似乎也是蛮正常的一件事，毕竟分手了以后还是朋友的大有人在。但放着她对麦当当做的事不说，对狗都比对他亲不说。她拍拍屁股就抛弃了麦当当，分毫不顾给他造成了多大的心灵创伤，让他在很长一段时间极度缺乏对自身人格魅力的自信。现在麦当当好不容易差不多从这挫折中走出来了，她竟然能像那些伤害从来没有发生过一样，若无其事地跟他打着招呼，叫着昵称。她突然间的再次出现，是嫌上次割得伤口不深，打算再补几刀吗？

不管小池有什么打算，两人明显都有了防备。这是有意识的又是无意识的。古人还一朝被蛇咬十年怕井绳呢，麦当当作为一个新新人类，对自己造成伤害的人下意识防备下自然很正常。而菜包子这个清醒的旁观者兼连带受害者，他的钱包都在叫嚣着让他打起十二万分精神注意那个小恶魔！

麦当当始终觉得不能扫了朱莉的兴致，毕竟这是她亲自安排好的行程。菜包子又提醒了麦当当几句，两人看时间差不多了就返回队伍。大厅里的女人已经聊成一片了，聊的照旧是什么护肤什么衣服之类的女人话题。见他俩回来，朱莉宣布大家先做休整，等吃过了午饭，大家去清江漂流玩。

小池也极力地推荐，说没有漂清江，就等于没有来过恩施。说得贞贞头脑热热的，这么好玩的事情，她是一定要尝试的，而且这一提议也得到了众人的一致赞成。坐橡皮艇漂流，对于武汉的人来说是极难得的尝试。因为地理位置的原因，武汉的长江分支水路平缓，完全承担不起漂流所需的最低水速。

众人正在琢磨自个要准备的东西。贞贞也独自嘀咕着要不要让菜包子带一大包好吃的零食，自己也好路上吃，就被人抓了一把。菜包子扯着她上衣角，硬挤出一脸严肃地教育她，“你不能去。”

“为什么？”贞贞正在兴头上被打断自然不开心，不知道菜包子又在抽啥风。柳眉一竖，就要用手把衣服从菜包子手里扯出来。

菜包子心说孕妇脾气大，他一个爷们儿当然要大度点，就没计较她的语气。继续教育她，“你是孕妇，书上说孕妇不能进行刺激的运动。所以你不能去。”

贞贞正惦记着漂流这一有趣的活动，菜包子却在她耳边念经似的嘀咕。跟苍蝇似的没完没了，一时也没仔细听他说什么，只下意识地反驳，“孕什么妇，孕妇不能去管我什么事。我又不是……”

看着菜包子突然变难看的脸色，她才终于意识到自己情急之中无意识地吐露了什么，她竟然把她最大的秘密吐露出去了。后怕地缩了缩脖子，想说什么却不知道怎么开口……

讨论激烈的众人突然就听见一声怒吼：“郝贞贞！你又骗我！”

只见菜包子脖子上青筋突出，咬牙切齿地愤怒。像是要随时咬贞贞一口！麦当当怕他一时冲动做下后悔的事，忙上前去揽着他往一边开解。他这一动，剩下的人也反应过来了，马兰和朱莉也带着贞贞往另一边去说话。马修两边看了看，安慰一脸担忧的小池后，和她继续之前的话题聊着。

这边麦当当引着菜包子到一边问清事情的原委后，不由得也很是吃惊，“你说她怀孕是假的？”他收回长大的嘴巴，“那这么说来，她在一个问题上连着骗了你两次？”

仿佛觉得光说不够深刻，他还比出两个手指头，正反比了比。菜包子点了点头，不说话。

过了一会儿，菜包子说：“麦子，你说我这婚是不是结得有点草率了？”

麦当当拍了拍菜包子肩膀，“别瞎想。虽然她又因为这个骗了你，可是大概也是因为你死不愿意对人家负责。不得以才这样的。有苦衷的嘛……”

菜包子摇摇头，“我不是因为这个。她最开始骗我我能理解，可是麦子，朝夕相处那么久。她都没有告诉过我，她没有怀孕。在我和她的婚事板上钉钉后她也没说过……要不是这次无意说漏了，她是不是一直不打算说，那等到孩子要出生的那一天她要如何收手？一个谎言需要多少个谎言才能圆……这太可怕了……麦子，我突然觉得我不了解她……我和她才认识了多久……”

麦当当说：“你还是一时难以接受，什么都往坏处想。我觉得吧，她后来也不告诉你是因为不好说，而且你这人，婚礼前估计都敢偷溜，她怕说了你又反悔怎么办？包子，我作为一个旁人，虽然旁观者清，可是你们朝夕相处的感情，就只能你自己感觉了。现在旁的你都不要管。你摸摸你胸口，问你自己，郝贞贞对你，是真的还是虚情假意?”

菜包子照麦当当说的做了，手下能感觉到心脏钝钝的跳动。他看了看麦当当，“真的。”

“很好。”麦当当说，“那你再摸摸，问问你自己，现在，你这喜欢她吧?”

菜包子再次摸着自己的心脏处。慢慢感受那一处的传来的一声声含着血脉，融着情感的跳动。一声声，似乎都是为一个叫贞贞的女子跳动着……他眼前浮现了很多个贞贞，有生气时的，有偶尔甜美时的，大多数时，她都是对着他不客气地大吼着……

菜包子又看向麦当当，眼神还有着浅浅的迷茫，“我只知道，这颗心，在为她跳动。”

麦当当几不可见地松了口气，揽过菜包子往回走，“那不就行了。你看，只要感情还没变质，别的问题都不是问题。说开了认错了下次改过了就没事了嘛。现在这专门为你们拍婚纱照准备的出游，可不能搞砸了。来来，什么事回去之后再说。”

麦当当带着气鼓鼓的菜包子回来了，和马修交换一个“没事了”的眼神，收回的时候不可避免地和马修旁边的小池视线相撞。小池看过来的视线让麦当当不知怎么就有着不好的预感。然而心里再不淡定，麦当当脸上也表现得无迹可寻。

这种预感一直保持到了午饭后才逐渐消散。用了午餐，在小池的带领下，出发了。彼时，晴空万里，真是个适合出游的好日子。

Chapter 42 原来看不见你，我这样怕

清江由水清而得名，是长江的一个重要支流。漂流的起始点，是市内的捡儿湾。听说这名字源自一个美丽的传说。麦当当一行人坐上一条大橡皮艇，上船前，艄公定要各人都穿上救生衣，各自抓牢了橡皮艇边上的绳索，便开始了他们的漂流之旅。

皮艇上自然是马修和朱莉坐一起。他们两人先上了船，相对坐在最前方较窄的位置，麦当当也跟着上去坐在他们后边左手边的位置。小池正抬起脚眼看就要上去了，突然只感觉一阵旋风刮过。再抬眼，便见麦当当身边的位置已经被贞贞抢了。贞贞稳稳地坐在麦当当身边，对着咬牙的小池露出一个胜利者的微笑，再对着呆愣的麦当当谄媚地叫了声“当当哥”，换来麦当当些许无奈的表情，麦当当似乎知道她在打什么主意，嘀咕了一句“鬼精灵”。

贞贞脸上笑容更深，她对着小池招招手，笑容里藏着彼此都知道的犀利，“小池，快来，坐这呀！”她笑得那叫一个和蔼，小池只有不甘愿地一步步挪过去，坐在贞贞身旁，接下来自然是马兰和菜包子，以及艄公的位置了。

贞贞暗叹幸好幸好，没让小池抢到当当哥对面的位置，虽然最好的安排是让马兰坐在麦当当身边，可是眼看当时那小池就要厚脸皮坐下来了，马兰又不是那种争抢性子。菜包子又完全粗心的什么都没发现，只好她自己出马了。让小池坐她身边，也是放自己眼皮子底下，她想斗什么她奉陪。总之不能让她对着马兰使什么绊子。贞贞心里阴谋论地一阵

活动，面上却只笑得一片灿烂。她不好意思再看看透她想什么的麦当当，就把视线往小池那里集中，企图达到用眼神杀死她的境界。然而这一瞥，却看到小池身后的菜包子还呆呆地站在那里，不由得瞪了他几眼，才让如梦初醒的菜包子终于也上了皮艇。

艄公竹篙撑开，橡皮艇就在这荡出的一圈圈水纹中，悠悠地载着一船各有所思的人们前行。一时间，青山绿水，映满了几人的思绪，也让各思各想的麦当当几人，思维难得地达到一个相同的境地。那一刻，大自然浓浓的魅力和生机迎面而来，飘过这悠悠的清江，飘到了这一船的人身上，他们的心里。在他们各自的心思中也如这橡皮艇一样，荡出了一圈圈涟漪。

艄公划着桨，唱起来了山歌，歌声在山谷的河道上悠远地回荡着。

捡儿湾顾名思义，有一个比较湍急的弯道，波涛汹涌，虽然近些年整个清江的河水都比以前平缓多了，但是乘坐橡皮艇到了这里，很少有不翻船的。菜包子远远地看到那个大弧度地弯道，就见水花飞溅，他不由得嘀咕，“不会翻船吧?”

小池在前面听了，回头安慰说：“放心好了，这里的船工跑这条道不知道多少趟了，比家门还熟悉些。”艄公听了夸赞正得意一笑，众人接着就把话题给叉开了。麦当当却是注视着从橡皮艇边滚过的滔滔江水，不由得暗暗祷告，真的翻船就好了。这样他也可以有个英雄救美的机会，好拉近和马兰的距离。这一路来，马兰一直对他还是不冷不淡的，他有心找机会好好聊聊，拉近一下距离，却苦于一直没有两人相处的机会。麦当当偷偷回过头，用余光瞥了眼坐在菜包子身旁的马兰，她坐在皮艇最后，背景几乎要和翻滚的捡儿湾江水融为一体。不知道是不是麦当当具备乌鸦嘴的本领，他正在脑海中比画和马兰的位置，假想小艇从哪个角度翻，然后他又要怎么救……就感觉艇身一阵不稳的摇晃，他不知听谁吼了句：“艇要翻了!”甚至来不及回头看一眼，就感觉四面八方的江水汹涌地向他涌来，一下子就淹没了他。

橡皮艇突然翻了，让一群人毫无准备。马兰因坐在艄公身边，小艇翻时，她就落在艄公旁不远的位置。皮划艇翻了之后，艄公第一个就救了她，将她送上了翻转好了的艇上，然后又返回水里继续救人。艄公从小在清江里长大，这些年时兴漂流以来，翻船是常有的事情，而且都市里的人来漂流，大多数就是冲着翻船的刺激来的，所以艄公早已有了丰富的救援经验，况且这些艄公水性本来就好，在水里就像一条鱼似的自在翻滚。送马兰上了艇。艄公又向马修夫妇游去。他们两人都不会游泳，马修完全是靠他仅会的狗刨式拖着朱莉在水里尽量保持浮着状态，眼看就要支不住两个人了，朱莉哭着让他放开他，管他自己就好，马修当然不让。江水翻滚着将他们一次次打下，又浮起。朱莉本来吓得发抖，不知又哪儿来的力气，去掰马修搀在她胳膊上的手。马修体力眼看就要不支了，又是被她这样突然使力一掰，已经被江水冲得麻木的手，差点就松了。马修少有的对着朱莉大吼，滔滔的江水淹没了他们，也只有大吼才能让彼此听见对方的声音，他说："你住手，我是不会放开你的!"这吼声怔住了朱莉，她在翻滚着的江水中静静地望着马修，往着他胳膊上因使力过度而凸起的青筋……眼里充斥满了泪花。

艄公及时地过来了。接过朱莉，马修的担子就轻松多了。他只需要轻轻曳着艄公，就能跟着向皮艇边游去。艇上的马兰看着艄公带着他们俩游来，只看了一眼，确信他们没事后，就将视线投向离艇边更远点的地方。在刚刚艄公去救马修夫妇时，马兰终于在无情的江水奔腾中找到了麦当当浮浮沉沉的身影。她还看到了江水中的菜包子抱着划艇的船桨，也随着江水起起伏伏。眼看现在只需等到艄公返回艇边，就可再去救他们了。马兰不禁在心里暗暗祷告：一定要撑下去，再撑得久点。

然而突然一个浪头打来，麦当当被这个浪头打到，打下江水中，就再也没冒出头来，马兰的心一下紧了，大声地呼喊麦当当的名字。艄公离皮艇还有一段距离，马兰在心里焦急地催了又催，眼看艄公再不赶过去就来不及了。而麦当当已经从江水中消失一段时间了，终于她顾不得自己几乎不谙水性，匆匆起身，就要跳下江。

这时，只听江水中传来一声呼喊，是贞贞的声音。马兰循声望去，正见贞贞拖着麦当当向这边游来，看起来并不吃力。马兰心里一松，连忙蹲下身准备接应他们。

麦当当只觉得江水绿绿的，整个人都埋在水里，脑子里一阵恍惚。就觉得自己身子被人托了起来，着向江边游去。麦当当还没反应过来，就觉得自己埋在一个香香的怀抱里，那味道那么熟悉，让麦当当一下子就知道了这个怀抱属于谁了。像浸没在幸福的泡泡里，他晕乎乎地觉得，虽然他没有英雄救到美，但这样也还是很值得的，没有白被淹。

Chapter 43　苦难后总有诉真情

在贞贞和艄公的努力下，菜包子和小池随后也被救了起来。

菜包子抱着个大木桨，自然没事，贞贞去救他时，他还表示可以在这江中再泡一会儿。贞贞转身就要往回游，菜包子忙急急地扯住了她，这一扯，用上了两只手，竟完全松开了原先抱着的木桨。贞贞回头正要不耐烦一番，就见菜包子失了依靠，只剩下松松抓着她衣角的两只手，整个人跟秤砣似的直直地往下沉。虽然他瞎折腾了一番，不过是徒耗自己的力气。

贞贞一时既好气又好笑，手下动作却是迅速地托起了他。菜包子一得救，手脚并用八爪鱼似的抱住贞贞。勒得贞贞完全不能游泳，甚至连漂浮都不能。菜包子正吃豆腐吃得爽就被勒令松手，自然不乐意。两人僵持了一下，眼看竟然要往下沉去，贞贞忙使出杀手锏，用牙齿咬。菜包子愣了一下，被贞贞抓住机会将他四只爪子拔了下来，拖着人向岸边游去。

岸边，艄公最后把略通水性的小池也救了上来。一行人经历了落水后，脸上竟反而洋溢着一种活力。仿佛被带有娟娟灵气的江水掏光洗净，散发出些许不同，似乎这次经历，反而让他们更加亲近清江，更亲近大自然。

他们落水的地方两岸都是高高的山道，赫然是一道小峡谷。一船的人开开心心湿漉漉地欣赏着回程的风景。

艇靠了边，菜包子首先上了岸，便拉着贞贞到隐秘的地方说悄悄话去了。贞贞起先还有些担心地往麦当当那边看着，后来瞧小池在一边似乎也没什么小动作，便暂时放下了心，专心应付面前的菜包子。

“老婆。”没想到菜包子将贞贞带到一块大石头后面，将贞贞抵在石头上，手脚就开始不老实起来。贞贞拎起他的臭爪子，跟拎猪蹄似的一把丢开，怒视着菜包子。然而那一眼充满娇羞，反而激得菜包子心痒痒。他又笑嘻嘻地凑到贞贞面前，嬉皮笑脸地说：“老婆，你今天表现真英勇，救了我哥们儿，让我倍儿有面子。我要奖励一番。”

说完话，菜包子离贞贞已经很近了。贞贞被水浸湿的衣服粘在身上，显露出玲珑的曲线，菜包子吞吞口水，嗷呜一口扑上去，凑近贞贞被江水浸得越发红润的嘴唇，吻了上去。贞贞开始推拒了两下，惹来菜包子不满的抗议，后来不知什么时候，双手已经交叉揽上了菜包子的脖颈，两人深深地缠绵起来。

一吻完毕，贞贞的脸蛋儿透着淡淡的绯红，菜包子又啄了几下，被贞贞推了两下，才拍拍她的背不闹了。手却还把人环在怀里。菜包子就着搂着贞贞的姿势，两人一起看向翻滚着的江水。这时，菜包子不知怎么才有一种后怕的感觉……刚刚经历劫难的那一刻，虽然他机灵，没有生命之忧。但是看着贞贞向他游来，一时间，他心中似乎都被暖暖的感觉铺满了，烫得喜滋滋的。贞贞曳着他往回游时，他看着她比他纤瘦好多的身形，扯着他这个大个子。虽然似乎不太吃力，可是他心里高兴之余，又萦绕着一股淡淡的心疼。菜包子从来觉得感情是一个麻烦的事，他能轻易让你的心绪被别的事物牵绕，变得不像自己。从酒窝之后，他都尽量不去碰感情，哪怕喜欢一个女孩子，追一个女孩子，也是随时可有可无的。不会让她们影响自己的心情过多，所以他一直乐观。可是现在，为什么他明明被怀里的这个女人牵绊，因她高兴因她担忧，他竟然也觉得这种感觉不错，沉浸其中不愿醒来。

菜包子觉得，自己一定是病了。可是，他摸摸心脏的位置，这里在告诉他，他心甘情愿。

他又看了看怀里的女子，“贞贞，我们结婚后，你就不做售楼小姐了吧。”

“嗯?”菜包子突然的感慨让贞贞没反应过来，她偏偏头，黑漆漆的眼睛看着他，“那做什么?”

菜包子拉着她的手一个旋转，让贞贞面向他站着，托起她纤长的手，单膝跪地，郑重其事地说：“贞贞小姐，请问你愿意成为‘菜包子网店’的老板娘吗？你愿意在今后的一生中，和他一起经营好这家网店，将它发扬光大吗?”

菜包子这样看着她，心里竟然真的有些紧张。

贞贞噗的一声笑出来，抬抬下巴，“本女王就允了你这一请求。”

那一瞬间喜悦向菜包子铺面砸来，他在这一瞬间似乎才终于体会到结婚的喜悦，结婚，就是两个人组成一个家，一起奋斗……

“那下臣就多谢女王陛下恩准。”菜包子这样说了，却忍不住兴奋地抱住了贞贞，原地转起了圈圈……

Chapter 44　没电灯泡打扰的情侣真幸福

这边，贞贞和菜包子之间弥漫满粉红色气泡。那边马修和朱莉上岸之后，两人就一直在一边说着话。

朱莉的眼圈还是红红的，死死盯着马修非要他给一个保证下次不会再莽撞地做这种事。救人也要量力而为，像他这样，一个弄不好，反而会把自己也给连累下去。她严肃地批评了这种行为的不理智性。

马修被缠得没法，只好说自己心里有谱，知道自己支持得下两个人。来让朱莉放宽心，然而在他意料中，朱莉听了这话，眼里似乎有失望一闪而过。但那一瞬间的神情又怎么逃得过早有准备的马修。他看着朱莉低下头去，闷闷的不说话，不由得将她揽到怀里，揉了揉她湿湿的长发，“你呀，怎么还跟小孩子一样。”

从在德国的列车上的偶遇然后到相恋，朱莉在马修的心里一直都是个谜。她故作成熟的外表下面隐藏着苹果般的青涩，干练果敢的形象之下，是马修时时刻刻能够感受到的一颗安静的心。

而马修在朱莉的心目之中永远是那一片安宁的港湾，她心里非常清楚马修的理想是什么，知道马修想要什么样的生活，她深深地知道自己是多么的爱着马修，也深深地知道马修是多么的爱着她。

马修不知怎么竟又想起从前的事，他摸了摸朱莉的头，很是享受她窝在他怀里的乖巧模样。他下巴抵着她犹带着湿气的头发，话语里更像是呢喃：“你就是好强……”

朱莉眼里也浮出回忆的光芒，“对不起马修，我知道你在那里永远给我亮着灯，所以我才敢于出来寻找自己与这个世界的交接，我真的很害怕自己没有存在的价值，所有的打拼，只是为了证明自己对于这个世界是有用的，还存在着联系。”

马修看着朱莉眼睛，一如初相识，他摇摇自己握着她的手，语气轻柔，“从我遇见你的那一刻，我就在想，这个小女孩的手，我一辈子都不会松开了。”看着朱莉渐渐湿润的眼睛，他继续，“无论遇到什么都不会，每个人的心里都会有一个世界……莉莉……我的世界里，只有你。”

说到最后，他轻轻唤了她的小名。他想也许她还是太小了，他想起因为他喜静她也为了他搬到郊区，虽然这并没有让她从那个广告圈脱离，只是让这一片净土也被乌烟罩气沾染。但是慢慢来吧……一切都会好的，也许总有一天，小女孩长大了，慢慢地就能理解他的想法了。他等的下来。

却没想到，朱莉扑进他怀抱，抱着他不撒手。过了一会儿，她退出来，擦擦眼睛。虽然孩子气地抽抽鼻子，看着他的眼神却很建议。她说：“马修，我知道你为我做了很多，忍受了很多。虽然现在我还不是很能理解你的一些想法，但是马修，我愿意学，愿意为了你去改变。你多给我讲讲好不好，我一定很快就会学会的。”他为了她连命都可以不要了，相比之下，她为了做出这一点改变完全不算什么了……

马修看向她的视线带了些心疼又有着感动，他的小女孩呀，说愿意为他改变，愿意到他的领域看看，他的小女孩终于开始长大了……他抱抱她，千言万语，到了嘴边只说了一句：“不要太勉强自己。”

朱莉闭着眼睛，点点头。两人在这一边温馨中，心都暖暖的。

麦当当那边，四人大眼瞪小眼对视着。麦当当却全然不顾小池直盯着他的视线，他对着马兰，觉得自己有好多话想说。好不容易天时地利人和，可是身边两个大电灯泡却生生毁坏了这大好的告白时机。最后他还是没忍住，当众抱了抱马兰，好在马兰也没有推开他。她身子几不可见地僵了一下，让麦当当心就是一紧。就感觉她的手试探地放上他的背，安慰地拍了拍。

心里喜滋滋的麦当当丝毫没注意到一边小池变得恶毒的眼神。

但是，当麦当当看着，菜包子贞贞、马修朱莉一对对泛着粉红气泡泡地牵着手回来，心里不禁充满了酸酸的嫉妒。如果，如果，没有电灯泡的话，他和马兰也那样了吧……麦当当偷偷伸出小指头，去够身侧马兰的手，没有被拒绝，麦当当大喜，试探着，牵了上去。大手抱住了马兰柔嫩的小手，慢慢的，变成了十指相扣。

旅行车终于来了，终于可以回酒店了，终于可以洗一个舒服的热水澡了。

Chapter 45　向苗寨进发

稍作了休整，一群人就聚在马修的房间里计划晚上的活动事宜，最后决定了去城郊的苗寨去品尝一下那里不可错过的摔碗酒。

有了这个决定，大家便各自准备，约好了在楼下大堂见面。麦当当只是在房间里洗了把脸，想想也没有特别的东西要准备，就准备到大堂里去坐坐。路过菜包子和贞贞房间的时候，见房间里就只有菜包子一个人的身影在晃动。于是麦当当进了门，果然房间里只有菜包子一人。他正趴在他那个超大行李箱里，一阵翻找，可怜的箱子超重被压着还被翻了个底朝天。麦当当在他身后站了一会儿，不解地问："你昏天黑地的在干什么？"

菜包子手上动作不停，抽空回答他，"我在找能体现民族风的装扮。"菜包子突然转过身，朝着麦当当往身上比画着他唯一扒拉到的一顶帽子。"晚上我就戴着这个去苗寨。怎么样，民族风吧？"然后他又嫌弃了一下，"可惜只有帽子没有衣服。这还是我去年参加一个什么大合唱节目发的。"

麦当当从惊讶中回过神来，见菜包子还兴奋地在镜子前转换各种姿势。终于相信他是真的打算戴着这顶像是毛巾系了两头组成的帽子出门……招、摇、过、市。麦当当两眼一黑，就差晕倒。好在他心理素质不错，总算赶在菜包子走出房门前拦住了他，麦当当强制不去看菜包子额头可笑的两个角。招摇晃动。他僵硬着脸，上下打量了一番菜包子"你真打算穿着现代服饰戴着一顶民族风的帽子？"麦当当忍俊不禁的视线把菜包子看得一愣，头上顶着大大的问号。菜包子低头抖了会肩膀，跟菜包子打听清楚马兰在给贞贞化民族妆后。就摆摆手往外走去。走了两步他又停下，补充了一句让菜包子傻眼的话："哦，顺便说一句，你头上了那个帽子是陕北的民族风格。"

出了菜包子房间，麦当当往马兰的房间看了一眼，还没抬步。就听身后传来一身呼喊："当当哥。"

麦当当心里一紧，这甜美恶魔音，他也快听出条件反射了。麦当当这一回头很是艰难，对着小池他心情一时还真有些复杂，并没那么快就调整好。这并不是说他还对小池抱着什么感情，只是对着一个曾经深深的恶心了你或者伤害了你的人，人自我保护的心理总是让自己潜意识地想避开他。更不用说，这个人还是你曾经或许只是一瞬间想要共度一生的人。他现在巴不得有个人突然出现把他从这种境地中解救出去。

可惜，"有个人"没能出现，这种想法也没能实现。

于是麦当当无可避免地和小池再次有了交集，或者说是独处时间。他那个回头再慢也还是回过来了。眼前的小池入乡随俗，穿着一身浅紫苗家女孩服饰，头上戴着银饰头冠，在光线下闪闪发光。她还配合着麦当当的视线转了个圈，询问麦当当的意见。

麦当当以纯欣赏的眼光看着她，"很好看。"

这话本没带什么个人感情。如果深究大有一种"很漂亮但和我无关"的深刻意思在里面，可是作为女性的小池没能像菜包子这种爷们儿一样领会到这一深刻意思。于是她喜滋滋地就要来挽麦当当胳膊，却挽了个空。麦当当直接避开了，并且一副教育的口吻："小池，我们现在已经不是以前的身份了，很多动作不能那么随意。"

这话就点得有些明了，虽然彼此都知道，但一旦戳破了，面子上就过不去。不过麦当当也算在无人时戳破了这层纸，想是还有护着女孩子的面子这一点在里面。

小池眼里集了点水汽，打算来扯麦当当的袖子。刚想说什么。就听旁边突然响起了一个声音："呀，小池这一身苗家服饰真是漂亮。"

贞贞对着看小池和麦当当看过来的视线，表现得一脸从容。她脸上在马兰的精雕细琢下化了一个民族妆，身上虽只是穿着一件大裙摆连衣裙，却能让人从中看出民族风格的神韵。如果说小池是外在装扮使她像苗家儿女的话，那么她就是内在散发出苗族儿女直爽气质。虽然有马兰化的妆容这个因素在里面，然而能凭借一身现代连衣裙便比小池更像苗家儿女，却全是贞贞自身的本事了。这也就是所谓的抓住了神韵。谁上谁下高低立见，偏她还存心夸了这一句，足够小池脸臊红一段时间，在到达苗寨之前不会有精力闹腾了。

贞贞拍拍房门，把菜包子也叫上了。马当当注意到菜包子背了个大大的黑挎包，不禁好奇地问了一句。没想到菜包子还玩起了神秘，拍拍包嘿嘿笑着："这个可是我用来装宝贝的，涉及我晚上的大计划了，现在保密。"

菜包子的这个巨大的计划就是希望能够得到传说中苗家少女的情蛊，以便用这个东西制服贞贞。假如麦当当早知道菜包子竟然胆大包天地偷偷钻到了苗家少女的闺房里去寻情蛊，而且还是极端危险的蛊毒的话，不知道会不会怀疑下菜包子的脑袋构造。同时他肯定哪怕牺牲一晚上的游乐时间也会把菜包子看得牢牢的，不让他有一点作案机会。可是他的一个被轻视了的疏忽，使得菜包子的这个计划就有了实施的可能。

Chapter 46 囧货菜包子再次惹事

旅行车带着他们来到就近一家比较有名的苗寨。木竹楼的建筑，瓦窑造的顶，吸引了一群群游客。檐下挂着路灯，驱散了山谷里的大片黑暗。

麦当当一伙人一进门，便听到一个老头儿吆喝一声：“来客了，幺妹，上茶！”话音刚来，就听一声响亮的回应：“来得！”这声音清脆，响亮，宛如一声歌谣的一个音符，却把不知道在深思什么的菜包子吓了一跳。他就像是课堂上点头打瞌睡的学生，被一点声响便惊得跳了起来。菜包子在一群人饶有兴味地打量着他那张老城墙似的脸皮，一甩头，也甩开挽着他的贞贞，大摇大摆地跟着引路的妹子来到一个矮木桌前，随便挑了个位置坐下了。

麦当当一群人也随后跟着坐下。这次不知是小池还记着之前被贞贞“夸奖”的话还是什么，麦当当总算顺利地和马兰坐在了一起。土家妹子给他们上好茶，便要退去。眼神却好奇又钦羡地打量着马兰的妆容。

贞贞好奇院子正中央竟搭建了一个露天舞台，她提出这个发现，有人眼尖地发现台下还有一些身着民族服饰的男女，莫不是还要上台表演。麦当当便为大家讲起了苗寨的一些风俗。原来苗家人极其好客，这是从古时候便一直沿袭至今的。史志上还有这样的记载：“邑中风气，乡村厚于城市，过客不裹粮，投宿寻饭无不应者。入山愈深，其俗愈厚。”所以今天，苗家人还会为远道而来的客人表现苗家舞蹈。

麦当当讲得绘声绘色，吸引了桌上众人的全部注意力。一时间，谁也没有发现到餐桌上少了一个人。菜包子猫着身子沿着路灯照不到的黑暗前行，像今天这种夜黑风高的夜晚，恰恰适合菜包子这样的行动。不知是这天光真的太暗，或是今晚的客人略多，人都到前院去帮忙了。菜包子这种三脚猫竟然顺利地摸索到人家后院，一路有惊无险地避过偶尔路过的苗家装扮少男少女。菜包子随便挑了一件房，扒着窗棂缩头缩脑地往里看。

他打量了下屋里，凭借他菜包子情圣的名号打赌，这一定是一家姑娘的闺房。菜包子简直要仰天大笑，没想到竟然这么顺利地就摸到了目的地。这下等他拿到情蛊，看贞贞还怎么管着他！菜包子脑袋中不禁浮现出贞贞小女人般的偎着他，娇滴滴地唤着："爷。"这想象让他差点憋不住得意的笑出来。幸好脑袋中所剩不多的清醒提醒他现在要淡定，淡定……一切等拿到情蛊再说。

这样想着菜包子轻轻地推了推木门，门就吱呀一声轻松地开了。菜包子暗想：古装片诚不欺我。便继续猫着身子进了屋。菜包子停了一会儿，等眼睛适应了黑暗后，便朝着大致是柜子的地方扑了过去，一阵翻腾。菜包子脑袋里想着，武侠小说中蛊差不多都是在木盒子里放着，他便翻着柜子，不放过任何一个可疑的木盒子。然而没等他得手，正翻着，就听屋外传来了说话声。要感谢这不隔音的木门，菜包子竖着耳朵，聆听了一番。

"我记得这屋里还有相近的衣服，我去换上就出来，你先等下。"

接着脚步声也像这边迈来。菜包子扫视了一番屋子，当机立断地掀开掉在床边的床单，一骨碌钻进床底。幸亏这床够高，不像现在越做越矮的床。不然菜包子这身形恐怕就无处遁形了。菜包子刚放好床单。就听见木门吱呀一声，有人进来了。

菜包子偷偷从床下的床单和地面的空隙里看出去，就见一双亮黄色的布鞋，先是迈到菜包子之前翻腾的柜子前。打开柜子拿了什么东西出来。然后亮布鞋一转，向床这边迈来。菜包子忙屏住呼吸，却见鞋子并没有直直地向这边迈来。停在了正对着床前的椅子上，然后变没了动静。菜包子想这么多人今天过来，这妹子会不会带了些蛊放在身上，就等着遇到意中人便转转手，下到他身上。这样一想，菜包子悄悄掀开床单一角，探出视线。

接着菜包子一呆，整个人愣了愣，因为这苗家妹子正在解着身上的纽扣，身前的椅子上放了件和她身上颜色相近的苗服，照着趋势下去，是要换衣服?！菜包子脑袋嗡的一声，空白了半天。没想到他菜包子大爷竟然有这种艳福啊，他霍然睁大了眼，聚精会神地等待接下来的进展。

然后突然眼前闪过贞贞凶巴巴的样子，菜包子缩了下脖子。不禁想着，这个，看看应该不用……负责吧？但是但是……如果就让他负责了怎么办？

菜包子一时陷入了两难的境地。看，还是不看，这是个问题。

不过这个问题没有困惑菜包子太久。

屋子里的女子突然一声惊呼，将还没完全解开的衣服在胸前曳紧："你是谁？怎么在我屋子里。"

被抓包了。菜包子苦着脸从床下爬出来，心里竟悄悄地松了口气。他一爬出来就背转过身子，好给屋子里的女人时间扣上扣子。然后老老实实地开始回答她的问题："我叫菜包子。是来这里找蛊的。"

他这一番倒完全不像一个登徒子的表现，身后的女子扣好了衣服。不禁挑高眉头问："你怎么会知道我有蛊?"

菜包子在她的示意下转过身，挠挠脑袋，一脸莫名其妙："电视上都这么说的啊。小说里也是，你们苗疆不是有很多蛊吗？什么傀儡蛊，对了，你有没有情蛊啊。"

那女子踱步在房间中走起来，听了他最后一句笑起来，回头冲着他道："这情蛊嘛——我到确实有，你要，给你了也无妨。"

菜包子大喜，"真的吗?"这简直是峰回路转呀，没想到竟然真的有这种蛊，还被他误打误撞地遇到了。

女子点头，手挽着头发的一缕，对着菜包子伸手索求状笑得一脸高深："这蛊我已经给你了呀。"

菜包子奇怪，"什么时候?"他记忆没什么缺失呀，虽是这样想，手上却在翻找身上的口袋。那女子见此笑嘻嘻地道："我叫苗苗，你这男人我看着好生有趣。我要了！这蛊嘛我自然已经下给你了。"

她说着，又道："好了，我要出去表演了，等之后再去找你。"

菜包子傻呆呆地看着她离开，眼神呆滞。他……他这真是一不小心闯大祸了吧？嘤嘤……麦当当救命呀！我中了苗家少女的情蛊了……

Chapter 47 收拾烂摊子的奶爸队伍壮大

菜包子欲哭无泪地呐喊时，前院的餐桌上已经开始上菜了。一群人对着新奇的苗家菜吃得津津有味，彼此探讨一下做法或者用料，好生热闹。不要指望其中有谁能够对菜包子的遭遇有个心电感应什么的。虽然一群人后来也发现菜包子不见了，但谁让他之前借尿遁遁走了。这是贞贞回想起来的，于是一群人就不等他先开吃了。

菜包子哭丧着脸回来，拖着他那空空的大挎包。麦当当招呼他坐下，顺手递给他一碗酒，这酒是陶碗装的。菜包子兴致不高，正想推托。朱莉经过麦当当之前的普及，捏好时机说："这可是土家的摔碗酒，客人来了不可推拒的。不光不可推拒，喝完了还要狠狠地摔下去，才是情谊。"菜包子手刚碰到碗沿，这推拒的动作便做不下去了。他不作声地看了一眼朱莉，朱莉往马修怀里缩了缩，有恃无恐地对他笑笑。菜包子咬咬牙，接过陶碗，与麦当当手中的陶碗一碰。一仰头，一举碗，仰脖饮尽，和麦当当一起刷地摔倒地上，动作颇有苗家汉子的豪爽。

陶碗在地上摔得粉碎，朱莉带头鼓起了掌，叫了声好。菜包子却快快的，也不拿起筷子吃菜。贞贞在一旁给他不停地夹菜，他就拿那种生死离别的眼神看着贞贞，看得贞贞毛骨悚然，一头雾水。这顿饭就他独自吃得沉默，吃得一桌人对他侧目不已。这么闹腾的一个人竟然突然老实下来，还……真让人不习惯。这下，所有人都觉察到了菜包子的不对劲。麦当当再三询问，他都偷偷瞥贞贞一眼，畏缩缩地摇头不语。他嘴巴紧得像只河蚌。贞贞却因为他那一眼一眼的，一桌人都往她那儿瞟，越瞟越怪异……

贞贞觉察到了菜包子的怪异，扔了筷子，揪着菜包子腰上的软肉，威胁询问。菜包子开始还想抵死不说。麦当当在一边说道："包子，你现在不说，等着一会儿有人找上门的话，那事情就闹大了。"菜包子瞥过去视线，和麦当当对视了一眼，麦当当别有深意地看着他，似乎从他的表现中看出了端倪，不禁有些动摇。

马兰看着麦当当的表情，不知想起了什么。在一边帮腔，"所以，包子，你现在说了，我们还可以帮你出谋划策，在事情最糟糕前遏制住。"

这话终于让菜包子松了口，不过他先将自己从贞贞的控制中脱了出来。对着贞贞讨好地笑了笑，才苦着脸将事情经过讲了出来。他着重强调自己只是去找蛊的。把原因也改成想让自己更加爱贞贞一点，说得贞贞热泪盈眶。至于之后的发展，全不是他想的。他特别强调自己一看那女的脱衣服就立刻出了声，让她知道有人没有继续下去。将自己说得特伟大特正直。说得了解他德行的麦当当黑线不止，看着他的眼神充满鄙夷。菜包子接受到这视线，忙讨好地朝麦当当笑了笑。

一群人只有贞贞听得感动不已，其他人则是表情各异。像朱莉就保持着高深的眼神，马修继续着他的沉默，帮朱莉不是夹个菜就是倒个茶什么的。小池则是感慨这际遇真是狗血……马兰在麦当当身边坐着，又作为除了麦当当和贞贞外认识菜包子最久的，对他也是知之甚深的。知晓他话语里一些夸大的成分不少，但对菜包子说的被下蛊一事还真是琢磨不到。一时不知露出什么表情，便摆了个没有表情的脸，低头吃菜。

菜包子讲完，大家象征地安慰了下，纷纷在心里感慨了下这娃的运气以及他不着调的行为。

贞贞就拉着他衣袖又是为菜包子担忧又是感动，突然想到武侠上都说中了情蛊后喜欢上的人就必须是下蛊的人，否则是会死的。又是着急，一时啼啼哭哭的："包子……你中了情蛊之后若还是与我一起的话，你会死的吧？要不你就跟她在一起吧。"

众人突然想起这还是他们小两口照婚纱照的旅行，就遇到了这种事。就连麦当当也不知道蛊这种离奇的东西苗寨到底还有没有人养。这下蛊又是不是像小说中一样那么神不知鬼不觉的，也捉摸不定菜包子这蛊到底中了没中。抬头看着头顶明晃晃的路灯，想着如果菜包子要真中了怎么解决，就听到夜风中菜包子对贞贞说的话语。

菜包子感动不已，忙拍着胸脯，“我菜包子是那么贪生怕死的人吗？贞贞你放心，我菜包子既然决定跟你在一起就不会变。中蛊了又怎么样？大不了豁出去了，二十年后又是一条好汉嘛！”

他豪言壮语一出，又有些打退堂鼓。麦当当就拍掌附和，“不错。够豪爽够男人！来，包子我们再干一个。”菜包子那些挽救的话就再也说不出口。对着麦当当看过来的眼神，他发过求救的信号。知道这哥们儿对他什么样一清二楚，只希望他赶快想个法子。麦当当沉吟了片刻，问：“包子，你现在感觉怎么样？是喜欢贞贞还是……？”麦当当这样一问，大家也都懂了。这是看是不是中蛊了，如果中蛊了按说喜欢的就应该是那个苗家姑娘了。

贞贞心提起来，紧张地看着菜包子。盯着他的嘴巴，期望说出的会是自己希望的话。一群人也屏气凝神。

菜包子突然瞪大眼睛，末了，他惊喜地叫道：“哎，我说麦当当，奇怪了，我怎么这会心里喜欢的还是贞贞唉——”他再迟钝也知道这代表的是他没有中蛊。一时也高兴极了，这下不用豁出去了，真好！

麦当当在他兴奋的时候又泼了头冷水。“你偷摸进人家后院的事还没解决呢，声张出来可不得了。”

朱莉接了下腔：“这个从法律上来说要负一定的刑事责任吧？”她说完看着马修，求证了下。马修点头补充：“构成了盗窃罪的部分。”

兴冲冲的菜包子就快了。他无措地和怀里的贞贞对看了看：“那怎么办？”

麦当当说：“倒也不必这么担忧，私下和那个女孩谈谈，对人家道个歉。从你讲的内容来看，她也并不是很介意你这一举动。”

他和马兰会意地对视了一眼，马兰点点头，起身向舞台走去。舞台上已经开始表现起了节目，台下却还有部分苗家男女聚集着，准备着接下来的表演。菜包子紧紧地盯着马兰那边的动静，好像那寄托着他的小命。马兰在那边和人交涉了会儿，带回来了一个女子，正是菜包子在闯进人家房间里的那个。她一过来就笑嘻嘻地和菜包子打起了招呼。

菜包子瞪大了眼睛，看了看贞贞，贞贞已经从他怀里出来，别了身子不搭理他，散发出旁人都可以闻到的醋味。菜包子突然就一拍桌子站起来，郑重地对着那个苗家女子道了歉。然后又说道："我很喜欢贞贞，我们要结婚了。我有了她就够了。"

他话语带着点结巴，却说得很坚定。贞贞不知什么时候已经又回了头，愣愣地看着他，眼睛里是感动的泪光。那女子也收了嬉笑，看了他一会儿，看得众人紧张不已。突然，她拿起桌上两碗酒，对菜包子做出了敬酒的姿势，"好。我们苗家女子一向爽快，喜欢了就说出了，不合则罢。你既有了要结婚的女子，我自然不再强求。这碗酒，祝远道而来的客人，祝你们新婚快乐！"

她说罢，仰头干完了碗中酒。陶碗在地上发出了清脆的声响。像是她们苗家人招呼客人时的热情吆喝一样，在众人的耳中流传，经久不息。

那一晚，苗寨的歌舞表演吸引了众多客人的眼光。那些舞台上的姑娘们，一个个化着精美的民族妆，载歌载舞，好生精彩。怕是要在那晚的人们心中萦绕徘徊，久久不散。

Chapter 48　好事自然是留给主角的

那一晚菜包子的囧人囧事娱乐了大众，第二天去往大峡谷的车上充满欢声笑语，一群人兴致勃勃，而一路上麦当当和马兰视线也总有意无意地交接。明明已是夏季，车内却春意融融。出了恩施市内，汽车在高速公路上行走，一路上遍目大山环绕，翠绿的青简直要盈满眼间，映入心来。

从市内到大峡谷大约两个小时的路程，说长不长说短不短，菜包子发挥活宝性质，一路讲了好几个笑话。车子在大峡谷下的沐抚镇上停了下来。因为大峡谷地势险要，非专门在这种环境中给人拍照的摄影组不能胜任。麦当当一群人便要先在这山脚下与早已联系好摄影组会合，再向山上进发。

由远及近看去，这茫茫大峡谷脚下由近及远鳞次栉比地排列着一个个店面，贞贞联系上了她的摄影组。摄影师是个大胡子，一看就是那种沉浸在艺术中的人。他见了同是搞艺术的马兰很是激动，多聊了几句，就惹得麦当当频频向他投去目光，偏他还不自知。麦当当暗自评鉴一番，觉得他那一头儿乎遮完他脸的大胡子杀伤力实在太大，完全不构成威胁性，遂作罢。

一行人临上车前，摄影师看到贞贞挑选的婚纱中有一组土家举办婚礼的服饰，笑呵呵地夸奖她有眼光，自豪地夸赞了一番土家的新娘服。又告诉贞贞他们土家族的姑娘出嫁前都是要哭嫁的。贞贞傻了，没主意地看向菜包子。菜包子嫌弃地扫视了她几眼，“让你哭嫁，似乎有点勉强了。反正只是拍照片，不然算了吧。”他这一言得到大多数人心里暗暗的赞成，贞贞要是跟小媳妇似的哭哭啼啼，实在是难以想象了点。

哪知贞贞这次非常坚定，决定带着一伙人在近处找一户有女儿的土家人，跟着学习哭嫁。菜包子觉得她这行为有些无理取闹，皱了眉头不想答应。

贞贞眼里的，明显是一个姑娘家，对一生仅此一次的婚礼的憧憬，自然希望这婚礼长长久久，因此对待每一个环节都是小心翼翼的，似乎只有这样做了，自己才可以安心。

马兰看出来这点，说：“我陪着贞贞找幺妹哭嫁。”菜包子对着很可能成为准嫂子的马兰的话还是不会明确违背的，瞟了麦当当一眼，见他一副同意的样子，又想到也花不了多少时间就同意了。

教贞贞唱歌的土家幺妹声音脆声声的，开口便是，足见土家对儿女婚姻上的事教导得真早。调子不长，贞贞没用一会儿就记住了，只剩反复练习好熟练下。主人给院子里坐着的众人上了茶。老阿伯见众人听幺妹唱歌听得认真，便开口让幺妹给他们唱首山歌欢迎他们。

幺妹不怯场地开口，调子转得欢快，却有种喊山歌的悠远。一段截止，众人听得如痴如醉。朱莉听这山歌有种自然沁人的优美，比起圈子里的精美制作，严格卡调卡唱法的歌曲，似乎有种它们没有的悠远意境，散发出不经雕琢的自然之美。朱莉看马修听得入神，一时忘了称赞。看着马修陶醉的脸，不知怎么就想起了他向往的田园生活。那种生活总插入这种自然之歌，却恰好找不到丝毫不切合之处。

这曲子正是唱响土家的六道茶。

麦当当的声音在一片沉迷的寂静中响起，“幺妹这唱的是六道茶吧?”

那女子听了声音，惊喜地道：“你知道?”她这一语，让众人都纷纷将目光移向了麦当当。其中两人的目光最是厉害，一是小池，另一个，却是马兰。她看向麦当当的眼里明显带着钦羡。这眼神让在座的几个人注意到了。麦当当反正是没注意到的，他点了点头，继续道：“只是目前流传的这首歌，缺失了前半部分。”

那女子点头，“我们土家，从我姥姥那里流传下来的已经是这缺了段首的歌曲。族里有许多人也想方设法过，寻找、谱写……却也只推敲出了这曲调，至于歌词却是一无所获。”

众人不由得诧异，这缺了段首的歌已是如此让人迷醉，要是补齐了那不成了天籁之音？马修微微倾身，注目着麦当当，似是要询问，然还不待他开口，菜包子已经快言快语地说了出来。而且就他对麦当当以往的了解，他这话已不是问句而是直接的感叹。“当当你知道缺失的歌词吧？”

麦当当迎着众人期待的视线，站起身子，沿着圆木桌踱了几步。那幺妹接过爷爷递的纸张，和众人一起屏住呼吸注目着他。盯着他的每一次落脚，抬步。终于麦当当一边想着一边开口，语速慢慢，吐词清晰地说出那缺失的一句句。他声音虽低沉，但从中仍似乎可以听出欢快遥远的歌谣。

他低着头，全神贯注地投入到那首民谣中。全然没注意到一旁马兰盯着他的眼神，那是只是看着就再也挪不开视线的眼神。她心里怦怦地跳，眼神眷恋地看着他，透出了连她自己都没察觉的情绪。她觉得自己心里被深埋地下的关于麦当当的那颗种子，似乎舒展着身姿，冲破土壤的阻挠，倔强地抓根发芽。

被心中的感情折磨的马兰没有发现，有一双眼，隐在暗处，仇恨地偷窥着她。

麦当当念完那歌词，幺妹也拿笔记完了。她小声地读了几遍，又轻轻地试唱，六道茶现存的歌词是讲述一个小伙子与一个在屋里的幺妹的对话，大意是问询她家里现在是否有人，是否方便二人单独厮守。麦当当补充的歌词是讲述了这个小伙子是因为什么样的原因而来到了这个幺妹的门前。幺妹将歌词唱得完整了，明白了原来这个小伙子是因为想念幺妹，所以从学堂里告了假，特地路过幺妹的家门，这样才有了二人的互问互答。唱完了，幺妹脸上的表情终于变成了肯定的惊喜。她高兴地冲过去对那位老伯说了什么，老人接过歌词的手不停抖动。这是他们土家失传了近千年的歌词啊，没承想他有生之年竟能见识到他的完整版。

他双手合十闭着眼喃喃祷告一番，对着麦当当就行了深深一礼。麦当当慌忙去扶，大叹使不得。众人也跟着劝。那老阿伯却是坚持地一礼完毕。接过幺妹从屋里拿出来的一个古朴雕木盒子，对着麦当当打开。

盒子里细腻的绒布上放置着一个银戒指，生动地刻着白虎，众人只觉得可爱极了。贞贞还抓着菜包子的胳膊激动不已，叫着好可爱。

在场人中只有麦当当知道这个白虎戒指代表的含义。他推拒着盒子，老人却坚持不收回盒子。“你帮我们土家找回了失传多年的宝贝，白虎自上古时期，几千年来保佑我们土家一族的人，被我们视为家族图腾奉祀。如今恩公对我土家有恩，这白虎银戒送于恩公你，希望可以保佑恩公一世平安和乐。同时也是我土家一族对恩公你的感谢，还忘恩公不嫌弃。”

菜包子一伙人都没想到这白虎银戒还有这象征，不由得愣了一愣，又不约而同地看向麦当当。马兰此时的心情有种难以言喻的自豪感。她看着麦当当，觉得他高大极了，如同一颗可以让人安心倚靠的大树。

麦当当双手从老人手中接过银戒，戒指被老人穿了跟黑色粗线，以免丢失。麦当当眼里不由得有些湿润。这是一种帮助别人，被人需要的满足感。他注视着老阿伯有些颠簸却高兴的身影，一直进了屋里，他都还在望着。

Chapter 49 做人哪，要记住塞翁的话

马兰替贞贞和菜包子化好了妆，在摄像师的指挥下摆设各种姿态。小池因为嫉妒马兰，不顾麦当当的无动于衷而故意表现出与他的亲昵。马兰心知肚明，见没有了太多自己的事情，便独自往密林深处走去。

这里的树木都有着一个人也抱不住的粗细，坚强地扎根在这野外。再向外看去，种类都是不一样的，马兰认不出，却觉得千奇百态好生有趣，不由得越走越往里。等她回过神来时，竟已经走入林中深处，而且已然偏离了小路很远的距离。

可马兰没太在意，她感觉自己没走多久，就试着往回去的方向走。然而又走了十来分钟，眼前除了树还是树，一点也看不出方向。马兰皱了皱眉，翻出手机看了下，竟然没有信号。

看了手表，竟然不知不觉已经走了近一个钟头！

手机还是没有信号，马兰尝试着原处走动几个方位，试图在某一个位置能得到一点信号。然而手机信号格子却一直停留在空值。马兰又试着拨了下紧急电话，还是拨打不出，心里不禁急起来。她这一不在，贞贞又没再带别的化妆师，她必须在中午之前与她们碰面，不然天气一热，妆花了，没人补，接下来拍摄进程也要被耽误的。

马兰让自己冷静下来，她坐在地上，把包里翻了个空，除了化妆的用品，还有纸巾、钥匙、钱包。除此以外，别的什么都没有。走得累了的马兰蹲着身子绞尽脑汁地想了想，冷静下来后，她还真想到了个办法。和之前的撕布条有异曲同工之妙。只不过布条被卫生纸取代了而

已。虽然不结实一点，但马兰把每张搓成一条绳子的样子，也还算可以用，因为每根较短，就只能绑在两边斜生出的树干分支上。

就这样又走了一段路，马兰突然就看见前方自己绑了标志了。——就算还有个倒霉蛋跟她一样迷路了，还在树上绑布条，但也不可能连打的结都一样。马兰瞪着那枝丫上打得歪三扭四的结，心里一阵泄气。人也跟着瘫坐到地上，这时候也不管干净不干净了。她只觉得心里一阵愤愤，竟然又走回原地了。太伤感情了，她默默地将上帝全家问候了一遍。然后淡然地坐在有标志的那棵树下，一副听天有命的样子。

不见天日的深林中，阳光偶尔洒下的地方也根本判不出它是在东方还是西方。马兰偶尔扫一眼手机，看看有没有信号，再看看有没有时间。

她也不知道，麦当当们那边现在是什么情况。她对自己拖累的一群人有着愧疚，不希望再耽误他们时间来寻找自己。可是如果麦当当不在寻找人的行列中她心里又是不乐意的。

女人就是如此。心里渴望被重视，被当成对方心中最重要的存在。却又不希望自己耽误了对方的事情。时间一点点过得缓慢，马兰不禁又想，他会来找自己吗？或者根本就没注意到？

马兰越想就越不肯定，心里就越不敢期望麦当当会来……

不知道时间过了多久，她也不想再去翻看手机，反正任她怎么看，也不会有信号。她不由得把头埋在膝盖上，闭上眼睛，竟然觉得有困意袭来。其实昨天晚上她没睡好，因为和麦当当多了一些接触，她竟兴奋得几个小时睡不着。

她觉得自己是不是有点犯贱，人家追着你时不稀罕，还说着冠冕堂皇的话，太在意了所以不想再在一起，可是人家转眼有遇见了初恋的时候你又难受什么呀……马兰想，既然放不下又要学着狠心斩情丝干吗？

有人叫着她的名字，“马兰”，那声音那样好听，马兰一时觉得自己是不是错觉了。可是那站在几步远的地方眼神温润看着他的人，难道也是错觉……？

那人上前几步，竟然伸手往她脸上擦去，马兰下意识地要躲，却被有预见的麦当当伸出另一只手拦住了。那只手揽着马兰的后腰，让她无处可逃。他伸出拇指从马兰脸颊上滑过，语气轻柔地问：“总算找到你了，你哭了？”

马兰才发现，自己竟然没用地哭了！可是她看着麦当当近在眼前的那张脸，那脸离得那么近，近得她能看清他眼里的心疼，她一时不由得呆了，只知道愣愣地看着他了，连脑袋里也忘了思考。

然后才感觉到了麦当当紧紧地搂着她，就开始扭着身子要从麦当当的禁锢里挣脱出来，麦当当的双手搂得更紧了。马兰却不再闹了，静静地在他怀里窝着，听着麦当当说：“我不会再放你走了。”

斑驳光影中，两个人紧紧相拥。

Chapter 50 腹黑组队威力加倍

先前大家发现马兰不见了的时候还有些着急，麦当当告诉大家自己有办法找到她，一方面是宽慰大家，免得打乱了大家的日程，另一方面也是一种来自于直觉的自信。

可是当他进入了林子里，头顶的树木几乎成参天之势，麦当当对找到马兰的信心忽然间低了下来。内心升起了一些隐隐约约的惶恐。他读了那么多关于恩施的书，了解那么多的风俗背景，可是又有什么用呢。有时候，竟奈何不了一片树林。

但是很多时候，明知道去做一件几乎不会成功的事是很傻的行为，却又总是会傻上那么一次，或许是期待奇迹的降临。

……

当绝望的马兰在林子里陡然间见到麦当当天神般降临——虽然这天神可能狼狈了点，白衬衣上被刮破了几道口子，脸上也被汗浸透了，手一抹，就成了花猫。

这绝对是马兰见过麦当当最狼狈的样子。

她却不知是脑子傻了还是审美异常了，竟然觉得他这样格外帅气，他对着自己浅浅一笑，心里那些因等待而生的委屈、害怕，一直被她压得好好的，不知怎么就被他那柔和一笑全勾上来了，刷刷地从眼里冒出。

她没想到他能找到他，但她心里又明确知道，也许只是她女人的第六感。如果她被人找到，先看到的一定是他。

她埋在麦当当怀里，幸福够了。一时又想到外面怎么样了。

因麦当当的手机能够收得到信号，于是立刻就给菜包子打电话。

菜包子听了电话，说是麦当当打来报喜的。他和马兰都没事，不但没事，甚至还有了些突破性的进展。菜包子听了这话，心上压的“担忧”巨石一放下，就又开始调侃麦当当来了。贞贞在旁边听了大概，了然已经没事，不由得松了口气，招呼众人收东西收家伙，先回休息站休息。

上午的拍摄就这样结束了。没人看到小池收缩的瞳仁，她两手攥得死紧。一路脸色苍白地回了休息站。

大峡谷今天真是一个好日子，景点中随处可见专业人员拍摄，其中，大多像贞贞和菜包子这样拍婚纱照，也有少许是拍广告或者电视剧取景的，例如，朱莉。

她已经和广告剧组的一行人在景点入口碰了面，便沿着山势一路向上，成荫的绿树一路蔓延。到了拍摄的山顶，朱莉拿出土家山歌的光碟，建议导演把这个配音用到拍摄的广告中去。说着，她选了首歌，是那曲《杉木扁担长又长》。

哪知导演听了，顿时惊为天人，同时激发了他对广告拍摄中的部分新灵感。于是就开始NG重拍各种折腾。朱莉心里不免挂着下落不明的马兰，拍摄又老是重来，不顺利至极，人不免就有些烦躁。马修本就对这些没兴趣，对他来说，欣赏山水之乐怕也更能让他舒心，而今又是在全无心情下来观看自已不甚喜欢的东西，两人便都是有种翘班不干了的冲动！

麦当当的报喜电话打来的正是时候，连导演也仁慈地放他们先去休息。——其实是因为导演也觉得朱莉不在状态，不如调整好了再拍。

一行人一番折腾，各种分别，终于在这个不平静的一天过了一半的时候，再次在入口的休息区碰面了。那时，麦当当和马兰已经各自打理一番，状态良好地迎接菜包子和马修两伙人。

当时太阳已过正午，热辣辣的日头伴着他们走了一路，休息室清凉的空气让他们舒爽了一番，虽然外面仍有大多数人冒着日头忘情于山水中。他们见到马兰和麦当当时，敏感一些的，如马修朱莉之徒，觉察到他们之间的气氛发生了质变，有些耐人寻味的感觉。

——但其实很明显地摆着，两个陌生人经历了一场患难，想不见真情都很难。更何谈是两个本来就有过一腿的人？

不过也有粗枝大叶形如菜包子贞贞一流，菜包子一进门就被麦当当手里拿的美食吸引了，大头凑过去就不顾其他，至于贞贞，她唯一的心思都用到菜包子身上了。在场其他人和他们不熟，自然不会多八卦。

然而除了以上这些人，还有一人也发现了，她可能不是因为敏感，只是女人涉及自身的事时就多愁善感，哪怕她是一个刚从大学毕业没几年的，在麦当当眼里的小女生。

小池在对面坐着，看着马兰把手里食物递到麦当当嘴边，她瞪大眼睛，因为他看到麦当当自然而然地一低头，两人配合默契地完成了一次喂食。她把手里的矿泉水攥得死紧，瓶子都被挤扁。眼光中透出恶毒，见桌上放了麦当当喜欢的爆米花，拿起爆米花递到麦当当嘴边，正打算效仿一下马兰。

“哎，我和马修打算也照一组婚纱照，难得来了，这里风景又好。”朱莉说着甜蜜地握了马修的手，转头问马兰，“不如你和麦当当也一起照吧？”

“唉？”这是被吓了一跳的马兰和麦当当。

“啪。”这是小池手里的爆米花。

“吼?!”这是没想到进展这么快的菜包子。他瞪大眼，这是神进展。这都才半天，哗的一下就……成了？

贞贞帮他把塞满食物的嘴巴合上，他回回神，发现自己的失礼。忙捂着嘴巴不说话，幸好没有将食物喷出去……

朱莉偏了偏头，看了下众人的表情，无辜地看向了马修，“我说错什么话了吗？”马修配合地摸摸她的头，“亲爱的你说得很对，只是有些没说清楚。我想，他们是误会什么了。”她眨眨眼，疑惑看向众人，“难道我没说你们是当我和马修的伴郎伴娘，拍四人婚纱？”

小池手里的爆米花又粉身碎骨了一次，她拍拍手，摊开，在麦当当疑惑的视线里，将渣渣都抖到垃圾桶，露出矜持的笑容。

马兰和麦当当对视了一眼，自然答应了这次拍照。只是要忽略心里滑出的那一丝遗憾……

Chapter 51　旅游一定不能忘了先订房

朱莉办事快，刚订好拍四人婚纱，主要还是以民族的服装为主。赶着下午与贞贞和菜包子一起拍，将公司的广告摄影也放了放。

这一群人指的分别是麦当当三对。哦，有一对目前公开身份还是伪的。总之这一群人成双成对的，没有小池。

当然没有小池，难道她会眼睁睁地看着麦当当和马兰像新人一样吗？她没来，贞贞反而高兴了，觉得花也香了，空气也清新了，连头顶大大的太阳也变得可爱了，可爱得像菜包子圆圆的脑袋。

贞贞开心地笑了，她就是这样一个直爽得单纯的人。她看小池第一眼就不顺眼。所以，能摆脱掉一路上都看不顺眼的人她自然心情好了，身体好了，什么都好了。

觉得心情好的自然不止她一人。马兰一路上偷瞟了麦当当许多眼。麦当当摸摸鼻尖，手虚掩下的嘴角偷偷弯起笑容。

所有人都知道朱莉的良苦用心，这是明明白白地促进马兰和麦当当的爱情。作为性情中人的朱莉，也的确是触景生情，希望再将这份美景永远地留在与马修相伴的路途上。

拍摄几乎获得了前所未有的胜利，说胜利是因为马修和朱莉很快就进入到了角色，马兰和麦当当在大胡子的摆弄下也算是尽职尽责。说它几乎是因为总有例外，例外便是菜包子和贞贞这一组。无论大胡子如何诱导，菜包子总是表现出一副谄媚的样子。在之前的君王表情总是无法表现，好像被他忘记到了九霄云外。

贞贞着急，可她越是着急就越是要批评他，越是批评菜包子就越谄媚。

最后没有办法，还是大胡子的一句话终于令他茅塞顿开，“包子先生，你必须要表现出一家之主的作风来，就是要有男人的气魄，实在不行，你就想想你与你太太第一次见面的时候。”

在无比繁杂的折腾过后，总算是在夕阳西下之前全部完成了所有的任务。收工回家，各找各媳妇去。可是问题居然出现在了酒店的客房上。

怪只怪，这几天事情繁多，他们一群人竟没一个人想起提前订下酒店的，小池因为马兰的原因，也不愿意主动地提醒，心想倘若没有房间住，那就最好了。因此，一群人下午风尘仆仆地赶往大峡谷脚下的酒店时——诧异又不出意外地发现酒店竟然全满了，唯一好点的那家也是只剩四个房间了。

这下要怎么睡？

众人犹疑着，讨论着。麦当当也拖着腮一副COS福尔摩斯的表情沉思着——总不至于让小池和马兰两人一间，要不委屈下自己跟菜包子挤一间，让马兰和贞贞一间，小池单独一间？剩下一间自然毫无疑问是马修和朱莉。

他这个提议得到众人的纷纷赞成。麦当当微微笑，转身对着店员正要一番吩咐——竟得知，这短暂的时间内——又一间房被人网上订下了?!

菜包子揪着头发，一脸不能接受的表情。麦当当当机立断，啪地拍出自己的身份证，对着店员机关枪似的订下了最后三间房。他这一番举动全然在大部分人和菜包子一样不能接受的表情中完成。

不过淡定的马修当然除外，因为不管房间怎么少怎么变，只要还没少到只剩两间房，就可以想见他和朱莉住一间是不会有变动的。因此他淡定地揽着朱莉，淡定地从麦当当手中抽出一张房卡，“那我先和朱莉上去了，一番劳累，你们也早些歇了吧。”

众人目视着他漂泊的背景，一时全化成了雕像。

菜包子脑子快，完全体谅到了麦当当的苦衷，脱口而出："实在不行，我跟小池住一间。"

话出了口，还不知道自己究竟是犯了什么错，就被贞贞横了白眼。

麦当当捧着手中的两张房卡，对着不知所措的众人，咳了咳拉回大家视线。他将一张房卡塞到马兰手里，"现在看来，只能按性别分配了。"

他这样说着，拉着菜包子也上了楼，虽然走之前他对着马兰深深地投去了一眼。不过这一眼，相当有技术性，因为除了马兰，旁的人谁都没注意到。但这一眼，其实也就是个情侣依依不舍的表现罢了，没什么复杂的含义。

只是菜包子还是没有搞清楚状况："当当，我要是跟小池在一个房间，那么你就可以和马兰住一起了……"

众人顺着麦当当走之前的视线往柜台看去，只见一对情侣欲哭无泪地面对着店员，估计是刚被告知了没有一间房这个残忍消息，女生都忍不住嘤嘤哭泣起来。这样一对比，三个女生相互望了一眼，觉得还是幸运了，至少不用想着怎么流落街头……

于是，不再废话，一起往房间爬去，都有一个共同念头：先洗去这一身灰尘再说……

Chapter 52　名侦探麦当当登场

夏季的山谷，夜里总是会有凉爽的风。菜包子对窗外寂静的虫鸣有了浓厚的兴趣，想拉着躺在床上看书的麦当当去外面走走，就听见了咚咚的敲门声。菜包子慢腾腾地挪到门口，虽然他挪了一半，慢半拍的大脑终于从麦当当漫不经心的反应中领悟过来敲门的应该是贞贞，人就跟打了鸡血似的冲向门口，化成一道残影。开了门果然是贞贞。二人心有灵犀地出去享受山谷里的清凉，留下了麦当当独守空房。

麦当当醒来的时候，天已大亮，看了看身边空着的床，心底里羡慕菜包子和贞贞的甜蜜。直到要去餐厅吃早餐的时候，才见菜包子兴高采烈地回了房。

然后一群人准备到楼下吃早餐，之后出发。就听小池突然“呀”了一声，就低着头翻腾自己的包，似乎在找什么东西，整个包都快翻腾下来了。马兰问：“怎么了？”

她将包又翻了几遍。满脸焦急：“我包里少了些钱。”说着她又往回跑，“我去找找看是不是落房里了。”

一群人等在原地，互相看了看。

过了一会儿，见小池又垂头丧气地走了过来。她耷拉着头不说话，一群人中只有麦当当最熟，问话这一任务自然也落在他头上。他被推了一步，摸摸鼻子问小池，“少了多少……”他说要是少得不多，我们也许可以一起凑凑。

小池就满脸泪水地抬起头，“当当哥，少了五千，那是下一个团的团费……”她说着一把将头埋进麦当当怀里，“是社里的人先放在我这儿的，这下被我搞丢了怎么办……别人会怪我的……我明明很小心了……昨天洗澡前还数了的，明明还没少的……”

麦当当这时尴尬极了，小池现在难过，他又不好把她推开，只好拍拍她的后背，视线却和马兰对上，她眼神平静地看着他，像是明白他的苦衷，像是不介意……后来他才知道怎么可能不介意，只怪他当时没有将心比心地带入感情，然而那时，他们之间已经走得太远……

他这时听了小池这番话，只拍拍她背安慰她，让她想想可能丢在哪儿了？一群人都看着小池，小池也在众人的鼓励下，暂时忍了哭泣，拼命回想，然后她摇摇头，说：“我想了好多，洗澡后我就一直待在房间中没出去，就今天早上这才出来，然后就发现钱不见了……唯一可能被我落下的地方就是房间。可是我刚刚去找了我碰过的几个地方，什么也没有……”

麦当当和马修对视一眼，不语。

贞贞和菜包子昨晚彻夜未归，而房间里就只剩下马兰和小池两个人，不言而喻，小池告诉了大家一个惊人的结论。钱没有被自己落下，也没可能被自己落下，这是在说被偷了？她再分析分析，得出了一个让她难过的结论：

并且，这是在指明唯一可能作案的是马兰？

沉默。

但其实也就只过去片刻而已，众人都是一言不发，不知是认同了小池的话还是因为别的什么原因。这件事就好像大家刚刚吃过了的早餐后发现了盘子里有一只死蟑螂。几秒的沉默过去，贞贞挑了眉头，似乎明白了小池的意有所指。“哟！我说你这两天怎么这么老实了？感情在这等着呢，你这是想干啥，一箭双雕，直接污蔑了你的情敌马兰，还有我这个一直看你不顺眼的人?”

贞贞说着，凑近小池，就见她缩缩脖子，一副要哭了的柔弱表情，往后藏到了麦当当身后。贞贞冷笑：“怎么，你这是让你当当哥给你做主？你这一副我要欺负你的表情什么意思，有什么话当面说啊，你说我和马兰偷你钱有证据吗?”她一番咄咄逼人，看麦当当也不让开，不禁连带着对他也一番冷笑，“你到真够怜香惜玉。不过我话还没说完了。小池，你说我们拿你钱?你至少也要把这数量翻上十倍姐姐我才瞧得上，就你那五千值得我们这样做吗?”她这话说得当真不客气，一副鄙夷的样子打量小池。

小池被她话语里的瞧不起侮辱哭了。贞贞也不管旁人有没有觉得她欺人太甚的做法，丢下了一句“贼喊捉贼”就往菜包子身边走去。一把夺过自己的包，对着众人打开，“可惜你算盘打错了。我一路上用的吃的全是我家包子出的，钱包里就装了几百零钱。你莫不是说我拿你钱，那我拿了放在哪儿呢?”她将包对着地上倒了个底朝天。对着小池又是一声冷笑，“你莫不是还要说放在我家包子那儿。”

她说着又走到马兰身边，菜包子忙蹲下身给她收拾之前发脾气倒了一包的杂物。贞贞就要打开马兰的包如法炮制，却被马兰抬手制止了。

马兰心里苦笑，她甚至不能像贞贞一样，证明自己的清白，因为她钱包里正安静地躺着五千块。她一向不习惯来了旅游地再到处找银行取钱，总是出发前就把钱换成现金准备好。

她对着贞贞摇摇头，虽感谢贞贞的维护，却是不能让她打开自己的包的，不然才是真正坐实了这罪名。小池这时突然凑出头来，说道:“不然马兰也像贞贞一样打开包，让我们看看。不就结了。”贞贞虽不解马兰不让她开包的原因，却是绝对相信她的，自然也不肯让人这么诬陷。不由得回头又要和小池争辩。

“好了。”打断这段对话的竟然是朱莉，“多大一点事，争执什么，小池这个小丫头也许在房间看漏了也说不定呢。我们一起再去看一遍呗。”她说着拉了马兰的手，马兰受宠若惊地看向她，眼里带了动容。朱莉拉了她一副亲密的样子朝房间走，“再说，就算没在房间里，也可能是被猫儿叼走了呢，平白着未经调查就诬陷人。我可是不依的。”

她话里明摆着维护马兰，并且将这一去房间不管找没找着钱的后路都铺好了，总之就是跟马兰无关。而她那句被猫儿叼走明显就是胡诌，然而众人却都跟没听见似的，顺着她往房间走。小池张嘴，不服的似乎要说什么。朱莉又回头扫了她一眼，笑容满面地说，“如果你这丫头不幸，钱被猫儿叼走的话，姐姐我也就可怜你一番，帮你垫了就是。”

她这话说得甚是柔和，甚至还是亲密的模样，然而小池却被她那一眼的气势所怔，愣愣的不敢再语。知她如马修也知道她看出了什么，甚至已有生气的模样。马修当时能喜欢朱莉，就是哪怕她在广告圈里混得风光风雨，人却是看不惯那些诬陷，不愿与那些人结交的。但大多时也是在一边不语，甚至看看戏，她这一番偏帮马兰也足见对马兰的喜爱。马修摇摇头，露出一抹无奈却宠溺的笑容，他又想起老婆之前看过来的眼神，立刻回身从包里掏出了一沓钱，数好了后，跟在众人往那边走时，悄悄地递给了有默契地落在最后的麦当当。

麦当当对马修露出一抹感激的笑容，同时也庆幸小池被朱莉气场所怔，不然他估摸着是要被拉着走在她身边的。

小池虽然被朱莉那话怔住，但其实想着只要没找出钱，就凭着朱莉那番“被猫儿叼走”的言论，也还是不能完全洗刷马兰的清白，这话就是三岁小孩子也不会信。这样一想，不由得提了点精神。

回到了房间，大家分头寻找了一番，没多久，麦当当就不出意外地从沙发后钻出来，手里举了一把红票子，“小池，你看看这是不是你丢的?”

小池此时也是惊诧不已，她甚至都要下意识地喊出“不可能”，可又忙捂住了嘴，又将表情变成惊喜感动不已，视线也从红票子挪向麦当当，眼光潋滟。

小池不愧是个好演员，不去演戏都可惜了。她叫着“谢谢你当当哥”。一副惊喜万分的模样，扑向麦当当，然后情不自禁地献上自己的红唇，给了麦当当一个美女奖励英雄的吻。

于是众人纷纷傻眼。

马兰前一刻还笑着的表情已经挂不住了，她不知道自己脸上有没有流泪，只是觉得这情景尴尬极了，她觉得她潇洒的表情已经支持不了多久了。而她应该潇洒地离开，优雅从容，然而她甚至连迈开步子都不能。朱莉之前已经松了牵着她的手，估计是想让她给麦当当一个奖励的拥抱之类，却全然被人抢了先。故此时，马兰形影单只，身体完全不听控制无助极了，突然她感觉自己手被人拉了，也不抬头看是谁就跟着走了……

这里的空气太压抑，她想，她一刻也不能待了……

麦当当也是完全不想要这种破奖励吻的，他想挣脱，然而小池跟八爪鱼似的黏在他身上。他慌忙抬头，看向马兰，就见马兰已经被贞贞拖着手离开，只留给他一个背影，甚至不回过头来让他解释一番。麦当当心里滑过一丝黯然，有种全然被不在乎的感觉……

但那种感觉全然是错觉。可是让他头大的是继马兰之后，房间里的人一个个携手离去，一副不当电灯泡打扰的模样。他眼见菜包子还没出去，刚要感慨一番还是兄弟够意思，正要张口让他来帮忙，就见菜包子一番挤眉弄眼的表情，一副“艳福不浅”的奸笑退出了房间，还贴心地将房门带上。

麦当当忍不住都要爆粗口了。谁来解救他一下啊，这艳福他完全不想要好不，马兰还等着他解释呢。

也不知道什么原因，麦当当使出浑身解数，终于推开了小池，将自己从多少男人梦寐以求的软玉温香中解脱了出来。他本来想立刻追着马兰去的，却顿了顿，又回过头，握住小池的肩，让她看到自己眼里的认真，“小池，你是个好姑娘，只是我们不合适。”

“那你曾经和我在一起——”那时怎么不说不合适？她心里这样疑问。

“正是那时尝试了，才知道不合适。”他对着小池语重心长，打算一次解决完，“你可还记得，那时是你主动离开的。说明你也发现我们不合适才这样做的不是？”

“可是，可是我现在后悔了，我后来才发现你很好。”小池断断续续地说着，她抬了头，“当当哥，这次我是认真的。”

麦当当说：“小池，你应该知道，错过了就是错过了。并不是任何事都能让你后悔，都有后悔的机会的。”小池已经哭出来了，这哭中似乎有着悔恨还有种种，可是麦当当已经不打算探究了，总会有一个人来探究的。他对着哭得伤心的小池，顿了顿，还是把伤人的话说了出来。“比如你和我之间，便是如此。”

他说着，放开支撑她力气的手臂，她直直地滑下去，抱着膝盖哭得一塌糊涂。那也是曾经让他心疼的哭泣，可是现在，再也不会有感觉了。错过了就是错过了……

麦当当想着，对着小池说了最后一句话：“再见。”

但他却知道，这是最后的一面了，再也不会有再见了……

麦当当义无反顾地关上门，打算找寻被贞贞拉走的马兰，好好解释一番。

Chapter 53　塞翁再登场，名言不能忘

麦当当想解释给马兰听，却找不到她人。他去了自己和菜包子的房间，只见到菜包子圆圆的脸，理所当然地没有马兰和贞贞。估摸着是嫌菜包子碍事，才避开他找了个安全的地方聊天疏通心情。碍事而不自知的菜包子要张口询问，麦当当先一步拉开门，避了出去。

长长的走廊上空无一人，壁灯沿着不见天日的走廊向两边蔓延，顶头处是左右两条相对的被视线遮掩的楼道。马兰和贞贞究竟是去了哪边呢？

麦当当犹豫了一下，掏出硬币，决定采取最古老的方法。

片刻后，翻转的硬币落回手心，花朵向上。便不再迟疑，向右方楼道走去。然而这个通常来说非常有效的撞大运的办法没有奏效，楼道里没有人，也分毫显示不出有人待过的人气。麦当当还在愣怔中，菜包子就打来了电话。

“麦子你快回来，贞贞说砍刀出事了！”

菜包子在电话里说不清楚，麦当当也没那个耐心去听，匆忙挂了电话便往菜包子在的房间奔去，说不清这一刻脑海里占据主要位置的是不知出了何事的砍刀，还是隔阂越来越大的马兰。他只知道再跑快点，也许……也许什么，麦当当也不清楚，也没时间让他想清楚，一切发生的都是那么突然。

他赶到房间时，只见到菜包子匆匆收拾行李的背影，那个让他牵绊的影子早已不再。贞贞和马兰已经回到房间去收拾行李了，这时也没人

顾虑和小池碰面的尴尬。砍刀的事不明不白，众人只加快了速度草草打包就上了火车。

窗外的景物缓慢后退，火车出发了。麦当当才从贞贞那里了解到了详细过程。

具体的状况她也不是很清楚，只是突然间就接到派出所打来的电话，电话里的声音机械一般说了砍刀被抓，让她们来处理一下。贞贞还待再问，这没感情的声音已经消失，只留下电话的忙音。

至此，麦当当、菜包子、贞贞、马兰四人，全不知道砍刀究竟遇到何事，竟让他一个蛮有势力的黑道进了公安局？窒息的沉默在众人之中蔓延，菜包子想说些乐观的话安抚一下浮想联翩的众人，可惜收效甚微。麦当当笑了一下，说："我去联系一下马修。"

因为接下来马修要陪着朱莉拍广告，众人不想他为难，便没通知他，这时上了火车，也有足够的时间来告诉他前因后果，虽然目前麦当当自己都还不清楚。

沉默越久，就越是想太多，各种不好的联想都会蹦出来扰乱思绪。麦当当和马修讲讲，对于解决这事也是看看该怎样准备一下。毕竟这一群人中，马修最成熟，提的意见往往能一针见血。

不知是太心急，还是害怕太早面对结局。麦当当只觉时间过得太快，快得还未待他在脑海中推算出一下车会面临的各种情况，火车就已经停靠。四个人刚好坐在相对的两面，彼此面面相觑，一时都有些怯。最后还是贞贞先下了车，一路挺着笔直的后背，保持着气势闯到了派出所。

众人没想到在值班室里见到的第一人竟然是王娜。只她一人在这里，没有一个警察。王娜看了众人一眼，解释道："警察也打电话通知我了，只是没能帮上忙。"她说完也不待贞贞客气，就把她之前从警察那里了解到的前因后果跟众人讲了一遍。

对于王娜的出现，虽然众人都保持着不大不小的疑惑，但时间不对，也没人插嘴打听究竟。

原来砍刀出门催债，这是他做惯了的事，闭着眼睛都不会出错的。

难免大意了些，恰逢今天又不是他出门的黄道吉日。于是乎，种种因素叠加在一起，他竟一时大意把人家正在交配的宠物狗的老二给砍下来了。

其实说来这并不是一件大事情，每年可能都会发生多起类似案件。一般而来，赔些钱就了事了。然而中国有句古话，叫打狗也要看主人。这句话说得真好啊，砍刀就是一不留神，打了条主人难缠的狗，大家所见的那个披头散发穿着一套丝绸睡衣的女人，竟然是区房产局某处长的夫人。于是状况就不一样了，而且吧，最关键是砍刀将事情做得太过，在找这个女人要账的时候，正好看见他们家的狗在交配，于是挥刀下去，断了人家公狗的命根子。这不是让人家断子绝孙了吗？于是乎，处长夫人就不干了，想都没想就报了警。

这一报警，事情就难缠了，不是你私了就能解决的问题了。大多小市民不喜欢报警，警察好不容易逮着个事，自然要行使行使自己的权力，得瑟一两下，也许是免得太闲了。于是这事就不好办了，怎么解决，怎么做就不是你两家可以自己解决的了。

众人听了这一系列事故，一时不知该摆个什么表情。膜拜还是同情？难以达到统一。警察同志这时就很适时地出来了，也让众人停止了对自己表情的摧残。这位同志长了张冷冰冰的脸，一下子就让贞贞联想到电话里无波动的声音。贞贞虽心里有些磨牙，却在名字被点到时老老实实地站出了队。依然不忘挺直腰板，在气势上压倒别人。警察同志讲解了一番事情后竟然没再为难众人，让他们拿出个解决方案就行。虽然这有可能有王娜听了一下午唠叨训的缘由，不过他这一决定倒是符合麦当当对他长相的理解——冷冰冰的，怎么看都不像多管闲事的脸。

麦当当这样想着又瞟瞟跟着警察同志出现——让众人尤其是王娜充满敌视的女人。嗯，肌肉发达，目测超过二百斤。难怪敢跟砍刀对着干。手上牵着自己“受残”的狗。

麦当当摸着下巴考虑怎么解决这事。菜包子在一边跟贞贞嘀咕，“这也不怎么样嘛，还没乖乖威武……”被贞贞一瞪，闭着嘴巴看她上前跟人交涉。至于王娜则是继续跟警察同志打起了太极，毕竟她也打了一个下午了，这又是她的日常业务，难免熟稔一些。

刹那间，头顶那个小灯泡一亮。他想到了一个好办法。不是让人家公狗不能传种了，那就陪一个品种优良的小后代，不就了了。菜包子那话提醒了他，眼下不正有个好“人选”。

麦当当走上前去，将赔偿的事宜从钱这一俗气还不管用的事物上拉开：“这位大姐，不知用一条血统纯正的藏獒后代来赔偿怎么样？”

Chapter 54　让人断子了就赔个儿子好了

麦当当此话一出，两人反应不一。贞贞脱口而出："什么？"

那位狗主人则终于换了一副不情愿的表情。麦当当一见，觉得有戏，正要再说。贞贞却是不顾对麦当当的佩服，快语截断："不行！我不会把乖乖送给任何人的！"

狗主人皱眉，麦当当扶额。看来贞贞完全误解他意思了。问题是……果然是被菜包子感染了，越来越冲动了。他咳了咳，又解释道："我的意思是，乖乖刚好是个'儿子'，可以借给你家的'女儿'，生个血统纯正的可爱宝宝。"

这个主意那狗主人犹豫了一下，就点头同意了。而且提议得到大家的一致通过，最后点头的是那个看上去不爱多管闲事的警察。与同意速度相应的，砍刀也很快被释放出来。

他在拘留室里待了五六个小时，却只是衣服上沾染了些尘土。整个人看起来依然温雅如初，面色也不错。

贞贞看着他就哭了，砍刀就过来摸摸她的头，笑她这么大了还哭鼻子。贞贞皱皱鼻子，兄妹俩上演着温情。菜包子连忙也跑过去露面，期待能在大哥心中加点分。他习惯了这狗腿的做法，并没发现自己心中从被动到主动的变化。砍刀被两人围着，对着麦当当点点头，麦当当给他一个"兄弟不言谢"的表情。就见砍刀并没有移开视线，反而开始向这边走来。

麦当当不解，随着砍刀越走越近，终于觉察出他目光的落点是在自己身边，而那个方位——是王娜？

就这当头，砍刀已经走到王娜面前，牵起她一只手，竟是铁汉柔情："让你辛苦了。"

麦当当傻眼，这什么状况？他们真的只是出去几天吧？谁来告诉他这是什么进展……

傻眼的还有菜包子夫妻档。他们顺着自己大哥路线瞄过来，就变成了个奇怪的表情。

砍刀出来了，肯定是要撮一顿去去晦气的，顺便感谢下帮忙的这群兄弟。正游山玩水就被他累得赶回来了，作为大哥也是会感到愧疚的！

于是砍刀挥挥手，带走了娇滴滴的小娘子王娜，以及石化的众人四只。

东湖边上的芙蓉酒店，一群人整装完毕，围着包厢里的大圆桌坐下。刚好三男三女凑成三对。众人看着挨着一起坐下的砍刀和王娜，含义不言而喻：两人不知什么时候好上了。

贞贞和马兰对视一眼，一唱一和地开始打趣王娜，说她不地道地瞒着两个闺密。砍刀也不拦，事实上他拦了他妹妹也不会听，反而会嚷嚷得更加厉害。就让他们女人闹着。自己和麦当当举起酒杯，推杯换盏起来。嗯……菜包子也被顺带着一起了。

麦当当看着近处的马兰，她安静地捧着杯子，剩下贞贞一个人还在"战斗"，只远远地看着，微笑。

他想起了米酒的婚宴，才和马兰相遇。转眼间……却觉得那都是好久远的事了，竟有种上辈子的恍惚感。他看着马兰的视线也许太过存在感，那双美丽勾画的眼睑轻飘飘抬起，雾蒙蒙的瞳仁一下子就对上了他呆滞的眼神。

一眼万年。

那双眼像以前那么没，那么深，黝黑的眸子里似乎藏了一层层秘密，深深地吸住了麦当当。好奇心永远是害死猫的最有利工具，却还是吸引着人们如飞蛾扑火般去挖掘各种神秘。

"好了，贞贞，这事就不是你一个小孩子家要知道的了。"砍刀见贞贞太过火，出言维护自家害羞的老婆了。贞贞不过瘾的嘟嘟嘴，又换上菜包子这个战将，两人一言一语地竟然开始打趣“砍刀疼老婆”，“有老婆忘了妹”了。也许是砍刀竟也会恋爱这件事让菜包子意识到砍刀也只是个凡人，不是威风凌凌的鬼魅，竟然胆大包天地配合贞贞。

砍刀任他们说，只要不是对着王娜八卦围攻就好，反正他皮厚不怕臊。这一顿饭，就这样吃得宾主尽欢。期间马修还打来电话询问砍刀的情况，砍刀让他心放肚子里。两人聊着，麦当当起哄，“还有个惊喜等着呢。”

马修追问，砍刀卖了个关子，做足了神秘感。

那一晚，众人的笑声，飘荡在包间中。窗外，月儿满盈，安静地挂在夜幕中。正是花好月圆团圆夜。

Chapter 55 塞翁偶尔也会失灵一下：喜事接连

麦当当那晚喝得醉醺醺的。他感觉自己飘飘欲仙，夜晚的灯光不时晃在他脸上。他隐隐感觉到有人拖着他走了好长一段路，那人身上的味道香香的，是熟悉的香水味。麦当当不记得自己那晚做了什么，或是说了什么。他就觉得自己飘啊飘，最后碰到了软绵的床，身子就自动瘫了，软趴趴地不再动弹，很快便没了意识。

麦当当醒来时，一眼就看到自己的电脑桌。他揉揉头，对昨天后来的事情没什么印象。打给菜包子，电话响了好久才被人接起。接着就是贞贞的声音。

麦当当才知道，菜包子昨晚也喝得醉醺醺的。贞贞拖着沉重的他都自顾不暇了。是马兰帮忙把自己搬运回来了，钥匙用的是贞贞家的备用。

挂了电话，死劲揉了揉头发。贞贞的话语还是没有提到他没有意识的那段时间发生的事，不过她自顾着菜包子都够累了，也确实没有多余的注意力。

所以，昨天他没说什么不该说的吧？

麦当当不禁又觉得自己把一个大好的两人相处的解释机会弄毁了，心里懊恼。却是不敢打马兰的电话。他对昨天他解释没解释都闹不清，这样贸贸然地打电话要说什么？

手上的手机还没放下，就有了新的来电显示，自然是马兰。忙深吸了几口气，才滑开屏幕，接通了电话。

马兰的声音在电话那边淡淡的，听不出什么。

“起了吗?”她问。

麦当当不好揣摩，唔了一下。也不知马兰听出了什么，只听她说道：“那你今天有空来我店里一趟吧，我把钱还给你，之前的事谢谢你了。”

麦当当心里一咯噔，这话听着要坏，这么生疏，他不会反而越描越黑，让马兰误会更大了吧？敲打自己不长记性的头。

拖着一件大事没解释清楚，你还有精神宿醉！宿醉还不记得自己说了啥了！

麦当当懊恼，扼腕。然而眼看着太阳一点点倾斜，再不出门就赶不上马兰店关门了。麦当当才挪着步子出发。马兰在店里已经等他好久，眼看着天色越来越晚，她自然也有想过他会不会不来了。可是当看到他远远迈来的无力步子时，马兰才发现自己竟不太诧异他的姗姗来迟，她拿了包，带着麦当当去了一间僻静的咖啡店。

咖啡竟然有让人镇静的作用，这主要是为了保证他们彼此都在头脑足够清醒、镇定的情况下对话。

麦当当坐在马兰对面，他看起来紧张极了，双手叠放在腿上握紧，他将背软软地靠上绒布靠背，来让自己看起来不那么紧张。如果他这时抬一眼，正视着看马兰一眼，就会发现她的紧张丝毫不下于他。甚至连放在桌上的手都还是不受控制地颤抖，马兰竭力控制了一下，却丝毫起不到作用，只好故作正常地将手从桌上抬起，落到一个麦当当看不见的角落。

这两个人也许都是世界级大傻瓜，明明都紧张得要死，却又竭力克制着，克制着却连抬头好好看对方一眼的勇气都没有。似乎只要对上近在彼端的那太过熟悉的眼神，就会被对方看去自己所有的伪装。

但是，就坦诚地承认自己是屌丝木耳又怎样？彼此抿唇一笑，索性大方承认了又如何，都不用再在对方心中装出高大的形象，坦荡荡地让对方看到自己最平凡的一面。屌丝木耳，不也挺配的？

最后还是麦当当清清喉，将视线从窗外移到马兰那双美丽的眼睛上，然而刚对视上，他就又不自觉地飘开了，低了头，只露出红红的耳朵。

“你……你找我……”

他这样支支吾吾一番言语，倒让马兰从抑制紧张中脱离出来。她掏出一个厚油纸信封。推到脑袋快埋到胸前的麦当当面前，“这是你上次帮我垫的钱，谢谢。”

麦当当下意识地拿了递到眼前的东西，才听清他的言语。他一瞬间萎靡了一下，“你怎么知道……”

马兰笑了，这让她似乎恢复了往常的自信。“你真以为那么明显的漏洞能瞒过几个人，那钱不可能是小池藏的，她若害我不会留下这么明显被人找到的马脚，一定会把那笔钱处理得干干净净。如果她真丢了钱，也不可能粗心大意地落在一个完全没有碰过的角落。而如果……”说到这里她顿了一下，眼里又一丝波动，却连睫毛都没眨，她换了个姿势撑着头，好让自己更随意一些。其实却只有自己才能知道那只是在遮挡下意识的颤抖罢了。

她继续说：“如果她没打算害我，只是真的丢了钱……只是我拿了她的钱，那么我也不可能将它藏在一个任何人都能轻易找到的地方。”还是顺利地说完了这番话。

麦当当像被什么震了一下一样，猛地弹直身子。他飞快地说道：“不，我，我信你……”

马兰搅拌着杯中的咖啡，心形的小铁勺和杯壁不断碰撞。她说：“排除一切不可能的，剩下的即使再难以相信，也是真相。”

她抬起眼，对着睁大眼睛的麦当当笑了笑，“《名侦探柯南》，我近期刚好对侦探片感兴趣。所以，将以上三种情形排除，我自然不难发现，是当当你趁人不注意偷偷将这些钱放在沙发后面，又装作刚找到的样子……”她说着不让麦当当插话，像是怕他说出什么不可挽回的话一样。她执起麦当当放在杯子旁的手，看着他的眼神充满感激，“我真的很感激你，当当……所以也别再说什么我见外的话，我还你钱不是见外，只是不想欠你那么多……”

她这一番话像一击强心针一样恢复了麦当当心脏的跳动。原来他担心那么多都是不必的啊。原来她没有被那件事伤害到。麦当当其实一直担心那会让她这个自尊极强的人受挫，觉得心理上有个污点。如今他能这样想就再好不过了。然而他忘了这个世界上的女人怕的多半都是口是心非的，她们说出的话语不见得全是假的，可是往往十句里八句真的，这才更让人信以为真。而等他明白时，又是好久好久以后了……

这时的麦当当只是抬了抬头，嗫嚅了几下唇，却没说出什么。

他想问，那，他们之前在恩施的相处……是不是不用因此就退回原点了……

这话似乎过于冒失，可却是麦当当现在最关心最担心的了。他几次吞吐，手也不自觉地动了一下。然而这一下才让他觉察到手上似乎被什么拉着。他愣愣地看过去，才发现马兰竟然一直捏着他的手……而他竟一直紧张得都没注意到。麦当当耳根红了，他愣愣地盯着两人相握的手，手心处暖暖的，细腻的好似牛奶的触觉……

马兰顺着他视线看过去，笑意更深。她拉起两人相牵的手，举到两人面前，十指相扣。

“当当，等参加完贞贞和菜包子的婚礼，我们一起再去冲浪吧。就咱们两个。”

夏日的艳阳天，麦当当突然觉得也不是热得那么讨厌了。

Chapter 56　很好很强大的致辞

菜包子发现这几天他的伴郎心情超好，超乎寻常的好。这种怪异的程度似乎只有在他和马兰恋爱的时候突然出现过。菜包子托托下巴，却和重点打了个擦边球。

麦当当该不会是放弃了马兰去找第二春了吧？不，这样说来小池才是他的第一春……额，找第三春？菜包子捂嘴，他觉得这个词汇似乎不太好……难道是受了某个数字的影响？

求之不得。逐渐逼近的婚礼和各种繁忙的准备，逼得菜包子没时间再想这个暂时被放下的问题。

时间在麦当当的期盼中不要钱地流啊流，一晃就到了菜包子结婚的那一天。麦当当起了个大早，翻着衣橱，老样子东找西找，那件重要场合出现的衣服始终没有被拿出来，然而在那张大床上一字摆开的却全是休闲服的搭配——所以……他这不是在为今天的婚礼准备？

好吧，我们都知道婚礼就穿着早定好的西装就好了，也没啥要准备的。更何况这毕竟不是他的婚礼，他仅仅是配角而已。事实上麦当当在心安理得地准备第二天和马兰出游的装扮。他将地点定在不比恩施景点差的杭州，刚好浪漫情怀很适合促成一对对……哈哈哈。麦当当想着发出了一阵舒心的笑。

马修的农庄被装扮成了鲜花的海洋，婚礼在露天的草坪上举行。天气晴好，用鸽子般雪白的帆布帐篷搭建起来了一个巨大的礼堂，让人感觉是在热带的海滨。菜包子雄赳赳气昂昂地站在花径前藤蔓的门廊前，黑色的正装穿在他身上，颇有几分模样。他对着来宾露出八颗牙的真诚微笑。贞贞穿的一身白色婚纱礼服，温柔地挽着他的手臂，羞涩地与宾客合影留念，以纪念这个人生中最为感人的时刻。麦当当和马兰作为伴郎伴娘分别站在他们俩身后，陪伴着……米酒和酒窝路过，递给了菜包子一个很有重量的红包。菜包子随手垫了垫，果然很沉。心想着，酒窝内心里也许是喜欢他的?

眼见着宾客已经到来得差不多了。

菜包子突然扭着身子对麦当当说："嘿，麦子。你看到刚那妹子了吗，啧啧，那身材、那气场……"

麦当当："……"在结婚宴上发花痴的，估计天底下也就菜包子一人了吧。

"那是我们婚礼策划公司的BOSS。"贞贞突然插入两人之间，吓人一跳。她看了菜包子一眼，拉长了音"你……就不要瞎想了。"

菜包子老老实实地耷拉着头，默念：孔圣人说过，不和女子争辩。

贞贞又拍拍麦当当肩膀，"不过当当哥就无所谓啦……我看好你哦。"

麦当当对着贞贞的挑眉憨笑不知所措，垂着眼睛看了眼扒在他一只肩膀上的爪子，又看了一眼低头念念有词的菜包子。默默地扭过头，果然不是一家人不进一家门，全天下结婚这天还这么不靠谱的两人，估计都在他面前了。刚好凑成一对夫妻档……免得去祸害别人……

亭亭玉立站在一边听不到他们说话，却看得到表情的马兰：……

总之，婚礼开始的乐章顺利响起了。四个人辛苦地站了半天，挪着麻木的腿终于站在了中间被包裹着的是一个心形的小型舞台上。菜包子拉着贞贞站在那里，感觉四周的鲜花太过簇拥。底下黑压压的人头注视着他。怎么回事，怎么突然开始紧张起来了，脑海一片空白，感觉什么都是恍惚的，连身旁的婚礼主持人说了什么他也没听见……

贞贞扯了扯他，他才从云雾之中回神，迷茫的视线看向她。贞贞嘴巴无声地动了几次，他才接受到她的暗示。哦了一下走向几步前的话筒。拍了拍试音，"咳……尊敬的各位来宾大家中午好欢迎大家在这明媚的日子来到我和我老婆贞贞的婚礼上……”菜包子背书似的背了一大段，表达了他的兴奋之情。这个发言是麦当当事先给他写好了的，可是本来已经背得滚瓜烂熟的话突然间串了词，于是他就灵机一动地添油加醋。反而让宾客们觉得轻松愉快，一阵一阵地哄笑，大家又都体谅新郎官的心情，第一次嘛，又比较激动，出出错什么的无伤大雅。因此菜包子演讲完下面响起了响亮的鼓掌声，菜包子咧咧嘴，笑得嘴都要咧到耳朵后头。他挠挠头，看向麦当当所在的位置——

“下面，是我最最铁的哥们儿，也是我们这场婚礼的伴郎麦当当上来发言。大家欢迎。”他说着自己先鼓起掌来，麦当当迈着长腿登上舞台。菜包子望着他笑容喜悦，两人哥们儿似的碰了下拳，菜包子拉着贞贞站在麦当当旁边，将舞台留给麦当当发挥。

“实际上我从来没有当他是哥们儿，”麦当当开口说，“因为他在我的心里，一直都是神一样的存在。他有时候是先知，有时候是耶稣，有时候是佛。所以我甚至怀疑李安导演是否向菜包子取了经才拍下来少年派。”

笑声过后，安静了下来。

“他在作为一个先知的时候是神奇的，比如高考，他居然能够百分百地押对了作文题，从而进入了他丝毫没有兴趣的传媒专业，他说主要原因是因为想和我在一所学校上学。当然后来他因为传媒学院拥有最漂亮的女生而快乐地度过了大学时代。在他作为耶稣的时候，是从骨子里表现出的不经意的大爱，所以我在没有经过他同意的情况下，透露一个他的大秘密。大学毕业的时候，别人都离开了校园，他像个娘们儿一样捂着被子哭泣了整个晚上。再说说他是佛的时候吧，我自认为是一个善于思考的人，特别是喜欢思考人生的道理，做事的道理。可是菜包子是不思考这些的，他有他的游戏规则，仿佛是在对俗子的思考竖起中指。后来我才明白，他面对十万火急的事情而能够蒙头大睡的原因，是因为他在告诉所有的人，时间才是永恒的，所有的一切，都需要时间来证明，包括爱情。所以，在他作为真主的时候，我就丝毫不奇怪他的言行举止和奇谈妙论了。不仅仅是我，几乎所有的同学都认为他是真主的化身，大学毕业大家都争先恐后地寻找好的工作，只有他是言行一致的，他说一个年轻人，就应该在斜挎的书包里放上一把菜刀，腰间揣着利器，裤裆里也是坚挺无比，敢于捅进面对的每一个男人和女人的身体，除了流出来的血不一样，这才是火热的青年。

“今天，我身体和灵魂的一部分，我最最要好的朋友，菜包子先生撕毁了我们二十多年的友情的协议，他刚才已经面对众人起誓，他发誓要用一生的时间去爱一个人，像耶稣一般，他发誓要如佛一般的宽容地对待这个女人的撒娇和生理周期来临时候的情绪紊乱。当然，这一切，都是因为今天最美丽的新娘，菜包子以先知的能力寻找到的贞贞女士。在给予他们最为真诚的祝福的同时，我想给菜包子一个诚恳的请求，那就是明天一大早，能否把你脚下穿的袜子还给我，我上个月才买了的一打袜子，如今全都被他穿得不见天日。再次祝愿你们幸福永远。”

Chapter 57 总有更彪悍的相遇

宾客中有一人，着一身紫色抹胸礼服，小裙摆的样式显得娇俏可人。她看向麦当当的眼神明亮，像是看着一个美味的奶酪。

麦当当讲得慷慨激昂，座下的宾客被他带得一阵投入。他甚至连望向马兰的眼神都少了，又怎么会注意到茫茫人海中看过来的一个小女孩。他拍拍菜包子的肩，耳语："祝你在坟墓里过得愉快点。"然后挥挥手，潇洒地告别已婚人士菜包子。他举着桌上斟满的酒杯喝了一口，是辛辣的白酒。感慨，果然还是单身好。虽然结婚了有老婆疼，可是却失了自由身啊。麦当当摇头晃脑一阵愁苦，自古鱼和熊掌，不可兼得。

这里要说下麦当当的座位，本来是安排他和马兰、马修等与菜包子夫妇来往频繁的人坐在一起的。可是他在台上那一番话语，大放光芒，菜包子和他的同学又怎么会再让他孤零零的落单？你一言我一语，推推搡搡，便带着麦当当到了他们那席间，早有人给麦当当让出座位。麦当当再推迟便是矫情，便恭敬不如从命地落座。

而这种场合下最少不了什么？

自然是喝酒。你一杯我一杯，起身相敬，举杯而干。

麦当当倒是想让——这娃还记得明日和马兰的出行呢。但这种场合下他让得了吗？光上次众人就凭借"他是唯一一个搞文艺的"这强词夺理的原因在米酒婚宴上将他灌得昏天暗地，这次不要说是"最好哥们儿的婚宴"，仅凭他今日在婚宴上让众人佩服的发言，让这群哥们儿无不感觉脸上有光。他这个大功臣，跑得了吗？

因此菜包子和贞贞敬到这桌来，他已喝得半醉，酒上了脸颊，红红的一片煞是喜人。头也开始觉得飘乎乎起来。贞贞见此扯了扯菜包子，怕麦当当喝得太醉，一个人没人照顾。菜包子完全不担忧——估计今天这桌人都要横卧而眠，一个个醉得横七竖八的，没带老婆的，只有随便一趴，就这么睡了？

贞贞却不这样豁达，她可不想她佩服的当当哥没人照管，便打算劝。菜包子连忙拦住了，冲马兰那边瞟瞟眼色，示意冲动起来就不管不顾的贞贞——看到没？有马兰在呢，麦子醉了，不正好制造机会。贞贞一向听菜包子的，便点点头。两人开始敬酒。

菜包子这桌同学果然是难搞的，米酒为最，敬酒敬得那叫一个巧言令色啊，祝福话一个个来，菜包子只有不停举杯的份。他再迟钝，隐约也知道这是在报复他觊觎过他老婆的事呢，不由得心里撇嘴，这家伙也太小气了，不说那时他老婆还未有主呢。他今天其实看到他老婆了，是在一种复杂的心情下，不算有意的寻找，那个人就这样闯了进来。一如当初她那样闯入大学期间还很纯情的菜包子同学心里——只是起的效果却是完全不同，菜包子看着已经完全发福胖了几圈的人，完全把她跟那个玲珑剔透让他心动的酒窝联系不到一起。

这也不是说菜包子就完全以貌取人，而是他和酒窝一直没机会深入接触，了解不多，自然只能以貌便喜欢，甚至她是个什么样的人，也差不多全是他臆想的。这便是让麦当当当时尤为不屑的一见钟情。菜包子喝酒的时候，又想起麦当当参加完米酒的婚宴后说对他的话。看了看自己身边软软的老婆，她正担心地看着自己呢，那双潋滟的眼睛里满满的都是他自己。心里不由得一片暖意，从喉咙一直暖下去，也不知是不是白酒喝多了引起的。

菜包子自己斟了一杯酒，冲着米家军一比画。一句“谢谢”一饮而尽。

——谢谢你娶了酒窝。让我找到了更值得的。

他便也不再管米家军愣愣的面容。酒杯一甩，牵了贞贞的手，向下一桌进发。对着贞贞担忧的视线，他咧嘴一笑，“你老公我还能喝十斤呢!”

另一边麦当当就没这么幸福了。菜包子还算是流动式的敬酒,或者是被灌酒?但不管怎么说还是敬完一桌换一桌。他却就是个固定的主。菜包子一跑,众人火力更集中在他自己这儿了。尤其是米家军。迟钝地理解了菜包子最后那句话后,心里噌的一火,再一看麦当当这个跑不了的,火气都集中在对他的灌酒中了。

麦当当同学再英勇,再千杯不倒,也耐不住一群人灌啊!这就像古时候的英雄侠士,哪怕你武功再好,也耐不住战场上以一敌万哪。麦当当同学果断不敌,他摇头晃脑地尿遁了。一路还故意轻飘飘地走 S 路线,对于马修的庄园,他太了解了,车库就是个很好很舒服的藏身之地。麦当当同学现在,没被灌得全醉,半醉也是绝对有了。他晃呀晃,怎么前方突然走不动了。似乎撞到了什么,他左挪挪,那东西也左挪挪。右挪挪,那看不见的东西也跟着右挪。麦当当一阵无奈,脑袋只觉得昏沉沉的,他都挪得这么艰难了,这墙壁还是柱子非要也跟着找他茬儿吗?

更玄幻的是这墙壁还是柱子还开口了。

“我喜欢你。”

麦当当觉得自己幻听了。他挪挪脚就想走,却走不了。不是他不舍得,而是袖子被扯了。那东西又重复了一遍。麦当当便低低头,凑近了想看清楚说话的是什么生物——他现在脑子完全一团糨糊,眼前看东西也是双影,凑近了这在眼前一直晃晃的影子才看清楚。喝,原来是个人。麦当当眯眯眼,“小姑娘家的还是回家去玩吧。”

面前的小人似乎不开心了。“我不是小姑娘。”

麦当当收回刚刚不知道放到哪儿的手,眯眯眼鉴定。嗯,还是个身材很好的小姑娘。他现在看东西也就局限在可以凑近了看出是个人,分得出个男女,别的根本啥也看不出。听了这话,也不打算再辩驳。谁知这固执的小姑娘,又来了一句:“我跟你说话呢,我喜欢你。”

麦当当便想逗逗他,他做了个洗耳恭听的姿势,“嗯,那你喜欢我啥呢,我有啥好的。”虽然他现在晕乎乎的状态,摆这个姿势也有些艰难，不过还是摆成了。

面前这小姑娘便说，“你刚刚喝了很多酒。”麦当当心说，不会觉得他被很多人灌酒不倒下很勇猛很厉害吧。就听这小姑娘点点头，一本正经地道：“我妈说了，男人能喝酒肾好。这样我以后的日子才会过得‘性’福。”说着，还比画着做了个做爱的手势。

麦当当一口血喷出来，脚下一个踉跄，险险扶住墙壁。

——现在这小女生都这么彪悍吗?！还有这妈……也太……一针见血了。

Chapter 58 宠一个人就要小心了

麦当当一口血吐出来。好不容易平复了心境告诉自己要 HOLD 住，自己这么大一个人怎么能输给一个小姑娘。默念半天后，他才终于站稳身子，打算怎么开口劝说这小姑娘呢。他这一吓，酒也醒了一半。脑子才终于可以思考转动下。他这时也才能清醒地打量下面前的小姑娘。穿着一身紫色抹胸裙，蓬蓬的样式，陪着那张娃娃脸，估摸着也不到二十吧。嗯……他又眯眼扫了下那前凸后翘的身材，感慨了一番现在人民生活水平果然提高了。

然后那又怎么样，他可不打算对小姑娘下手，又扫了眼认真看着他似乎在等他回话的小姑娘，他顿了顿，打算还是从年龄上下手。“嗯……你看，我都三十啦你才不到二十吧……哪里急着找我这个老了的……”

他一边说着一边还在绞尽脑汁接下来的话语，哪知就直接被打断了。

“我二十五了。”小姑娘，哦，不，嗯……大姑娘？嘟着嘴，娃娃脸上肉肉的，讲这话显得一点说服力都没有。她见麦当当不信，挺挺小胸脯，“真的。我过完年都二十六岁了。”

麦当当觉得自己不该再揪着这个话题了，虽然这样，但是这张娃娃脸还是让他有种对幼童下手的罪恶感。“嗯……你叫什么名字？”

“童童。”看吧连名字都这么……适合。

他顿了顿，道：“我叫麦当当。”他在想把这迷路的家伙送回去，就见小姑娘眼睛嗖地亮了一下，“我知道！你是菜包子先生的好朋友。你今天的发言我听到了，很厉害。”

麦当当不承认自己被人吹嘘的轻飘飘美滋滋的，打算送她回席间。便见她低头在手里拿个小包里翻腾，好奇地问了一句。就见她已经摸出一张卡片，塞到他手上。“这个给你啦，我的名片。”

原谅麦当当从她那张娃娃脸上真的联想不到她掏出来的是张名片，即使那个大小质地，他也只是往卡片便签纸上拼命联想了。现在他拿到这张纸，低头看了一眼。

“嗯……浪漫一生婚礼策划公司董事长?!”这名字好熟悉……麦当当将名片翻了面，另一边素白的质地，只是用书画字体印着“浪漫一生，只为你打造独一份的婚礼”……啊。菜包子婚礼策划公司请的不就是这个吗，他能够记住还要多亏贞贞那时在一边老是念叨，这个公司在微博上多么有名，他们打造的婚礼，完全就是独一份的，前无古人后无来者。因受砍刀这个榜样的影响，平常说话比较白话的贞贞难得引用了一句成语，自然被他们记下了。

麦当当眼神在卡片上的董事长和面前这个娃娃脸上来回扫视，一时接受不能。——今天的婚礼，场景布置已经引起他的注意了，只是完全跟眼前这姑娘想象不到一块去。小姑娘皱皱鼻子，可能觉得他冷落她了。“你应该给我你的名片。”

麦当当才想起，收了手里的名片放口袋——好多老板和做事的没关系呢，他这样想，便也没太在意。掏了自己的名片递过去，小姑娘笑眯眯地捧在怀里，宝贝似的。那双大眼睛眯成两个月牙儿，让人看了都喜欢。

分别的时候，小姑娘还依依不舍的，一步三回头地不愿意离开。当时明月皎皎，可她看着麦当当不愿离开的视线比明月还要发亮。眨巴着眼，好不可怜。麦当当一度以为她要哭了——后来才知道那是她的眼比常人明亮，一汪清泉似的，光线暗处，便显得跟哭了似的。当时他不知道这些，只一时头大，完全没有哄小孩子的经验，掏着荷包里的各种东西，只想着找着个东西让小姑娘别哭了。然而他今天穿的正装，兜里本就装的少，哪里又掏得出什么。

小姑娘凑过来，突然指了指他脖子上带着的白虎戒指。“你要送我东西的话，就把那个给我吧。”

麦当当迟疑了下，摸摸她凑过来的头，“这个不行。这个是别人送的。不然你再挑一个别的?”

他这话说道后来声音蚊子似的小，因为他往手心一看，掏出来的钱包、纸巾、打火机……完全拿不出手送人。

小姑娘瘪瘪嘴，麦当当以为她又要哭，差点解下脖子上苗家人送的戒指。就听童童说，“那你每周都要给我写封信，每封信都是个爱情故事。”

麦当当还没有来得及反应，童童就握了拳说：“你真好，一言为定。”又冲他挥挥手，飘然入了人群。

当时明月洒在他身上，麦当当就想，小姑娘还挺善解人意的。便也沿着月光，去了马修的车库。

其实很多事可能都是注定了的。就如那时只是初见，他却愿意去想，哪怕只是想一想，把那个白虎戒指给了这小姑娘。从这一刻，命运其实都已经注定了。只是那时他身在局内，却以为自己在局外，全不自知罢了。

他到了车库靠在已经完成了婚车使命的那辆老爷车上坐下，这一闹，也让他完全酒醒了大半。不然还真不知道要怎么收场，怎么回去。手机“滴——”的一声短信音，他翻开一看，是马兰发来的，心里雀跃，又想起了明日的旅行。

——当当，我突然接到一大笔单子。明天的旅行取消了吧。

犹如当头一盆冷水，浇灭了麦当当一晚的好心情。他脸色霎时没了血色。苍白得像是再也温暖不了。

Chapter 59　我和她两厢情愿，主人是什么？

菜包子的新婚之夜，麦当当不能好眠。

不仅仅因为他和菜包子是好基友。好基友要结婚的确是一件让人既高兴又感伤的事情。但是让麦当当不快的，还有那个他认为是天赐尤物的马兰。

他期待了那么久，在菜包子要结婚之前就开始期待，心想着无论如何，这一次不能再搞砸了。然而，她却说，不能来了。只轻飘飘的一句，他几个月的心血，挑地点，选礼物，制造的惊喜，全都因她一句话，白费了。

他回短信：不然……可以推后一段时间再去。

如石沉大海，那边没再回复。他等了几个小时，她才回，对不起。

三个字，连个理由都不给。就拒绝了一切。

而麦当当还记得，她和他十指相扣，说：我们一起再去冲浪吧……

麦当当闭着眼，就能浮现出恩施那次他在水中沉浮，她在艇上见没人来得及救他，急着要下水。被溺水的他，透过快要将他弥漫住的蔚蓝江水，看见了，而她，甚至不会游泳……

窗外隐隐地亮起来时，眼皮才支撑不住，一阵疲倦上涌，睡了过去。

反正假是早都请好了的。现在又不用去旅游，大把的时间空着。

这一觉一直睡到太阳西斜，手机有好几个未接电话。麦当当洗漱完毕，打开一看，是陌生的号码。麦当当正在犹豫要不要打过去，电话又打过来了。

“麦当!”电话那边竟然传过来童童奶油的孩子似的声音。震了麦当当一下，差点扔了手里电话。

他纠正童童好好喊他名字，每次应得好好的。然一开口叫人，依然我行我素。几次过后，麦当当没耐力先放弃了。获得胜利的童童连个庆祝都没有，她脑海里完全没意识到麦当当对自己名字叫法的妥协。也就是说，这一系列让步全是麦当当自己脑袋里转来转去的，人小姑娘完全没这意识，是完全不管麦当当怎么念叨都自己叫自己的。

放下正在喝的水，端端正正坐好。这完全是下意识的反应。

“嗯。”

“麦当！我们出去踏青吧。今天太阳不大，很适合出行哦。”

麦当当看了看天色，日头高挂，夏季的夜黑得又晚，时间还很充足，够他们去东湖边的磨山转悠一圈。

菜包子昨晚新婚，今天应该也不会来打扰他。闲来无事，麦当当受不住闲暇，一安静下来似乎就要沉浸在昨日的梦境中。

麦当当对着出租司机报了童童家的地址，车子一路飞奔，在传媒集团的小区停了下来。麦当当觉得有些眼熟，上次送童童回家时喝了酒再加上天黑。现在白日里一看，可不熟悉吗，童主编就住在这小区里。

麦当当正想着，童童就出现了。穿着百褶裙，长靴子，又在白色吊带外套了件大罩衫。背后大大的蝴蝶结，随着她抬手抬腿间一动一动。麦当当唤了她名字一声，隐约明白了。

童童，童知趆（童主编名字)，都姓童?

麦当当这样疑惑着，就顺口问了出来，童童答道，“他是我爸。哎，好像你刚好在他那家杂志社工作哎。”麦当当擦汗。感慨世界真小。

这样说来童童还是他上司了？老板的女儿嘛，算半个官……

麦当当摇摇头，驱散脑海中涌出的不知在哪儿看到的观点。

磨山是市区里的一处丘陵地带，森林郁郁葱葱地覆盖着这一大片城市之肺。这地方离童童家只有不到三站路。出租车呼啸着开到磨山地界，远远地看见巍峨的城墙。入口的大门上是一座城楼，叠了两座小四角亭。麦当当付了钱准备下车时发现童童还没动。趴在窗户上入神地看着什么。麦当当喊了一声，她才如梦初醒般跟着下了车。

“麦当，你看那棵树，像不像一个孤独的女子？”

麦当当顺着她指的方向看去，那是一棵长在路边林子里的小树苗。麦当当左右端详了半天，也没看出它和周围伸展着的树苗有什么区别。但他又不好打击童童研究的热情，遂咳了一声，含糊应道。小姑娘说不能让她孤零零在这里站着，闪亮着眼提议把它弄回家去做伴儿，这大胆的提议让麦当当一时怀疑自己听岔了。

童童在挽袖子，很有几分雀雀欲试，麦当当忙拦住了。

这树虽然没长在磨山门内，可谁知道有没人看着呢……这行为，怎么说也有点不好吧？

他决定从根本上打消她这念头。

童童被拦住，不解地看过来，对着那茫然的大而空洞的眼神，麦当当避了避视线，不知怎么开口。

“嗯……这样不好，这树是森林公园的……”

“所以……？”童童不解地反问，麦当当愣了愣，发现她是真的在反问，有些结巴地道，“不问主人而自取……视为盗吧？”

“这一片长了这么多树，可是都只是顾着它们自己，你瞧她虽然与它们在一起，尤为楚楚可怜。我看得出她是喜欢我的，我和她两方自相情愿，干什么要为别人。”

这……这话好像有些道理……

麦当当感觉被他抓住胳膊的人似乎要挣脱，脑子还在懵懵想事情，没回神，只下意识以为她要去挖树苗，连忙加紧手里的力道。没想到一时过重，童童一个反冲力，直接栽到他怀里，咚的一声撞上了。

麦当当忍着不去柔胸口撞疼了的肌肉，看向揉着额头无辜极了的童童，她抬起头，麦当当看到她额头也红了一块，在白皙的额头上刺眼极了。

童童流泪：她不过是想进去……怎么都走不了了……

麦当当仔细看了看，只是红了一点，没有肿。松了口气，才发现两个人还牵着手，忙松了手。童童自己揉了两下额头，往门口走去，见麦当当还愣在原地，又返回拉了人，才算是进了大门。

一路上麦当当都在想童童说的话，反复咀嚼推论。反观童童，一脸轻松，和他的心事重重对比明显。

麦当当觉得，贞贞说的好像真有那么一点道理，当事人双方的意见才是最重要的啊，在现在这个追求民主的社会。他这样想着不由得感叹岁月不饶人，才几岁的差距啊……麦当当悲愤摇头。是不是他已经到了迂腐的年龄了……

因此，到了门口，麦当当就提议了下，不如回去吃个晚饭，等天将将黑了，再准备过来？

麦当当记得菜包子杂货间里应该有这些乱七八糟的东西。打算找他要，菜包子不愧是久干这事的人，一听说他深更半夜要借工具便立刻领悟了用意。忙要求，“加我一个，不然就不借!”

协商的最后结果是加了菜包子和贞贞两个人。麦当当去时已是饭点，蹭了软饭自然不敢有意见。童童一去贞贞就用上宾待遇接待，拉着童童就说着对那个婚礼的各种布置满意。

总之，一番兵荒马乱后，菜包子和麦当当一人扛了点工具，放到贞贞新买的小红跑车里。看看天色已渐黑，便拍拍手准备出发了。

Chapter 60　树林里的脚步声

红色的小车一路往磨山方向飚去。刚开了新跑车的贞贞还处于新鲜状态，这个时间点没有别的车堵道，贞贞将车开得就像长出了翅膀。菜包子打开车窗吹着额头上兴奋的汗珠。

童童坐在麦当当的身边，光线极致地打下来，照得人脸上的绒毛都看得清楚。一根根闪耀着金色的奏鸣曲。童童突然转过头，抓了个正着。麦当当窘迫地扭转了脸。

车子嘎的一声停在了童童看中的那片林子旁。此时天幕已经隐隐暗了下来，门口警卫室已经关门下班。正是夜黑风高动手的最佳时刻。

菜包子一脸邀功，“这可是我根据以往经验总结的动手最佳时刻。”

只有童童一脸感激。想拍他头鼓励一下，顺便揉揉他那头鸡窝。可是苦于菜包子人高马壮的身高，只得退而求其次地拍拍他肩膀。菜包子鼻子翘得更高了，虽接触不多，却一见就知道童童是那种有啥说啥的人。她这表情，便是真的感激了。

麦当当依旧不放心，朝着周围扫视，没有人影。于是对菜包子道：

“去帮贞贞的忙吧，你的力气最大。”麦当当口中虽然这样说着，自己却还是拿着一把铁锹向拿了装树苗袋子的贞贞那方向走去。

童童和菜包子对望了一下，一人抱着一把铲子跟着跑了过去。

没人看见麦当当跟夜幕一样漆黑的脸。

“啊，是这棵。”童童找到她瞄中的那棵树。菜包子哧溜一下弹直身子，跟充满电似的。将铁锹单手拿着，另一只手呈圆形摔臂。贞贞在一边握着手忍住一脸激动，小声喊着加油。

童童看不懂菜包子的怪动作，偏头问麦当当。

“他这是在做热身呢——你看。”

菜包子两手一上一下拿着铁锹，抡起手臂就挥了下去——

瞬间，灰飞烟灭，尘土飞扬。

童童拉着麦当当要上前去帮忙，走近了却被菜包子一只大手拦住了，“你们放哨，挖树的事情有我就行。”

麦当当点了头，童童不答应，“这又不是你的树，而且来偷树是我的主意，得我来挖。”于是上前去夺菜包子手上的铲子。贞贞和麦当当见童童想从硕大的菜包子手中夺宝，看着就觉得欢乐。可菜包子听了童童的话，心里来了气，完全忘记了童童是她婚礼策划的大恩人，“不行，这种大事业只能以男人为主。”

贞贞在一边竖起了大拇指。童童就要掉眼泪了，两只手抓着菜包子手上的铁铲子不放松。见两人动了真格。麦当当只好上前了，“我们得赶紧点，要不然来人了就不方便了，最好是大家一起挖，这样效率高。”

说着话，一边给菜包子使眼色，贞贞上了前，从菜包子手中夺下了铲子，递给了童童，童童这才破涕为笑，开心地对菜包子说：“来，你力气大，帮我一起干。”

小树苗旁的土堆得越来越高，天色也已经完全暗了下来。眼看着就要将树根兜起了，麦当当恍惚看得出远处走来的一团黑影，麦当当忙伸出手对着三人发出了噤声指示：“停下，有人过来了。”弯下身子，用身前不怎么密集的几排树苗遮挡着自己。好在天暗，对方估计也不会注意到这边树苗中模糊的一团，即使注意到了，也八成会以为是树。麦当当顺利地挪了几步到了童童身旁。

这时其他三人也听到了脚步声。在夜幕下人烟稀少的寂静地方，已然听得到了。今夜不知怎么，连虫鸣声几乎都沉寂。

脚步声越来越清晰。

一群人忙低了低身子，往下缩了缩。麦当当来到童童身旁时，就捂住了她嘴巴，凑近耳朵说了句。另一只手对菜包子做了个手势。这时，他见被他捂着嘴巴的童童顺从生物觉察危险的本能也跟着往下缩了缩身子。还像捋围巾一样把他手往下扒拉了一点，好不堵住呼吸。麦当当见她一番自得的样子，不由得无声笑了笑。

然而脚步声却朝这边来了！

菜包子一瞬间慌了，难道挖个树还被发现了？想他菜包子上天入地无所不干，从穿着开裆裤起就知道怎么背着家长往小朋友衣服里扔虫子扯女孩子辫子等等坏事做了无数却从未被大人知晓过以至于小区里恶霸名头从来没有他，如今，是要栽了！？

他手心一动，才发现手心中贞贞软软的小手。他看向镇定自若的麦当当，挺挺胸膛，为了给贞贞做表率，拼了！

麦当当表明很平静。内心很不平静！

那么多年的职场虽然不是白混的让他早就炼成了一张泰山面前不变色的脸皮。额头上流下的汗却表明了他的慌张。他深知这脚步声必然是往他们这片林子里来了，然而担忧的却不是之前被工作人员发现这种最多尴尬下的境地。

麦当当的鼻子一直很尖。如今在这辨不清对方的黑暗中，他却闻到了血的气息！

不浓，却让麦当当紧绷了神经！而这时，他也听出脚步声不止一个！但另一个竟然是从林子里传出来的。踩在泥土上，太轻，之前才会被他们一直忽略。

麦当当后背发毛，他们待了这么久竟然没发现林子里还有一个人！

童童小动物的直觉也感到什么不对，不安地往麦当当怀里缩了缩。

夜幕下，越来越近的脚步声踩着恐怖的节奏，从两边向麦当当四人靠近……

Chapter 61　小树苗长在哪里

愈发逼近的脚步声让众人心中都是一阵毛骨悚然，尤其是发现他们竟然浑然不知与一个不知名的人在这片林子里待了这么久。连大大咧咧的菜包子也从心里涌上了一股不安，觉得有些不对劲。

他反握住贞贞紧紧抓着她的手，稍微安定了一些。

如果那个林子里的人已经发现他们……他不敢再想下去。

这时脚步声已经停下，离他们有几行树的距离。隐隐约约地只看得见黑漆漆的影子一晃一晃。

只听见隐隐约约的对话声传来。

但是却听不清，贞贞眼尖，对菜包子说，你瞧瞧那个是不是有些像阿森啊？

四人心上一阵发紧。可是那两人的话语却听不清晰。不是能让第三人听见的！听见便有了危险。童童回头偏着头看麦当当，他整个人好像是在沉思什么，抿紧了嘴巴。

麦当当也觉得后来的那人声音有些耳熟。然还未待他细想，就听见菜包子低沉的嗓音响起：“跑。”

麦当当抱着树苗，却被童童紧紧地扯着衣角。两人跌跌撞撞地总算是跑到了贞贞的车前，听见身后响起了呼喊咒骂的声音。

小树苗被栽种在了童童准备好的一个大花盆中，暂时寄放在麦当当客厅里。说来也怪，这小树苗仿佛真的是与童童有缘分，放到了屋子里之后，不仅仅没有出现枝叶枯黄的迹象，倒是绿油油的显得灵秀。

Chapter 62　承诺的意义便是兑现

第二天晚上下了班，童童惦记着树苗，早早地来到了麦当当的家里。临上来的时候，顺便从菜包子那里带上来了乖乖。

说来也怪，从来都是认生的乖乖，与童童就好像是熟悉的好友。最为奇特的是，童童竟然可以从乖乖的眼神里读出乖乖的想法，这一点让所有的人都觉得奇怪。就连见多识广的菜包子也被擂倒。

贞贞用了很多种办法来试探童童对于乖乖理解的程度，毕竟贞贞是乖乖真正的主人。可是让贞贞既开心又懊恼的是，童童几乎能够完全理解乖乖的所有意图。譬如想出去逛逛啊，想吃点东西了啊，想喝水了啊，还有想看电视了啊，或者是希望能够和菜包子比赛拉绳子拔河玩啊。

于是贞贞就虚心地找童童取经。可是童童却并没有感到有什么特别，她几乎用一种诧异的语调反问贞贞："难道你们看不懂乖乖的心思吗?"

贞贞和菜包子都摇头，希望童童能够指点迷津。

童童指了指麦当当，"他说话不算数，说好了每天写一个爱情小故事给我的，可是今天的任务还没有完成。"

菜包子义愤填膺地站起来，"他要是每天写，你就会告诉我们看懂乖乖心思的诀窍?"

童童点了头。

于是菜包子正义凛然地站到了麦当当面前，"你终究还是个文艺青年，你终究还是个男人，说出来的话，就一定要和放出来的屁是一个样的，不能收回去。”大手一挥，赶紧去写，写不好不许出来。将麦当当推进了卧室。

童童趁着麦当当在完成作业的空隙轻描淡写地告诉了贞贞和菜包子一个骇人听闻的真相。原来童童经常在晚上去动物园看野生动物的眼睛。

我的老天，这个信息彻底地刺激了贞贞和菜包子潜伏已久的兴奋神经。这是一件必须当晚就去干的事情。贞贞从内心里呼唤着童童的名字：“伟大的童童，希望你能每个晚上都带着我们去做点坏事吧。”

童童答应了菜包子诚恳的请求，告诉菜包子，其实动物园的园长是他爸爸的老同学，特地告诉了动物园的管理人员，特许童童偶尔去满足一下她的特殊的嗜好。贞贞牵着乖乖和菜包子风一样地下了楼去准备，随时等候童童的召唤。

麦当当在卧室里倚马七篇，出来的时候递给了童童一张信笺，信上写的是童童要求的爱情小故事。纯白的A4纸，麦当当清秀的字迹铺满了整张纸质。童童高高地站在沙发上朗读了起来：

汉口的女孩不懂武昌的爱

我住在武昌的光谷，武汉有一句大家都知道的流行语，“过了街道口，博士多如狗”。这里满大街跑的是月薪上万的小程序员儿，还有痛骂计算机专业无美女的项目经理，他们大脑袋、厚眼镜、因熬夜而布满血丝的眼睛，因不见阳光而酷似吸血鬼的脸，穿一个星期不洗的T—SHIRT，很有很有味道的，他们供楼不供车，他们翻开报纸只盯住汤逊湖一带的楼盘，倒不是为了自然环保，实在是想离公司近一些。而且大学时代也是在这个区域荒废的。我，衷心地喜欢着这个区。

有女友去汉口武汉广场那边应聘工作回来，一脸幸福状地向我描述，一出地铁口，就是国际广场的巨大的GUUCI专卖店。汉口的地铁站里全是帅哥，武汉广场门前更是临风玉树站成了森林，让她的小心灵经受了一次美的洗礼，她晕乎乎地回来了，对那些西装革履、散发名贵男用香水味道、气宇轩昂的白领男人们再三再四地慨叹：“四阿哥那算个啥，肚里没货，只知卖相，看看人家，啊，那才叫自信来源于知识，气质来源于财富……”

过几日，女友去上班。再过几日，女友辞职。我问为个啥，她说，她是属于光谷的好姑娘，与汉口的那个小资地界格格不入。

“她们化妆都太精致，显得我像个黄脸婆，她们中午在洗手间用的是外国带回来的化妆品，我用的是外国牌子国内生产的东西，她们早餐吃意大利浓汤和甜点，我吃的是小笼包子跟豆浆……”女友愤愤地数落着，“非穿职业装不可，我的那十来条仔裤算是没有用武之地了，你看看我的可怜的脚，被高跟鞋折磨得都变形了，封建社会摧残人也不过如此了吧。靠，就这样，她们还说我搭配得不对，灰衬衫不能跟紫色外套一起穿！”

我说：“这有什么关系，这跟一份好工作有什么关系？你啊，也太注重技术层面的问题了。”“我郁闷……”女友像迷路的孩子一样：“我还是在光谷这边找工作吧。在这儿如鱼得水，要多自在有多自在，加班也愿意，你知道吗，他们北边儿啊，真不是人待的地方！”

我立马制止了她的人身攻击：“别瞎说！都是武汉人民，哪儿来的种族歧视啊？”

女友几乎声泪俱下地声讨：“不是我啊，是她们等级观念严重啊。你看咱们这儿，上亿身家也穿着懒汉鞋去小馆儿吃热干面，喝鸡蛋米酒，谁也不怵谁，你有钱那是你的事儿，我有技术是我的骄傲，可是北边儿，什么都攀比，连丝袜的牌子都比，那天我戴了我奶奶给的玉镯儿，被她们笑话了个半死，什么老土啊什么没品啊，好像她们生下来就在钻石堆里长大的，如果我稍微有个行差踏错，那就要沾污了她们的小资阵营！”

我笑：“傻子，现在小资过时了，都兴BOBO了啦。”

“呸！什么BOBO，以为这个周末去木兰山野营，下个周末去汉阳的琴台音乐厅，就又波西又布尔？上班的时候照样抢单，照样勾心斗角，照样背后传谣言，不过是改成了用英语传！算了算了，我不是那林子里的鸟儿，我还是安心在光谷做技术吧，加班累得贼死也比跟人打交道好啊，大家都埋头干自己手头的活儿，人际关系淡如水，很舒服的，我爱穿什么穿什么，只要活儿做得漂亮，老板照样给加薪，我是再也不去时尚区了。”

于是，一场散漫悠游族向精致优雅族的伟大试探，便以失败告终。

现在，我的女友优哉游哉地溜达在民族路上，在光谷步行街的古怪喷泉雕塑前吃三块钱的冰淇淋蛋筒，周末时她在武大华师之间流窜，到处寻找读书会的活动和新锐欧洲电影放映地。

有时候去街道口理工大边上的“SASA”或者民族学院和纺织大学旁的“苏荷”蹦迪，在一群孩子的青春狂野中，她仿佛回到了学生时代。她穿着从光谷步行街西班牙城三十块钱买回的T—S，裹着她年轻的骄傲的身体。她素面朝天，在风里露着最真实最娇嫩的肌肤。她每次都在地铁站给盲眼歌手几块钱，她在过街天桥上买盗版DVD，她爱看周星驰爱听王菲，她用公司名称抬头的信纸给妈妈写信说武汉高温41度，她爱看樱桃小丸子却从不见人就讲“酱紫”，她除了黑白灰三色还会穿红色碎花的厚毛衣像冬天里最漂亮的一头熊……

她不过感恩节不过复活节不过万圣节，在不是情人节的日子里收到玫瑰也很开心，平安夜十点半上床睡觉，因为第二天还要上班。

她会带着笔记本电脑去武汉纺织大学的“新秀咖啡馆”做程序，叫一壶薰衣草茶度过一个略带疲惫的下午，低声跟咖啡馆里打工的女生商量，“能不能把《加州旅馆》换成神秘园？我今天忘带耳机了……”她把汉口的新天地留给都市里最糜烂最空泛的眼神，把哈根达斯留给武汉广场那熙熙攘攘没有味蕾却能言善道的巧舌，把不地道的红酒留给花园道里最不规范却感觉最好的手势。

同学聚会的时候跟从前一样包饺子。还是最爱武汉大学门前的烤串串，一口气能吃六个。华师的西食堂有一道土豆烧鸭最好吃，华农大食堂的红烧鱼很地道，最喜欢的是华中科技大的图书馆，可以端饮料进去喝的，最满意的是地质大学的操场，那里有好多练习攀岩的男生和女生。公司的足球赛都是在那里进行……那郁郁的林荫道，金子一样的笑声啊，那青春的乌发、如玉的容颜，几个流浪歌手，几个校园诗人……

让我们堕入这个梦中永不醒来。

凌晨一点，光谷的“永和豆浆”店里，灯火通明，加班的IT们在这里吃夜宵，男孩子与办公室里他暗恋着的女孩子一起，就着鲜肉馄饨和一小篮儿鸡柳，说着公司里今天的笑话，他怜惜地看着她因睡眠不足稍欠血色的脸，看着她杂乱的浓密的眉，多想告诉她，她长得很像自己北方家乡的小妹。那些深夜里的快餐店，那些不曾丢掉美好幻想的人们……门外，星光暗淡，远处，是沉睡的楼群，而他爱的女孩，坐在对面心满意足地吃着滚烫的馄饨……

光谷的男孩儿，不会告诉女孩子帕格尼尼的小提琴让他落泪，他会用鼠标画一张丑丑的大头鱼送给她，他会真心地夸奖女孩子的红帽子真好看而不会指责帽子颜色与鞋不搭配。

光谷的男孩儿，懂得有关等待的故事。

公司有很可爱的环境，因为老板的不打领带和总是不在家。她坐在前面他在后面，早晨的阳光淡淡地斜照在他俩的桌上，她的笔架和他的显示器，她的小熊杯子和他的咖啡勺，他带着广东口音说今天堵车，她趁老板不在梳梳头，把小镜子竖在键盘上，一道刺眼的光晃到他那儿，他在后面大呼小叫，说是妖女放出厉害武器了。

每天早上闻着咖啡的味儿开始在键盘上敲打，像一首诗里说的，大珠小珠落玉盘，他靠近她在屏幕上指点时，呀，他暗恋的女孩子，传来洗发水的清香，不是名贵的CD不是什么“夜间飞行”，那气息，像椰子和太阳的混合。

是的是的，我们留恋纯真朴实的年代，我们希望看到生命如麦田，麦芒微微刺手，朴实的芳香弥漫在大地上，能醉倒所有付出过汗水的人们，那金黄色的麦浪，会让一只狐狸想起遥远星球上的小王子……

我们不愿意让脚受到皮鞋的束缚、让脖子受到领带的束缚、让心受到格调的束缚。

让小资们去孜孜以求最精致最优雅的生活吧，让他们劳累不堪地跟随着地铁书摊上的畅销指南书，一步一个脚印地上下求索高尚生活吧，让他们追随着《时尚》去买时尚而非自己喜欢的衣服吧，让他们拧着眉头吃西餐吧，让他们在音乐厅打盹儿，然后诉说他们被音乐感动得夜不能寐吧，让他们为看不懂的现代雕塑胡说八道吧，让他们去盛赞德国的马桶法国的餐具吧，让他们去描弧形最标准的眉毛吧……他们前天是布尔乔亚，昨天是波希米亚，今天是BOBO一族，明天是IF国际自由人，后天是谁？他们自己也不知道，因为指南书还没有出来呢。

……

读着，甜蜜的纸香飘来。窗外太阳舒展了云层，光线慢慢移进客厅。麦当当嘴角挑起弧度，是自己作品被人欣赏而自然溢出的愉悦。因为他分明看见，眼前的女孩读着入了神……

似乎连时间都静静地停在这一刻，不忍打扰她恬静的时光。她的侧脸在光线余晖下，精致而平和。嘴角带着笑容，仿若看不进世间红尘的干净，然而精致的五官却又让这笑容带了些小妩媚。

是一种融合了纯净让人不忍污染和因妩媚而雍容的矛盾笑颜。

她抬头看他神情紧张，半响，声音清甜，似桃夭灼灼，“文铺锦绣，字吐珠玑”。她眼里明亮，笑着道：“麦当，你给我看了这样一个好东西，我也带你看个好东西。”

那一笑，最是芳华。局中人谁惊艳了谁？

童童带着麦当当和菜包子与贞贞一行，来到了动物园，空气中弥漫着野性的味道。麦当当万万没有想到的是，童童带他们去的是狼窝。狼的眼睛在黑夜里放着幽幽的蓝光，童童隔着栅栏蹲下了，本来不甚安分的狼群也安静了下来，在栅栏的里边，与童童对视着，漆黑的夜晚里，这无言的眼神之中，仿佛从童童的眼眶里可以流露出无尽的言语，这言语又有谁能听得懂呢。

“他们很喜欢你们，只是奇怪你们为什么没有带些吃的来。”

贞贞就埋怨菜包子粗心大意，只知道高兴地开眼界，竟然连吃的东西都没有带，现在好了，人家大灰狼有意见了。

麦当当从心底里觉得好奇，有一句话始终没有问出口，那就是，

“每到夜晚的童童身上究竟还有一些什么样的神秘的力量。”

麦当当知道，这些神秘的力量都是童童天生带来的。而且可以确切地说，是一种圣洁的力量。

想到了圣洁，接下来的事情就让麦当当大跌了眼镜。

Chapter 63　麦当，你真是个天才

去动物园瞧了大灰狼的眼睛回了家，哪里还能安静地去睡觉。贞贞拖着乖乖，围着童童要她讲看懂动物心思的秘诀。童童要他们先等等，她忙乎着给小树苗加一些从动物园弄回来的有机肥料，两只手弄得脏兮兮的。

在一边的菜包子认认真真地做深思状打量着童童，怎么都觉得眼前的美女不是个人。突然，菜包子就凑麦当当耳边悄悄说，“我发现一事儿啊，”他说着吞了吞口水，“童童好像从来不穿内衣呀——”

菜包子以为旁人都没有听见，哪知道就连贞贞都觉得菜包子实在是说话声太大了一些，想用别的话语打岔过去。却没有料到同样听见了这句话的童童却一边忙乎着手中的活，一边大大方方地承认，丝毫不扭捏，“穿内衣多么麻烦啊，我从上大学起就是自己做衣服穿了，而且从来就没有穿过内衣。”

麦当当听了童童的话，感觉到鼻血要流出来的感觉。

菜包子觉得手心直冒汗，恰好童童的手机响了，于是贞贞赶紧地找了借口，带着菜包子下楼灭火去了。

童童走近了麦当当，高举着双手。

“我手机在右边口袋，你帮我拿?”

麦当当将手伸进她的上衣口袋。直到手上传来软软的触觉，麦当当才触电般收回手，手上不忘带出了罪魁祸首的手机。

夏季的衣服本就单薄，童童今天穿的又是雪纺质地的衣服，腰间口

袋是网状的纱质。麦当当触到腰间软软的肉，心里老脸不由得一红。正偏头有点尴尬着，童童这时又把手机往他面前一放，人一凑过来，麦当当就闻到淡淡的香水味，不由得更加尴尬了而且血脉贲张。

他只顾着克制自己心里的冲动，一瞬间连童童说了什么都没注意到。直到童童突然抱了他一下，才蓦然醒悟过来。怀里是软香温玉的触感，麦当当连忙退了几步，从童童热情的怀抱里艰难的挣脱。童童却也不在意，只仍在原地难掩兴奋。

“麦当！你看到了吗？这些照片放到微博上转发率短短一天内就达到了几万次！麦当，这些都是根据你写的故事拍成的情景婚纱照。”

“麦当，你真是个天才。”

麦当当还在揉着被童童抓疼了的胳膊的手顿了下来，他偏了偏头，一时似是不能相信他听见的，“你说什么？”

童童又语带兴奋地重复了一遍。却见麦当当神色平静，不由得一时噤声，偷偷看他几眼，“你……不高兴？”

“不，我很高兴。”麦当当嘴角露出开心的笑容，似乎那一刻的停顿都是不复存在的错觉。他凑过头，认真看童童给他找着微博上的转发评论。一条条地看过去。

麦当当笑容平和地嗯了一声，两个人远去。光线折射下，投射在地上的影子被人遗忘般拖长。那光景下，有谁在他耳边说，“当当，你真是个天才。”

却被风一吹，远远地卷走。都已是过去了。

只留下她冰冷的话语，她说，我不去了。

她说，就这样吧。

而他还保持着挽留的姿势看着她走远，渐渐融入光线中，消失不见。

见麦当当有了心思，能够读懂动物眼睛的童童却理解错了麦当当脑子里想的事情。站起了身，瞪大了眼睛问麦当当：“你想看，是吗，我只给你看，别人想看也不给。”说着褪下了外套，雪白的梨花树映现在了麦当当的眼前。凹凸有致，精致丝滑。童童裸露着全身转了个圈，然后从容地穿上外套，双眼含笑地对麦当当说，“不过现在我们还不能做爱，我知道男人是靠下半身思考的。但是，在此之前，你必须要理解性爱的含义。”

这一系列的动作和话语，既没有征得麦当当的同意，也没有在意麦当当的意见，可是一切又仿佛是浑然天成般的圣洁无瑕，即使是童童的胴体雪白地绽放在麦当当的眼前，麦当当是从内心里感受着一种圣洁的光芒，可是末了童童的话，又肤浅得让麦当当有些不知所措，不知道该深刻地去理解，还是按照童童的原话去理解。他直到现在还不知道，童童的确不是与他一般的凡夫俗子。对于童童的话，只有不思考而照直了理解的为妙。因为这是最为真实、最为可靠的、最为发自于内心的声音和语言。

麦当当没有做肯定或者否定的表白，只是木然地点了点头，因为他顷刻间有些内疚到刚才想到的是马兰。可是童童没有管他这些，而是趁着夜深，带着他来到了一个令他三观破碎的地方。

Chapter 64　还可以再无下限一点吗

麦当当已经被童童的种种奇怪震得灵魂出窍，仿佛是在梦中一般，这个梦又是那么的熟悉，似曾相识。或者是在他的那本没有完成的小说里，在那本《我的梦中女孩》的章节字句中。

还没有等麦当当从深刻的思考中摆脱出来，童童带着他来到了一个夜总会的门前。麦当当不明就里，但是他知道，好奇害死猫，在童童的面前，多问一句都是多余的，只需要看童童是如何将他击倒吧。

果然，童童带着麦当当进了夜总会，要了个小的包间，而且最过分的是还给麦当当叫来了一个花枝招展的三陪女。童童似乎丝毫没有察觉到三陪女的扭捏，很快就艰难地和三陪女谈好了价钱，三陪女答应了童童的无理要求，可以陪麦当当回家过夜。

麦当当第一次认真地有了想哭出来的感觉。原来对于性，童童是看得多么的至高无上。带着歉意的微笑，麦当当付了三陪小姐小费。二人离开了这个灯红酒绿之地，童童依偎在麦当当的肩膀上，轻轻地对麦当当说，“你一定会娶我的，对吧。”

麦当当的感觉得到肩膀上沉沉的，他无奈地露出了笑颜。

一路无言的步行着到了童童的小区门前，童童定要给麦当当买了饮料带着在回去的路上喝。麦当当只好抢上前给小店主付了钱，童童见到小店摆着的彩票机，又起了心思，“零钱咱们就买彩票吧，要是中了大奖，咱们就在三亚的海边买一套房子住着，我帮你生一大帮孩子。还要帮你养一只比乖乖还要乖的狗。”

麦当当只好答应了，用余下的钱买了彩票。号码是两个人生日的号码。不过童童却一定要帮他保存，说麦当当一定是会粗心大意不小心的，因为他根本就不相信他会中大奖。

可是麦当当根本就不知道，童童的确是从天而降的女孩，她的话，仿佛就是天使的语言。话音还没有落，三天之后，麦当当从童童打来的电话里，听到了获得五百万大奖的消息。

兑奖的那天是菜包子和童童一起陪着去的，麦当当一定要分给童童一半，童童说："分了钱，你就不是我的了。"于是麦当当只好说，"那就算是暂时存放在我这里吧。"于是，在菜包子羡慕的热情中，麦当当装着充值了的五百万巨款的银行卡一路回到了家里。

那天晚上，在简单的庆祝之后，到了夜晚的童童情绪似乎有些低落，这让麦当当有着一种不祥的预感。只好任由着童童的决定。那天晚上童童的决定是去她的老地方看看。

那是童童家附近一个繁忙马路的天桥。

童童站在天桥中间，底下是来来往往横流的车辆。身后是来去匆忙的人群。她独身立在那里，一身黑衣却鲜明地活跃在画卷之外。似乎整个世界都在她周围旋转，不同的人生，不同的命运，时光和灯光，都不停地来来往往。虽满世芳华，却无一能入她眼。

麦当当不知怎的，看着童童伏在天桥栏杆上的身子，竟有一瞬间的不敢靠近。

童童突然回过头来，"麦当。你看，这里多热闹。"

麦当当嗯了一声，横跨在主干公路上的过街通道，可不热闹吗……

童童伸出手，手心向上托着，像是在托着一个值得郑重对待的事物。她说，"物欲横流，鱼龙混杂，在这里都可以看到。你看这路，每天和那么多人打交道，多精彩。麦当。"她说到这里顿了顿，眼睛已经不在看着他了，却是带了笑。"我记不得多大的时候，有一次好像问我妈妈，为什么我们不住在天桥上，这样他们出去上班，这么多人陪着我，多热闹。一点不会像之前一样孤寂啦。我妈那时好像笑了笑，却忍着没有大笑出声。她说，很好的愿望，不过要靠你自己实现了。她摸摸我的头走了，我却真的把这个愿望当作目标奋斗了好久。”

她笑容甜美充满憧憬，好似沉迷在诉说之中。

“我那时一心想做一个小木屋。你知道吗，就是古装剧里那种可以安在树上的木屋。我想把它做出来，高高地安在天桥上。我不知道木屋需要怎么做，可是我知道买木头也是需要钱的。我那时偷偷问了小区门口的一家做家具的叔叔，他说了一个我不太能理解的价格。我把攒了一个小猪存钱罐的钱捧给他，他摇摇头，笑着摸摸我头，将存钱罐推给我。我只好又抱着小猪罐，继续讲零花钱都放到小猪罐里，看它一天天多起来，然后一只小猪罐满了。我开始攒第二只……春夏秋冬轮回，小猪罐越攒越多，可是攒到第十个小猪罐的时候，我知道我永远攒不够买小木屋的钱。即使做出来了我也永远不能把小木屋安在天桥上。我把小猪罐都锁在箱子最底层，再也不碰它……”

说到这里她面上还是带着笑容。只是又偏头看，不知什么时候靠近她身旁的他，“很好笑吧……”

麦当当摸摸她头，眼里带着自己也没发现的宠溺，“不……很好的愿望。”

他看着她说，“童童，你这样就很好。做自己想做的事。这样就好……”

童童眼睛笑成弯弯的月牙儿，头发被他一顺一顺的，像被顺毛顺得很舒服的猫咪。

电话铃声却总是不合时宜的响起来。

麦当当接了电话，脸色却突然变了。

“你在哪里?”

电话那边声音是马兰的，她说：“2020房间，我们初次见面的房间。你知道的吧?”

麦当当又道：“那你现在没事吧。”

“他再混蛋，也只是要钱。不用担心。等会儿见。”

麦当当挂了电话。他回头看了看一头雾水的童童，她却已收了笑容，只因看到他脸上的郑重……以及歉意?

麦当当看向她，“童童，我必须要告诉你两件事……”

同时，在另外一边，马兰挂断电话。眼神稍向屋子一端。“拿了钱，我希望你遵守承诺。滚得远远的。”

沙发上传来男人的声音，“当然啦，宝贝，放心。拿了钱我一定走，也不会将你的任何事告诉你的小情人的——”突然被马兰瞪了一眼，他摊摊手表示自己的无辜。耸肩从沙发上起来，一步一步从背光处走出，那眉眼，竟是阿森！

他靠近马兰，动作轻佻地挑起了她的下巴，“那么，我就等着三日后收到钱了。如果收不到——”他突然将唇凑近她，马兰一把别过脑袋。他便凑到她耳畔，艳红的唇色像情人的呢喃般却吐出冰冷的话语，“你应该知道会有什么后果。”

他松开手，冷笑了两声，“放心。你那小情人刚中了大奖，依他这么喜欢你——一定会给你的。”

马兰自始至终别着头，直到他离去了，才忍不住冲到桌子上抽出纸巾不断擦拭着下巴被触碰到的地方。皮肤被她擦红了却也不停。她手越擦越急，却好似怎么也擦不掉那耻辱的烙印。不由得一把挥了桌上的东西，叮叮当当地掉了一地。

Chapter 65 骄傲的天鹅总是孤单退场

麦当当带着童童赶到 2020 房间时，推门进去，里面却窗帘紧闭也没有开灯。远远的只是依着窗边的圆木桌上传来微弱的烛光。眼睛猝然从明亮的地方进来，顿了片刻，方才适应。那烛光像是黑暗中唯一的指引一般，吸引着人像那里看去。

却是烛光晚餐般的浪漫。

这时房间里走出来一个人，她进入烛光范围笼罩中，穿着那身麦当当曾经最爱的的浅绿镶金连衣裙。妆容雅致。烛光中的笑容美的不似真实存在……

她对着麦当当所在的方向笑了笑，“你来了。”视线微移到麦当当身边时，笑容突然顿了一下，而后点点头，“这位就是童童小姐吧，正式的见面算是初次，请坐。”

她说着，对着对面的座位一比画，一番举动彬彬有礼。童童也点点头，却没开口说话。马兰视线移往麦当当，稍微顿了顿，麦当当只是无奈地笑笑，便带着童童在圆桌另两边坐下。马兰自然在另一边坐下。

桌子自然只摆了两份餐具，马兰还待再摆一套餐具上来，童童却挥了挥手，“不用，我也不吃。”她顿了顿，加了一句，“已经吃饱了。”

马兰遂笑笑，她解开桌子中央的盖子。是一块大比萨。她不急不缓姿态优美地切块分发，丝毫不提之前的“威胁”。

嘴巴里的比萨依然是曾经的味道，麦当当却有些坐不住，他开口，“兰兰……”

他还是习惯叫她兰兰。

马兰却打断他的话头，开口了。“当当，你还记不记得……你对我一直都没有安全感……”

麦当当点点头。童童的脸色僵了僵，她有种想打断她说话的不好预感，却知道这是极不礼貌的行为，她从小的家教不允许她这么做……更何况，她不敢想麦当当会用什么样的眼神去看她……

马兰继续娓娓道来，“那你还记不记得的，你曾经好多次目睹我被豪车送来，目睹我夜里去肖卤鸭家……记不记得你那时对我的怀疑？”

麦当当笑容已经收了，“你想说什么。”他问。

“那时我们已经把一切怀疑误会都解除了……但你有没有想过，这一切都不是误会呢？”

马兰放了手里的刀子，紧紧盯着麦当当每一个表情。

不是误会？

麦当当这一瞬间的头脑短暂性放空了。然后就由一片光点开始大段消散，浮现在脑海的是交替轮换的画面……有他一次次目睹豪车公子送她回来的场面……有他半夜追着肖卤鸭家来接她的车……他跟着东西穿插，辛苦拦了辆车追上，却见她下了车被肖卤鸭迎进家……

他还想到了阿森，想到她说阿森傍上富婆抛弃了她……

麦当当看向马兰。“我不信。”

他这样说着，马兰似看明白了什么一样笑了笑。

她说，“当当。如果我再说这次的威胁是我和阿森一起策划的呢……目的就是——钱。”

麦当当这下却笑出来，真心地打消疑虑，“你不会。我认识的马兰不会和阿森在一起策划，更不会为了钱。她喜欢化妆，她的梦想是将百合小店开遍全国各地。”

马兰手里的叉子顿了顿，“或者，我只是希望能够拥有一份可以回忆的美好爱情。”将那一口比萨送入口中。

童童却开始表现得很平静。她扒拉着自己的手指，已然一脸轻松。

“所以，”麦当当这时从口袋里将银行卡掏出来，放在桌子上推到马兰面前。“这是我中奖的银行卡，你告诉我账号，我现在就可以通过手机转给你。一百万可以做很多事情，很可惜，这笔钱要给阿森，不能帮你实现梦想……”

“等等，别说。”马兰抬手制止他继续说下去，她细嚼慢咽地吞下嘴里一直如同嚼蜡的食物。然后拉起餐巾优雅地擦了擦嘴角。她拿起桌子上的银行卡，凑着烛光看着。麦当当和童童都看着她。

她看得那么仔细，银行卡却离烛光越来越近，有那么一瞬间，童童甚至以为她会烧了手里的银行卡。却只是一瞬间的错觉。不知是光线的原因还是什么，童童竟觉得马兰的脸色惨白了许多。

麦当当还什么也没说，马兰的脸却惨白了一瞬。似已知道他要出口的话语，迅速地写了账号和银行卡号。然后就提了包，已然率先离去，背脊挺得高高的，以一副抛弃者的身份高傲离去。她的头颅仰得高高的，那是她不要爱情也要的骄傲，不论她怎么被人抛弃，却唯一不会抛弃她的骄傲。

哪怕，她只从麦当当翕动的唇形中读出了一半的猜测。那曾是她喜欢的嘴唇，软软的，吻着她的时候，说着甜言蜜语的时候，都让她像中了罂粟一般的痴迷。而今，她却自己率先放弃。哪怕她猜错了，她也不要再面对再一次被抛弃时尴尬无地自容的局面。她是怕了，不敢赌，不愿赌。可是他一只手递给她银行卡的时候，一只手却悄悄牵着童童的手，难道她还要再赌吗？

她当然可以自欺欺人下去，也许也不是自欺欺人，等着他将选择公布的时候，笑着祝福或是甜蜜到心里。她应该是这样做的。

可是真到这一刻的时候，她却只是想逃。手里的用来写账号的眉笔被她攥得紧紧的。她不由得加快了离去的脚步，不听身后那熟悉的声音传来的呼唤。

跑吧。她对自己说，快点跑离这个可以让你一步天堂一步地狱的地方。

她不要爱情也不要伤害，她只要平平凡凡地度过每一天就好。她还有自尊，还有梦想……

她回头，对着身后耸立在江畔的酒店。那是他们初次见面的地方。依然那么华丽那么耀眼，却是从始至终都不该是属于她的。

她喃喃自语，“既是你的愿望，我一定会达成的。我会守好自己，不再出现在你面前。麦当当，再见。再也不见……”

Chapter 66 致我们终将到来的爱情

麦当当近来在忙着写一本东西。

菜包子知道阿森威胁事件的前因后果后，却很是愤愤不平，联合着自己的半个老丈人砍刀，挽着袖子一副要砍人的姿态。被马修将两人从麦当当身边吵吵扰扰的忽悠走。麦当当终于清净下来。

马修看着，欣慰地笑笑。携着小女人地挽着他的朱莉，一同离开。将一室的安宁留给麦当当。到了门外，却见挽着袖子爷们儿兮兮的菜包子和砍刀分别被自己老婆镇压。区别就在于贞贞直接是武力镇压而王娜却是怀柔政策。

三对人在菜包子的苦苦求饶中相偕离去，乖乖在身后绕着圈圈跑着。一会儿在前，一会儿又追着菜包子。远远地都还能听见一群人的欢声笑语。

生活还能比这更美好吗?

当然还能。

麦当当用了一个星期的时间，夜以继日地完成了他那本《我的梦中女孩》。

他松了口气，舒心地笑了，也不顾身体上的疲倦，一时只觉得满心的欣喜还有些许不确定地怦怦紧张。

他在老地方等了片刻，心跳只觉得越来越快。却在见到人的那一刻，出奇的静了下来。

他上前两步，天桥上的人从他们身边路过，他眼里却只能看到她一个。将手里紧握这的东西递给了她。

“什么?”童童疑惑地接过。

打开的瞬间，却顿了顿，心里一时充斥了难以名状的情感。

那是一本插图故事画。

故事里讲一个小女孩，她叫童童。她从小有个愿望，就是在热闹的天桥上建一座小木屋，小木屋的门要透明的，这样她可以随时和周围的人打招呼。她开始攒钱，攒买木屋的钱。她攒到第十个存钱罐的时候，碰到了一个小哥哥，小哥哥有个可爱的名字，叫当当。他不小心打翻了她一个小猪存钱罐，她哭了起来。他问清缘由，掏出手帕擦擦她眼泪。说，小哥哥陪你一起攒。然后小哥哥也用一个小猪存钱罐开始积攒零花钱，小猪罐是蓝色的，攒满了和她那只粉色的一起摆着。两只小猪憨憨地笑着。小猪罐越攒越多，不知攒到了多少个的时候，小哥哥带着她去找了木匠。从木匠那买了好多木料，又将自己的设计图给了木匠。又过了不知多久，小木屋做好了，他们将它放在最繁华的那座天桥上。将已经空了的小猪罐都放在小木屋里，排排摆着，凑成对……然后。然后当当就和童童，在天桥的小木屋里，幸福地生活在一起……

他说，“童童，我没能给你一个现实中的小木屋，只能给你一个故事里的小木屋……这样的我……你要不要试试……和我在一起?”

他说着，向她伸出了手。

他的手指修长，光线笼罩中，像是闪着金光一般，让她只剩下满心憧憬，连拒绝都不能……

是不能，也是不愿。

她缓缓将手伸出去，摸到他厚实的掌心……

就像是初见那晚，他喝醉了。却伸出手，冲着她笑，温暖了夜风。她将手搭上去，他握紧，牵着她在夜风中跨越了大半个城市，送着她回家。

手心相握，他稍一使力，便牵着她迎着故事画册中的逆光背景一般，光芒聚拢处，是两人由交握变成十指相扣的手……